DAS BÖSE HINTERM DEICH

Hannes Nygaard ist das Pseudonym von Rainer Dissars-Nygaard. 1949 in Hamburg geboren, hat er sein halbes Leben in Schleswig-Holstein verbracht. Er studierte Betriebswirtschaft und war viele Jahre als Unternehmensberater tätig. Hannes Nygaard lebt auf der Insel Nordstrand.
www.hannes-nygaard.de

HANNES NYGAARD

DAS BÖSE HINTERM DEICH

Hinterm Deich Krimi

emons:

Lust auf mehr? Laden Sie sich die »LChoice«-App runter, scannen Sie den QR-Code und bestellen Sie weitere Bücher direkt in Ihrer Buchhandlung.

Bibliografische Information der Deutschen Nationalbibliothek
Die Deutsche Nationalbibliothek verzeichnet diese Publikation in der Deutschen Nationalbibliografie; detaillierte bibliografische Daten sind im Internet über http://dnb.d-nb.de abrufbar.

Umschlagmotiv: Ilona Wellmann/Arcangel Images
Umschlaggestaltung: Nina Schäfer, nach einem Konzept von Leonardo Magrelli und Nina Schäfer
Umsetzung: Tobias Doetsch
Gestaltung Innenteil: César Satz & Grafik GmbH, Köln
Lektorat: Dr. Marion Heister
Druck und Bindung: CPI – Clausen & Bosse, Leck
Printed in Germany 2020
ISBN 978-3-7408-0804-4
Hinterm Deich Krimi
Originalausgabe

Dieses Werk wurde vermittelt durch die Agentur Editio Dialog, Dr. Michael Wenzel (www.editio-dialog.com).

Für Anders
und zur Erinnerung an Margit

Zu allen Zeiten, in allen Ländern
und auf allen Gebieten des Lebens
wuchert das Böse, und das Gute bleibt rar.
Voltaire

EINS

Das Wochenende war wie ein guter Wein gewesen. Es war wunderbar und hatte einen angenehmen Nachgeschmack. Das tiefe Blau der See, ein wolkenloser Himmel und das sanfte Streicheln einer leichten Brise hatten die Menschen verwöhnt. Auch die nächsten Tage versprachen eine Fortsetzung des traumhaften Wetters. Auf dem Satellitenbild wurde seit dem vergangenen Freitag das Hoch »Hannes« gezeigt, das sich fest über Mittel- und Nordeuropa festgesetzt hatte. »Hannes ist absolut unbeweglich«, hatte der Wetterfrosch Meeno im Fernsehen geunkt. »Und in seiner Dickfälligkeit wird er auch noch zum Wochenbeginn über uns lachen. Über der Biskaya wartet schon das nächste Hoch. Bei aller Diskussion zum Thema ›gendergerecht‹: In diesem Frühsommer dominieren ganz einfach die Männer.«

»Sag ich doch«, bestätigte Hauptkommissar Große Jäger und streckte den Daumen Richtung Fenster aus. Seine Bewegungen wurden heftiger, als sein Gegenüber nicht reagierte. »Was ist, Hosenmatz? Steckt in dir das Phlegma der gemütlichen Dänen? Das Blut deiner Vorfahren? Oder hat Oma dir geraten, dich bei den für euch Rot-Weiße fast schon tropischen Temperaturen von siebzehn Grad, und das in aller Herrgottsfrühe, nicht zu bewegen?«

Kommissar Mats Cornilsen lachte laut auf. »In aller Frühe? Es ist fast halb zehn. Du bist seit zehn Minuten im Büro. War das Wochenende sooo anstrengend?«

Große Jäger bewegte den Daumen noch heftiger. »Was ist nun?«

»Willst du rechts abbiegen?«

»Ich warte darauf, dass du endlich das Fenster öffnest.«

»Ich?«

Der Hauptkommissar drehte sich betont lässig einmal auf seinem Bürostuhl im Kreis. »Siehst du sonst noch jemand?« Dann wandte er Cornilsen, der ihm am Schreibtischblock gegenübersaß, den Rücken zu und sprach zum leeren Arbeitsplatz hinter sich.

»Mensch, Christoph. Wie haben sich die Zeiten gewandelt. Die Jugend erweist uns keinen Respekt mehr. Ich möchte wetten, der Hosenmatz steht auch im Bus nicht für uns Alte auf.«

Hinter ihm ertönte wieder ein Lachen. »Du? Im Bus? Ich könnte mir höchstens vorstellen, dass du dich in einer Sänfte durch Husum tragen lässt. Standardmäßig ist dein Mobilitätsplatz der Schlafsessel vorne rechts.«

Große Jäger faltete die Hände und streckte sie zur Zimmerdecke, verdrehte kunstvoll die Augen und klagte mit verstellter Stimme: »Oh Herr, lass Weisheit regnen über den nordfriesischen Nachwuchs. Lieber Christoph. Du hast auf Erden viel Gutes und Kluges bewirkt. Nun bezirzt du Petrus, dass er uns schon seit Jahren gutes Wetter beschert. Schicke bitte auch Einsicht und Vernunft dem jungen Mann in meinem Büro.«

Cornilsen stöhnte auf. »Ist ja gut. Ich öffne das Fenster.«

Sofort drang von draußen der Lärm der Poggenburgstraße ins Zimmer.

»Wir bekommen eine neue Hausnummer für die Dienststelle«, hatte Große Jäger vor Kurzem verkündet. »Dann ist das Polizeirevier Husum nicht mehr in der Poggenburgstraße 9.«

»Sondern?«

»221b.«

»Verstehe ich nicht.«

Große Jäger gab einen Zischlaut von sich. »So ist es mit Niebüller Abiturienten. In der Baker Street 221b residierte Sherlock Holmes.«

»Dann besteht keine Gefahr, dass wir umnummeriert werden. Was ist die Londoner Adresse gegen Poggenburgstraße 9?«

Jetzt wurden sie abgelenkt, als sich die Tür öffnete und Kriminalrat Mommsen eintrat.

»Moin«, sagte der Dienststellenleiter und baute sich vor den Schreibtischen auf. Die beiden Beamten erwiderten den Gruß.

Mommsen erkundigte sich, ob das Wochenende gut verlaufen sei. Dann bestätigte er auf Nachfrage, dass er und sein Lebensgefährte Karlchen ebenfalls schöne Tage verbracht hatten. »Das gute Wetter hat offenbar auch andere animiert, zu feiern. Leider mit einem tragischen Ausgang. Am Sonnabendmorgen hat man einen toten Jugendlichen gefunden.«

»Davon haben wir noch nichts gehört«, warf Große Jäger ein.

»Richtig. Das wurde mit Rücksicht auf den Toten und dessen Familie bisher zurückgehalten.«

»Weiß man etwas über die Todesursache?«

»Der Jugendliche ist in der Kieler Rechtsmedizin.«

»Fremdeinwirkung?«

»Das ist unbestimmt.«

»Ein goldener Schuss?«

»Vielleicht«, wich Mommsen aus. »Es könnte aber auch sein, dass er sich zu Tode getrunken hat. Es gibt Anzeichen dafür.«

»Was haben wir damit zu tun?«

»Tja.« Mommsen hielt inne. »Es ergibt sich ein unklares Bild. Die Schutzpolizei war aufmerksam und hat Schleifspuren am Fundort entdeckt.«

»Das könnte bedeuten, dass er von seinen Saufkumpanen dorthin geschleppt wurde.«

»Denkbar«, erwiderte Mommsen.

»Wo hat man den Jungen gefunden?«

»Im Totengang, gleich neben dem Westfriedhof.«

»Wie sinnig«, merkte Große Jäger an.

»Nehmt euch der Sache an«, sagte Mommsen. »Name und Adresse bekommt ihr an der Wache.« Dann verließ er das Zimmer.

Sie suchten die »Wache« im Erdgeschoss auf und ließen sich den Vorgang geben. Die Polizei war am Sonntagmorgen um fünf Uhr zweiundvierzig von einem Zeugen angerufen worden. Der Triebfahrzeugführer war auf dem Weg zum Dienst gewesen. Er hatte angegeben, in Husum den Regionalexpress nach Kiel übernommen zu haben und auf dem Weg zum Einsatz auf die leblose Gestalt getroffen zu sein. Er dachte, ein betrunkener Jugendlicher schlafe dort seinen Rausch aus. Die Nacht sei nicht kalt gewesen, und außer einer Erkältung werde dem jungen Mann nichts geschehen sein. Der Mann berichtete, dass er schon ein paar Meter vorbeigegangen sei, sich dann aber doch noch einmal umgedreht habe, um nach dem Hilflosen zu sehen. Da der nicht ansprechbar war, hatte er die Polizei gerufen und seinen Namen hinterlassen. Nach zehn Minuten war der Rettungswagen eingetroffen. Der Zeuge hatte sich dann zum Dienst begeben und noch angemerkt, dass es sonst hieße: Der Regionalexpress nach Kiel fällt heute aus, weil der Lokführer einen Betrunkenen gefunden hat.

Die Besatzung des Husumer Rettungswagens und der hinzugezogene Notarzt hatten den Tod des Jugendlichen festgestellt. Der Polizeistreife waren einige Merkwürdigkeiten, unter anderem die Schleifspuren, aufgefallen. Sie hatten die Bereitschaft der Kripo hinzugerufen. Hauptkommissar Hundt, der zum Fundort geeilt war, teilte ihre Auffassung und informierte die Flensburger Spurensicherung.

»Das ist alles«, erklärte der Uniformierte. »Die Eltern sind benachrichtigt.«

»Gibt es schon weitere Hinweise?«, wollte Große Jäger wissen.

»Mir beziehungsweise uns ist nichts bekannt. Der Fall liegt bei euch.«

»Der blöde Hundt«, knurrte Große Jäger und eilte, gefolgt von Cornilsen, in das Büro des Kollegen. Der Raum war verwaist, der Schreibtisch aufgeräumt, der Bildschirm dunkel.

»Wo steckt dieser Mischling zwischen Dackel und Dogge?«, fauchte der Hauptkommissar und bellte griesgrämig.

Mommsen sah auf, als Große Jäger ins Büro stürmte.

»Wo ist die Kröte? Das Kamel? Das Faultier? Äh …« Große Jäger wedelte wild mit der Hand in der Luft herum. »Irgend so ein Tier meine ich.«

»Wilderich!« Es war ein Ordnungsruf. »Ich dulde diesen Umgang nicht unter den Kollegen der Dienststelle. Herr Hundt ist seit Sonntag im Urlaub.«

»Dem sollte man auf Lebzeiten das Frolic entziehen. Verdrückt sich der Kerl in ein Hundehotel und hinterlässt uns einen ungeordneten Haufen.«

»Er hat alles in seiner Macht Stehende angeleiert.«

»Das ist schon ein Leierkastenmann. Ich weiß.« Wutschnaubend drehte Große Jäger sich um und kehrte zu seinem Arbeitsplatz zurück. Er ließ sich in seinen Bürostuhl fallen, dass das Möbel bedenklich knarrte. Dann zeigte er auf Cornilsen. »Ein Fall für dich.«

»Für uns«, erwiderte der Kommissar.

Große Jäger bohrte sich im Ohr, betrachte kurz die Ernte und sagte: »Ich habe Hochdeutsch gesprochen. Es wird Zeit, dass du einmal allein deine Dienstbezüge verdienst. Gut, damit du dich nicht verläufst, begleite ich dich.«

Cornilsen sah ihn einen Moment irritiert an, dann machte er sich mit Feuereifer ans Werk.

»Jan Behrendsen, fünfzehn Jahre«, sagte er. »Wohnt mit seinen Eltern in der Mozartstraße.«

Große Jäger sah ihn fragend an.

»Suchen wir sie auf.«

Die Mozartstraße lag in einem ruhigen Wohnbezirk, in dem die Straßen nach berühmten Komponisten benannt waren. Die für Husum typischen Rotklinkerhäuser säumten die schmalen Straßen. Die Familie Behrendsen bewohnte ein älteres Giebeldachhaus. Sie fanden direkt davor einen Parkplatz.

Es dauerte nur einen Moment, bis die Tür geöffnet wurde. Eine rundliche Frau öffnete ihnen und sah sie fragend an.

»Frau Behrendsen?«, wollte Cornilsen wissen.

Sie schüttelte den Kopf. »Hammer ist mein Name. Ich wohne da drüben.« Sie zeigte an den Beamten vorbei in eine unbestimmte Richtung. »Nachbarin. Nein. Wir sind befreundet.«

»Polizei. Wir würden gern mit den Eltern sprechen.«

»Die sind drin. Komm Sie mit.« Sie fragte nicht nach dem Ausweis.

Das schlichte Wohnzimmer war von einer ordnenden Hand liebevoll dekoriert worden. Keine teuren Designermöbel, die Einrichtung stammte erkennbar aus einem Großmarkt. Die Sitzmöglichkeiten waren auf den großen Fernsehapparat ausgerichtet, der den Raum dominierte. Auf dem Glastisch unterhalb des Bildschirms stapelten sich elektronische Geräte. Decoder. Rekorder. Spielekonsole. Kopfhörer. Fernbedienungen.

Die Bewohner waren sicher mit den Laufwegen in dem engen Raum vertraut und fanden ohne Mühe den Zugang zum Esstisch, der mit einer Stirnseite gegen die Wand gestellt war. Um die anderen drei Seiten waren fünf Stühle gruppiert. Auf dem Tisch standen drei Kaffeebecher. Der Aschenbecher war zur Hälfte gefüllt. Eine Katze, die sich auf dem Sofa zusammengerollt hatte, hob träge den Kopf, begutachtete die Neuankömmlinge und setzte dann die Fellpflege fort.

Am Tisch saß ein Paar. Große Jäger schätzte die beiden auf um die vierzig. Der Mann trug ein T-Shirt. Auf der Unterseite der stark behaarten Arme hatte er sich Tattoos stechen lassen. Die rotblonden Haare waren kurz geschnitten. Die stämmige Frau war mit einem leichten Pullover bekleidet, der nur zum Teil in die Jeans gestopft war. Ihre blonden Haare waren ungekämmt. Das Gesicht war gerötet, die Augen verquollen.

»Das sind die Eltern«, erklärte Frau Hammer. »Die beiden sind von der Polizei«, stellte sie die Beamten vor.

Große Jäger nickte Cornilsen aufmunternd zu. Der junge Kollege schluckte heftig. Sein Adamsapfel hüpfte auf und ab.

»Wir kommen von der Husumer Polizei«, begann Cornilsen und senkte die Stimme, bevor er kaum hörbar »Unser aufrichtiges Beileid« anfügte. »Können Sie uns noch ein paar Fragen beantworten?«

In der Aufregung hatte er es versäumt, sich und Große Jäger namentlich vorzustellen.

Torsten Behrendsen nickte kaum merklich. Seine Frau vermied es, die Polizisten anzusehen.

»Ich seh mal in die Küche«, sagte die Nachbarin Hammer und zog sich diskret zurück.

»Dürfen wir uns setzen?«, fragte Große Jäger.

Behrendsen deutete mit einer Geste sein Einverständnis an. Die Beamten nahmen gegenüber dem Ehepaar Platz.

»Hat Ihr Sohn gesagt, mit wem und wo er am Freitag feiern wollte?«, begann Cornilsen.

»Jan war bei Freunden. Die haben öfter zusammen abgehangen. Was machen die jungen Leute mit fünfzehn sonst?«, fragte der Vater sich selbst.

»Kennen Sie die Namen?«

»Meistens aus seiner Klasse. Er geht in die Achte zur Ferdinand-Tönnies-Schule in der Flensburger Chaussee.«

»Die Gemeinschaftsschule«, ergänzte Cornilsen. »Mit wem hat sich Ihr Sohn in der Freizeit getroffen?«

»Dörte?« Behrendsen stieß seine neben ihm sitzende Frau sanft an.

Die Mutter zuckte zusammen, als wäre sie aus einer Trance erwacht.

»Wie? Was?«, fragte sie irritiert. »Das ist unterschiedlich. Wir wohnen schon immer in Husum. Die Kinder sind hier groß geworden. Jan und seine beiden Brüder.«

»Die sind bei meinen Schwiegereltern in Viöl«, schob Behrendsen dazwischen.

»Meine Eltern wohnen in …«, begann seine Frau und erklärte umständlich, wo sich das Haus der Eltern in dem aufstrebenden ländlichen Zentralort an der Straße nach Flensburg befand.

»Sie wollten sagen, mit wem Jan oft zusammen war«, erinnerte Cornilsen sie, nachdem sie ihre Erklärung abgeschlossen hatte.

»Das sind einige. Benedikt. Alexander. Amir. Emre. Pascal.«

»Hat er gesagt, mit wem er am Freitag verabredet war?«

Herr Behrendsen schüttelte den Kopf. »Wir haben am

Abend, als er um neun noch nicht zu Hause war, die Freunde abtelefoniert. Er hatte sich nachmittags mit Emre und Pascal getroffen. Die waren an der Kleikuhle. Pascal ist dann zu einem anderen Freund. Allein. Jan und Emre haben noch ein wenig an der Tine rumgehangen. Emre sagte, er ist gegen halb neun nach Hause, weil Jan sagte, er hätte noch etwas vor.«

»Was?«, wollte Cornilsen wissen.

»Das wissen wir nicht. Das hat er auch Emre gegenüber verschwiegen. Emre war ein bisschen sauer, weil Jan so geheimnisvoll tat. ›Hast du eine Tusse aufgerissen?‹, wollte Emre wissen. Aber unser Sohn hat geschwiegen.«

»Hat Jan sich nicht zwischendurch gemeldet? Eine SMS geschickt?«

»Dörte?« Erneut stieß Behrendsen seine Frau an.

»SMS ist out. Wenn, dann hätte er eine WhatsApp geschickt. Aber Freitag … Da war nichts. Ich habe ihn mehrfach angemorst, aber keine Antwort erhalten.«

»Kam das öfter vor?«

»Jan war kein Baby mehr«, antwortete der Vater. »Wir haben ihm Freiheiten gelassen. Die hat er aber nicht ausgenutzt. Klar – es kam schon vor, dass er nicht zur vereinbarten Zeit zu Hause war. Aber so einfach weggeblieben … Nein, eigentlich nicht.«

Cornilsen räusperte sich. »Hat Jan Drogen genommen? Alkohol getrunken?«

»Nein«, protestierte der Vater heftig. »Das gibt es in unserer Familie nicht.« Automatisch griff er zur Zigarettenpackung und zündete sich einen Glimmstängel an.

»Darf ich?«, fragte Große Jäger und folgte Behrendsens Beispiel, nachdem er keine Antwort erhielt.

Die Mutter sagte etwas.

»Bitte?«, fragte Große Jäger, weil es fast lautlos über die Lippen der Frau kam.

»Wir haben ihm Vorhaltungen gemacht, aber es kam schon mal vor, dass die Jungs gekifft haben.«

»Ein- oder zweimal«, wiegelte der Vater ab.

»Und Alkohol?«

»Na ja. Die Jungs sind neugierig. Die haben es sicher schon einmal probiert. Ein Bier. Oder zwei.«

»Und härtere Sachen?«

»Bestimmt nicht. Nicht in dem Alter.«

»Du bist ein schlechtes Beispiel«, sagte Frau Behrendsen.

»Wie kommst du darauf? Ich trinke abends mein Feierabendbier. Mehr nicht. Das kann ich mir gar nicht leisten.« Er zeigte mit dem Daumen zur Zimmerwand. Hinter dem kleinen Wäldchen befand sich die Julius-Leber-Kaserne, in der das Spezialpionierregiment 164 »Nordfriesland« beheimatet war.

»Sie sind Soldat?«

Er schüttelte den Kopf, nachdem er einen tiefen Zug an seiner Zigarette genommen hatte. »Ich bin Kfz-Meister. Ziviler Angestellter bei der Bundeswehr.«

»Mein Mann will nicht zugeben, dass er für Jan ein schlechtes Vorbild ist.« Frau Behrendsen wedelte mit der Hand. »Und für die beiden Jüngeren auch. Du mit deiner verdammten Qualmerei.«

»Das lernen die da draußen«, behauptete Behrendsen.

»Ach was. Er sieht es doch bei seinem Vater.«

Bevor die eheliche Auseinandersetzung eskalierte, mischte sich Große Jäger ein. »Sind Sie auch berufstätig?«

»Ja«, bestätigte sie. »Ich arbeite dreißig Stunden in der Woche in einer Husumer Steuerkanzlei. Ich bin Steuerfachgehilfin. Ein Einkommen reicht nicht bei drei Kindern. Der Bund zahlt nicht übermäßig viel. Da tun ein paar zusätzliche Euro gut.«

»Nun glauben Sie aber nicht, dass unsere Kinder deshalb vernachlässigt werden. Anita – also Frau Hammer – wirft einen Blick darauf, wenn Dörte arbeiten ist.«

Cornilsen versuchte es auf unterschiedliche Weise, dem Ehepaar zu entlocken, wo sich ihr Sohn am Freitag aufgehalten haben könnte. Gab es doch noch andere Freunde? Ein Mädchen?

»Nein«, sagte der Vater entschieden. »Jan ist sehr engagiert im Handball. Er spielt beim TSV Mildstedt.« Dann entstand eine längere Pause. »Was soll nun werden?«, fragte Behrendsen zum Abschied.

»Sie werden von uns hören«, wich Cornilsen aus.

Die Mutter fing an zu weinen. »Jan – man hat ihn nach Kiel gebracht?«

Cornilsen nickte stumm.

»Ihn da aufgeschnitten?«

Der Kommissar suchte nach den richtigen Worten. Große Jäger sprang für ihn ein. »Es gibt ein vorgeschriebenes Verfahren«, sagte er. »Wir alle, Sie eingeschlossen, möchten gern wissen, was vorgefallen ist. Das Prozedere gibt uns Gewissheit.«

»Stimmt es, dass Jan betrunken war? Die Polizisten, die am Sonnabendmorgen hier waren, haben so etwas angedeutet«, hakte Frau Behrendsen nach.

»Sie werden informiert, sobald ein Ergebnis vorliegt.«

Die Frau schlug die Hände vors Gesicht und begann hemmungslos zu schluchzen. »Jan, unser Sohn. Er war doch erst fünfzehn«, wiederholte sie mehrfach, während Frau Hammer aus der Küche auftauchte und die Beamten zur Tür geleitete.

»Das war der erste Eindruck der Streife«, sagte Große Jäger auf dem Weg zum Auto. »Die Kollegen glauben, dass Jan Behrendsen völlig betrunken gewesen war. Wir müssen das Ergebnis der Rechtsmedizin abwarten. Jetzt fahren wir zu der Stelle, an der man den Jungen gefunden hat.«

Cornilsen musterte Große Jäger von der Seite, als sie im Auto saßen.

»Vorhin hattest du ein Stoßgebet zum Himmel geschickt, dass es über die Jugend Weisheit regnen soll. Es sieht so aus, als wäre das notwendig.«

»Mal ehrlich. Davon haben wir beide auch nicht viel abbekommen.«

Große Jäger strich sich versonnen über seinen Schmerbauch, der die Gürtelschnalle der Jeans verdeckte. Man musste gutwillig sein, um ihren Zustand als »gebraucht« zu bezeichnen. Die fleckige Lederweste mit dem Einschussloch und das Holzfällerhemd schienen mit ihm verwachsen zu sein. Sein Humorverständnis hatte einmal seine Grenze erreicht, als Cornilsen ihm kondolierte und auf seine irritierte Nachfrage darauf hinwies, dass der Hauptkommissar Trauer unter den Fingernägeln trug. Der Zahn der Zeit nagte auch an Große Jäger. Die Stoppeln der »Unrasur«, wie Cornilsen den Schimmer auf den Wangen seines Gegenübers nannte, waren ebenso wie ein Teil der Haarsträhnen von einem leichten Silbergrau durchzogen. Das nahm ein wenig von dem fettigen Glanz der ungewaschenen Haare. Große Jäger hätte sich mit Sicherheit in der Zeit Ludwigs XIV. wohlgefühlt, als man die Körperhygiene nicht mit Wasser und Seife, sondern mit Puder vollzog.

»Totengang« lautete der Name einer kleinen Stichstraße, die von der Nordbahnhofstraße zum idyllischen Westfriedhof führte, der »Hinter der Neustadt« lag. Auch dieser Name bezeichnete eine Straße, die durch ein Absperrgitter vom Totengang abgegrenzt wurde. Während auf einer Straßenseite ein paar Gewerbehinterhöfe lagen, war die linke Seite mit einem modernen Rotklinkergebäudekomplex bebaut, an dessen südlichem Ende sich ein Kinderspielplatz anschloss. Ein Drahtzaun bildete die Abgrenzung zum mit liebevoller Hand gestalteten und gepflegten Friedhof.

»Das ist hier nachts ziemlich trist«, stellte Große Jäger fest und musterte die Abfallcontainer, die sich seitlich des Wohnkomplexes befanden. Eine Handvoll Spielgeräte auf einer Sandfläche möblierte ein etwas armseliges Areal. Kindern mochte es zum Toben ausreichen. Für die Erwachsenen waren Bänke aufgestellt. Große Jäger zeigte auf die hintere. »Da hat man Jan Behrendsen abgelegt.« Er sah sich um. »Wie kommt man hierher? Entweder mit dem Auto von der einen Seite in den Totengang oder von der anderen Seite bis zum Friedhof.«

»Was macht es für den Saufkumpan für einen Sinn, die Leiche …«

»Vielleicht war er noch nicht tot«, warf Große Jäger ein.

»Was macht es für einen Sinn, den Betrunkenen mit dem Auto hierherzubringen?«

»Wenig. Es wäre denkbar, dass das Saufgelage in der Nähe stattgefunden hat. In einem der Häuser? Hier ist alles ruhig und bürgerlich. Das hätten Nachbarn mitbekommen. In der Parallelstraße, der Neustadt, gibt es Kneipen und Spelunken. Ich halte es für wahrscheinlicher, dass man sich dort betrunken hat.«

»Gut.« Cornilsen zog die Stirn kraus. »Wenn jemand volltrunken ist und es ihm nicht gut geht, ruft man den Notarzt. Weshalb legt man den Hilfsbedürftigen hier ab?«

»Er war minderjährig. Das könnte unangenehm für den Gastwirt werden, wenn das Besäufnis in einem solchen Etablissement stattgefunden hat. Ich kenne mich hier ganz gut aus und habe Kontakte. Die werde ich heute Abend nutzen. Wie willst du vorgehen?«

»Ich?« Cornilsen war für einen Moment sprachlos. Er sah zu den Wohnhäusern. »Ich werde die Anwohner befragen. Die Leute müssen etwas gehört haben, wenn es dort stattfand. Oder junge Leute haben sich auf dem Spielplatz getroffen. Aber auch das hätten die Nachbarn bemerkt. In einem solchen Fall wären außerdem Spuren hinterlassen worden. Flaschen. Dosen. Zigarettenkippen und so weiter. Ich prüfe das.«

Große Jäger nickte zustimmend.

»Ich bringe dich zur Dienststelle. Dann fahre ich zur Schule und spreche mit den Lehrern und den Mitschülern.«

»Mach weiter so, Hosenmatz«, sagte der Hauptkommissar anerkennend und ließ sich in der Poggenburgstraße absetzen.

Dort erwartete ihn bereits Mommsen.

»Wir sind am Ball«, sagte Große Jäger ungnädig. »Wir können viel, aber nicht hexen.«

»Dessen bin ich mir bewusst. Es geht um etwas anderes, ein anderer Fall. Du könntest Cornilsen einmal allein auf etwas ansetzen«, schlug der Kriminalrat vor.

Große Jäger erzählte, dass dies auch ohne »väterlichen Rat«

seitens des Vorgesetzten geschehen war. »Um was geht es jetzt? Körperverletzung, nachdem jemand beim Friseur in den Spiegel gesehen hat?«

»Eine Vermisstensache. Eine Frau ist verschwunden.«

»Und nun will der Ehemann einen ausgeben, damit wir sie nicht suchen?«

Mommsen ging nicht darauf ein.

»Karin Amundsen ist vierundsiebzig Jahre, alleinstehend. Sie wohnt in der Ludwig-Ohlsen-Straße.«

Große Jäger wiederholte den Straßennamen und zog eine Augenbraue in die Höhe. »Wo ist das?«

»Eine kleine Nebenstraße, die von der Flensburger abgeht, parallel zur Mommsenstraße.«

Große Jäger stach dem Kriminalrat mit dem Zeigefinger in die Brust. »Klar, dass du weißt, wo das ist. Okay. Ich kümmere mich darum. Wer hat die Anzeige aufgegeben?«

»Eine Nachbarin. Eggers.«

Der Hauptkommissar beschloss, mit seinem Privatwagen zu fahren, nachdem Mommsen versichert hatte, dass das Dienstrad zurzeit in Benutzung sei.

Husum war eine bedeutende Garnisonsstadt. Neben der Julius-Leber-Kaserne, in der Torsten Behrendsen beschäftigt war, gab es die traditionsreiche Fliegerhorstkaserne. Seit Langem war das dort beheimatete Jagdbombergeschwader Geschichte. Heute beherbergte der Fliegerhorst das einzige Flugabwehrraketengeschwader der Bundeswehr, das den stolzen Namen »Schleswig-Holstein« trug. Westlich des Areals verlief die Spielstraße Ludwig-Ohlsen-Straße. Lang gestreckte Mehrfamilienhäuser, in denen früher viele Bundeswehrangehörige wohnten, zogen sich entlang der Straße mit dem vielen Grün. Inmitten des schmalen Fahrwegs stoppten begrünte Inseln zusätzlich den Verkehrsfluss. Die Wohnungen waren nicht groß, die dunklen Klinkerhäuser älter. Wollte man es plakativ beschreiben – hier war die Welt noch in Ordnung.

Husum war die kleine Stadt mit dem großen Herzen. Oder die der kurzen Wege. Dummer Schnack, dachte Große Jäger. Schließlich hatte man den Bahnhof weit außerhalb gebaut. Es waren glatte fünfhundert Meter bis ins Zentrum.

Große Jäger klingelte bei Amundsen und war überrascht, dass der Türsummer ertönte. Auf dem Absatz in der ersten Etage erwartete ihn eine grauhaarige Frau.

So lösen sich die Probleme, dachte er zufrieden. »Moin, Frau Amundsen.«

»Eggers«, widersprach sie. »Ich bin Frau Eggers. Die Nachbarin. Karin – äh, Frau Amundsen – wohnt da.« Sie zeigte auf die andere Wohnungstür.

»Ich komme von der Polizei«, sagte Große Jäger schnaufend.

»Echt?«

Nee, unecht. Und wenn die Nachbarin öffnete, schien *das Problem* noch existent zu sein. »Sie haben eine Vermisstenanzeige aufgegeben?«

»Richtig. Ich bin deshalb extra bis zur Polizei. Die ganze Strecke mit dem Fahrrad. Ist 'ne ordentliche Ecke.«

»Seit wann vermissen Sie Frau Amundsen?«

»Hab ich doch gesagt. Seit gestern.«

»Hm. Kann sie verreist sein?«

»Karin? Nö. Wohin denn? Sie hat doch keinen.«

»Familie? Kinder? Freunde?«

»Sag ich doch. Da is nix mit popeliger Verwandtschaft. Gibt irgendwo 'ne Schwester. Aber da hat sie kein Kontakt zu. Kinder hatte sie viele.«

»Wo wohnen die?«

Frau Eggers lachte herzhaft. Dabei verrutschte ihr das Gebiss ein wenig. Gekonnt schob sie es mit der Zunge zurecht. »Wer soll die alle kenn? Karin war doch Kindergärtnerin bei der AWO.«

»In der Kurt-Pohle-Kita?«

»Ja. Kennen Sie die? Ist super. Sie hat da manchmal noch Vertretung gemacht. Eigene Görn … Nee. Da war nix. Sie hat ja auch kein Kerl gehabt.«

»Freunde?«

»Ja. Mich. Wir sind man nicht nur Nachbarn.«

»Und andere Freunde? Bekannte?«

»Bin ich nich gut genug?« Ein Hauch Empörung schwang bei der Antwort mit. »Also. Einmal im Monat sind wir zum Kaffeeklatsch nach Jacquelines Café. Wissen Sie, wo das ist?«

Große Jäger nickte.

»Da komm noch ein paar andere alte Schachteln dazu. Aber sonst? Nee. Da is nix.«

»Wie ist Ihnen aufgefallen, dass Frau Amundsen abwesend ist?«

»Wir wohn doch Wand an Wand. Seit ewig. Und gestern hab ich nix gehört. Sonst rumort es doch in der Wohnung. Bad, Küche und so.«

»Und dann?«

»Zuerst hab ich geklingelt. Und als sich nichts rührte, bin ich rüber.«

»Sie haben einen Schlüssel?«

»Selbstverständlich.«

»Ist Ihnen etwas aufgefallen? Hatte Frau Amundsen Besuch?«

»Von wem denn? Das hätte ich gehört, junger Mann.« Sie maß ihn mit einem abschätzenden Blick. »Na ja, so ganz jung sind Sie ja auch nicht mehr.«

»Können wir einen Blick in die Wohnung werfen?«

»Sicher.« Sie bewegte den Zeigefinger hin und her. »Aber keine Unordnung machen. Ich pass auf.« Sie verschwand in ihrer Wohnung und vergaß auch nicht, die Tür hinter sich zu schließen. Kurz darauf tauchte sie wieder auf und öffnete die Nachbarwohnung.

Im kleinen Flur war eine Garderobe angebracht. Dort hingen ein leichter Sommermantel, eine dünne Jacke und ein Leinenbeutel.

»Den hat Karin immer dabei, wenn sie einkaufen ist. Sie geht nicht ohne den. Eher vergisst sie ihr Portemonnaie.«

In einem Messingständer fanden sich zwei Regenschirme.

Große Jäger wollte eine geschlossene Tür öffnen, als ihn Frau Eggers am Ärmel zupfte.

»Muss das sein? Das ist Karins Schlafzimmer.«

»Wir werden sie sicher nicht im Negligé erwischen«, erwiderte Große Jäger.

Der Raum war klein. Das Bett aus Birnbaum war gemacht. Auf dem Nachttisch standen eine Leuchte und ein elektrischer Wecker. Daneben lag ein aufgeschlagenes Buch.

»Sie liest leidenschaftlich gern Krimis«, erklärte Frau Eggers. »Am liebsten welche von hier.«

Der Hauptkommissar öffnete den Kleiderschrank. Im Inneren befand sich das, was man bei einer Frau ihres Alters erwarten durfte. Ihn interessierte aber mehr, ob es Lücken oder leere Kleiderbügel gab. Das schien nicht der Fall zu sein. Auf dem Schrank lag ein Koffertrolley.

»Wissen Sie, ob Frau Amundsen noch anderes Reisegepäck hat?«

»Soweit ich weiß … Nee. Warum auch? Sie ist ja fast nie verreist. Und wenn, dann für ein paar Tage. Mit unserer Tratschtruppe vom Café. Sie wissen schon«, fügte sie an. »Da hat sie ihre paar Sachen immer in dem Ding da gehabt.«

Es sah nicht aus, als sei die Frau verreist. Große Jäger durchsuchte das Badezimmer. Hier fanden sich Zahnbürste und Zahnpasta und ein paar Kosmetika. An der Wand war ein kleiner Wäschetrockner befestigt. Dort hingen drei rosafarbene Damenschlüpfer, die auch mit viel Phantasie nicht mehr als Reizwäsche durchgehen würden. Frau Eggers bemerkte Große Jägers Blick und kommentierte es mit einem »Ohhh«. Dabei hielt sie sich die Hand vor den Mund.

Im Wohnzimmer gab es einen kleinen Esstisch mit zwei Stühlen, ein bequemes Sofa und einen niedrigen Couchtisch. Auf der Fensterbank mit den Wolkenstores standen Blumentöpfe. Ein Tulpenstrauß war in einer Glasvase arrangiert und schmückte den Esstisch, auf dem eine weiße Decke mit bunten Blumenranken in Kreuzstickerei lag. Ein zweiter bunter

Blumenstrauß stand auf dem Couchtisch. Daneben die aufgeschlagene Fernsehbeilage der Husumer Nachrichten und eine Lesebrille. Große Jäger warf einen Blick auf die Zeitung. Es war das Sonntagsprogramm.

Frau Eggers schien alles genau zu registrieren. »Was sollen ältere Menschen wie wir sonst machen? Fernsehen. Sonntags hatte Karin nie Zeit. Da war sie immer unsicher, ob sie ›Tatort‹ oder den Film im Zweiten sehen soll. Beides geht ja nicht.«

»Man könnte eines original ansehen und das andere aufzeichnen«, schlug Große Jäger vor.

»Ach nö«, winkte Frau Eggers ab. »Das ist zu viel Technik.«

Alles wirkte aufgeräumt und sauber. Als Letztes warf er einen Blick in die Küche. Auf der Arbeitsfläche lag ein Brettchen aus Kunststoff, auf dem sich zwei Scheiben Schwarzbrot wellten. Daneben standen eine Plastikdose mit einem angebrochenen Klotz Butter, ein Glas Erdbeermarmelade und ein Glas Honig. In die Kaffeemaschine war Wasser gefüllt, von der Dose mit dem Kaffeepulver war der Deckel abgenommen.

»Sie hat sich gerade Frühstück gemacht«, meinte Große Jäger.

»Spannend, was so ein Detektiv alles sieht«, staunte Frau Eggers. »Ja, so war das jeden Morgen. Ich glaube, seit dreißig Jahren gibt es bei Karin zwei Scheiben Brot. Eine mit Honig, eine mit Marmelade. Dazu einen großen Pott Kaffee. Koffeinfrei.«

Wieso verschwand jemand, der sich gerade das Frühstück zubereitete? Bei der Akkuratesse, mit der die Wohnung aufgeräumt und gepflegt war, würde Karin Amundsen das angefangene Frühstück nicht so stehen lassen.

»Als Sie feststellten, dass Ihre Nachbarin sich nicht meldet, sind Sie in diese Wohnung gegangen?«

»Klar. Ich hatte dabei ordentlich Herzpochen. Hoffentlich liegt sie da nicht irgendwie herum, habe ich gedacht.«

»War die Wohnungstür abgeschlossen?«

»Natürlich stand sie nicht offen.«

»Ich meine, ob das Schloss ein- oder zweimal herumgedreht war.«

»Nein, weshalb auch? Das hat sie immer nur nachts gemacht. Oder wenn sie weg war. Aber wenn sie hier war, dann hat sie nicht abgeschlossen.«

Merkwürdig. Es gab keine Anzeichen dafür, dass Karin Amundsen geplant die Wohnung verlassen hatte, schon gar nicht für eine Reise. Alles deutete auf einen überhasteten Aufbruch hin. Große Jäger ließ sich noch einmal den Keller und die anderen Gemeinschaftsräume zeigen.

»Da hab ich gar nicht dran gedacht«, sagte Frau Eggers erschrocken. »Wenn sie in Keller gegangen ist und da 'nen Herzkasper gekriegt hat. Mein Gott.«

Diese Befürchtungen bewahrheiteten sich nicht.

»Suchen Sie Karin nun?«, wollte die Nachbarin zum Abschied wissen.

Große Jäger ließ sich noch den Namen des Hausarztes geben. Dann fuhr er zur Dienststelle zurück.

Seine Rückfrage im Husumer Krankenhaus ergab, dass die Frau dort nicht bekannt war. Auch der Rettungsdienst hatte keinen entsprechenden Einsatz zu verzeichnen.

Beim Hausarzt stieß er auf Widerstand. Der Mediziner wollte nicht einmal bestätigen, dass Karin Amundsen seine Patientin war.

Zwei Stunden später kehrte Cornilsen zurück. An seinem Gesichtsausdruck war erkennbar, dass seine Mission nicht von Erfolg gekrönt gewesen war. Der Kommissar berichtete, dass Jan Behrendsen in der Schule als unauffälliger Schüler galt. Er »schwamm mit«, hatte es der Klassenlehrer genannt. Seine Leistungen waren durchschnittlich. Im sozialen Umgang war er unproblematisch. Man wusste nichts von Exzessen in Sachen Drogen oder Alkohol. Rauchen – ja, das war leider ein Übel, auf das man ihn hingewiesen hatte. Erfolglos. Cornilsen hatte auch mit den Mitschülern gesprochen. Sie hatten das bestätigt, was ihnen die Eltern berichtet hatten. Jan habe – soweit bekannt – keine anderen Kontakte gepflegt. Sicher. Man kannte sich in dieser Altersgruppe in Husum. Zumindest zum großen Teil. Die Jungen waren auch gelegentlich »durch die Gemeinde gezogen«. Emre hatte gestanden, dass man auch schon einmal eine Flasche Bier geleert habe. Betrunken sei dabei keiner gewesen. Das hätte bei ihm zu Hause Zoff gegeben, hatte Emre erklärt und Cornilsen angefleht, es unter keinen Umständen seine Eltern wissen zu lassen. Aber am Freitag … Nein. Da gab es keinen Alkohol. Und niemand wusste, mit wem sich Jan Behrendsen noch getroffen haben könnte.

Auch die Befragung der Bewohner am Totengang hatte keine Ergebnisse gebracht. Cornilsen war sich sicher, dass das Besäufnis dort nicht stattgefunden hatte. Mit Sicherheit hätten die Nachbarn es sonst bemerkt. Ein Mieter hatte ausgesagt, er habe nachts ein Auto gehört und sei davon wach geworden. Er habe nur das Motorengeräusch vernommen. Sonst nichts. Der Mann sagte, er sei zu träge gewesen, um aufzustehen und aus dem Fenster zu sehen. Weshalb auch?

»Es ist noch ungeklärt, wo sich Jan Behrendsen betrunken hat«, schloss Cornilsen seinen Bericht. »Und mit wem.«

Große Jäger nutzte seinen Kontakt zu den Husumer Nachrichten, um dort einen kurzen Bericht über das Verschwinden der vierundsiebzigjährigen Karin A. zu platzieren. Er gab eine kurze Personenbeschreibung durch und bat um den Hinweis, dass man sich an die örtliche Polizei wenden solle. Die restlichen Stunden verbrachten die beiden Beamten am Schreibtisch.

Cornilsen stand zwischendurch einmal auf und zeigte auf den für Große Jäger unsichtbaren Bildschirm. »Wir haben einen neuen Fall, dass sich ein Anrufer bei einer Seniorin gemeldet und als falscher Polizist ausgegeben hat. Zum Glück erfolglos. Das wäre eigentlich eine Aufgabe für dich. Du bist dieser Generation doch wesentlich näher als ich.«

Große Jäger hatte mit einem Knurrlaut geantwortet.

»Spare dir das für den Kollegen Hundt«, hatte Cornilsen erwidert.

ZWEI

Wetterfrosch Meeno hatte recht behalten. Hoch Hannes wollte nicht weichen. Für den Tag waren sechzehn Stunden Sonne angekündigt. Hier, im »Echten Norden«, wie der Slogan des Landes lautete, hatte der Tag eine Länge von mehr als siebzehn Stunden.

»Du bist wohl auch erst nach Sonnenuntergang zu Hause gewesen«, begrüßte Cornilsen seinen Kollegen, nachdem er auf das »Moin« keine Antwort erhalten hatte. Er wedelte mit der Hand vor seinem Gesicht herum, rümpfte die Nase und meinte: »Puuuh. Warst du zu einer Brauereibesichtigung?«

»Ich habe gearbeitet, während Oma dir deine Gutenachtgeschichte vorgelesen hat. Und wenn noch einmal so ein Spruch kommt, darfst du eine Woche den Kollegen von der Wache bei der Ablage helfen.«

»Ist ja gut. Man muss auch das Positive sehen. Du wirst heute gesund leben und nicht rauchen.«

»Wie kommst du darauf?«, wollte Große Jäger wissen.

»Bei dem Alkoholgehalt in deiner Atemluft gäbe es sofort eine Explosion.«

»Wenn ich nicht wüsste, dass du in Niebüll Abitur gemacht hast, könnte man vermuten, du hast in der Schule Chemie gehabt. Aber in Niebüll macht man die Reifeprüfung in den Pflichtfächern gregorianischer Gesang und Über-den-Deich-Blinzeln.«

»Na und? Immerhin gibt es da noch eine Prüfung. In Nottuln hat man dir das Abitur nach fünf Jahren Anwesenheit geschenkt.«

»Geht nicht. Dort gibt es kein Gymnasium.«

»Siehste. Kommt das Abitur da per Post?«

Große Jäger parkte die Füße in der Schreibtischschublade. »Hol mir mal 'nen Kaffee.«

»›Hol mir mal ’ne Flasche Bier‹ heißt das. Außerdem bist du kein Ex-Kanzler.«

»Das Einzige, was mir dazu fehlt, sind fünf Ehefrauen. Nun sieh zu, dass du mit dem Kaffee anrückst.«

Cornilsen verschwand und kehrte mit einem Becher des dampfenden Heißgetränks zurück.

Große Jäger setzte das Gefäß an und nahm einen Schluck. Er begann gleichzeitig zu husten, fluchte und japste nach Luft. »Verdammt«, keuchte er, »das Zeug ist so heiß, dass das ein Brandanschlag auf einen Vorgesetzten ist.«

»Das passt doch zu dir. Alles andere wäre kalter Kaffee.«

Nach einem mühsam heruntergeschluckten halben Becher berichtete Große Jäger von seinen abendlichen Erkundigungen in den Kneipen der Neustadt. Die Straße führte unweit des Fundorts von der sehenswerten Flaniermeile zum Kreishaus.

»Ich kenne mich dort aus«, versicherte der Hauptkommissar. »Jan Behrendsen ist da nicht aufgetaucht. Das hätte man mir nicht verschwiegen. Es bleibt also weiterhin rätselhaft, wo sich der Junge betrunken hat. Kein Wirt hätte es gewagt, mich zu belügen, weil er weiß, dass ich es sonst von einem der Gäste erfahren hätte.«

Große Jäger lehnte sich im Bürostuhl zurück und rief die Kieler Rechtsmedizin an. Er wurde mehrfach verbunden, bis er Dr. Diether am Apparat hatte.

»Sie sprechen undeutlich«, beklagte sich Große Jäger.

»Das liegt daran, dass ich den Hörer zwischen Clavicula und Regio buccalis eingeklemmt habe.«

»Das klingt aber nicht jugendfrei.«

»Es heißt nichts anderes als Schulter und Wange. Und um es auch für Nordfriesen verständlich auszudrücken: *Wange.* Nicht *Backe.*«

»Frühstücken Sie gerade?«

»Nicht direkt. Ich habe die Hände zwischen Milz und Leber geparkt und das Skalpell quer im Mund. Was ist Ihr Begehr?«

»Sie betreiben ein blutiges Geschäft.«

»Mag sein. Sie wollen sicher etwas über den Schüler wissen, den Sie mir auf den Obduktionstisch gelegt haben.«

Große Jäger bestätigte es.

»So voll, wie der mit Alkohol gepumpt war, könnte man ihn als Exponat für die Ausstellung verwenden. Der ist so konserviert, dass er auch in hundert Jahren noch diesen Erhaltungszustand hat. Wenn Sie je von einer Schnapsleiche sprechen – hier liegt eine vor.«

»Das ist nicht sehr pietätvoll«, sagte Große Jäger.

»Wieso? Wenn jemand den Alkohol in diesen Mengen in sich hineinpumpt, habe ich genauso wenig Mitleid wie bei einem Suizid. Ausbaden müssen es hinterher immer andere.«

»Sie?«

»Kaum. Das ist mein Job. Aber denken Sie an die Angehörigen, die Rettungskräfte, die bergen müssen.«

»Gibt es einen Laborbefund?«

»Wir haben es zurückgerechnet. Der Knabe hatte drei Komma zwei Promille im Blut. Da hat es auch nicht geholfen, dass er bis auf die Galle gespuckt hat.«

»Kann es sein, dass man ihm den Alkohol gegen seinen Willen eingeflößt hat?«

»In letzter Konsequenz kann ich das nicht bestreiten. Ich habe aber weder Abwehrverletzungen noch die in Fernsehkrimis so beliebten Fremdspuren unter den Fingernägeln gefunden. Die Forensik ist noch nicht ganz fertig, aber bisher gibt es keine Fremd-DNA.«

»Hat ihm jemand den Mund aufgehalten und etwas eingetrichtert?«

»Soweit ich es erkennen konnte – nein. Es gibt aber postmortale Spuren am Oberarm und unter den Achseln.«

»Die ihm nach seinem Tod zugefügt wurden?«

»Um es auch schlichten Gemütern wie Ihnen zu erklären: Als er tot war, hat ihn jemand gepackt und bewegt.«

»Ist das sicher?«

»Würde ich sonst Dr. Diether heißen?«

Große Jäger bedankte sich bei dem Rechtsmediziner und wünschte ihm weiterhin fröhliches Sezieren. Anschließend erörterte er das Ergebnis mit Cornilsen.

»Es liegen somit Indizien vor, dass Jan Behrendsen an anderer Stelle getrunken hat. Das Besäufnis ist aus dem Ruder gelaufen. Als der oder die Trinkgenossen feststellten, dass Jan tot war, haben sie ihn auf diese Weise im Totengang entsorgt.«

»Das heißt«, ergänzte Cornilsen, »der Junge war mit Erwachsenen zusammen. Seine gleichaltrigen Kumpel haben weder Führerschein noch Auto.«

»Es gibt noch die Option, dass er privat getrunken hat. Als die Eltern des oder der anderen Teilnehmer am Komasaufen die Situation registrierten, haben sie sich zu diesem Schritt entschlossen, um sich nicht der Verantwortung stellen zu müssen.«

»Wenn das so ist, dann …«, ließ Cornilsen den Satz offen.

Große Jäger fragte bei der Staatsanwaltschaft nach, ob der Leichnam freigegeben war. Nachdem er die Bestätigung erhalten hatte, sah er Cornilsen ernst an. »Du kannst diese Nachricht den Eltern überbringen.«

Sein Gegenüber zog den Kopf zwischen die Schultern ein. »Das ist eine schwierige Aufgabe.«

»Auch das musst du lernen.«

Cornilsen holte tief Luft. »Na denn dann. Ich fahre zu den Eltern«, sagte er und machte sich auf den Weg.

Große Jäger beschäftigte sich in den nächsten Stunden mit der ungeliebten Schreibtischarbeit und empfand das Klingeln des Telefons als willkommene Unterbrechung.

»Hier ist Tim«, meldete sich eine sonore Männerstimme.

»Welcher Tim?«

»Na, Tim Krohn aus Garding.«

»Entschuldigung, Tim, dass ich dich nicht gleich erkannt habe.«

Krohn war ein altgedienter Polizeihauptmeister, im Dienst ergraut. Einer von der alten Garde. Ein echter Landpolizist, ganz so, wie man sich eine solche Institution in der Phantasie vorstellte. Gefühlt tat Krohn schon seit Kaisers Zeiten Dienst auf Eiderstedt.

»De Pastoor harr mi anschnackt«, erklärte der Polizist. »Ick harr jem hüüt Moin bi Edeka sehn.« Krohn hüstelte. »Ich sprech mal lieber Hochdütsch. Sonst versteihst mi nich. Also, uns Pastor sein Küster hat am Sünnobend was anne Tür vonne Kark gefun'n. Da hat ein was angenagelt. Wie damals der Luther, hat er seegt. Nur dass Martin all lang dood bleven is.«

»War das etwas Unanständiges? Blasphemie?«

»Nee. Nix da. Auch keine Sachbeschädigung. Nur so 'n Nagel. Kann man mit 'n büsschen Farbe wieder wegkriegen. War 'n Bild vonne Frau, in einer Klarsichthülle. Sonst nix weiter.«

»Einer nackten?«

»Ach was. Einer älteren, die einkaufen geht. Aufm Bild is das Einkaufszentrum Theo in Husum erkenntlich, wenn man ein büsschen Phantasie hat. Kennst du den Supermarkt gegenüber vonne Post? Davor is das aufgenommen.«

»Ist das alles?«

»Ja. Ich hätt di jo nich anröpen, wenn ick nich hörn dei, dass ihr nach sonner Frau sucht.«

»Hast du das Bild?«

»Klor. De Pastoor wullt dat nich inne Kark aufhängn. Dor is schon een, harr he mi seegt.«

»Wann hat der Küster das gefunden?«

»Noch mal in Hochdeutsch für dich: Sonnabendmorgen.«

Sie wechselten noch ein paar Worte über Eiderstedt, die Leerstände in den Geschäftslokalen in Eiderstedts heimlicher Hauptstadt und über Krohns in Kürze anstehende Pensionierung.

»Ich freue mich auf meine Enkel, den Garten und all das, was liegen geblieben ist«, erklärte der Landpolizist.

Große Jäger widersprach ihm nicht, obwohl er sich sicher war, dass es für Tim Krohn eine Zäsur bedeuten würde. Der Mann war nicht Polizist, er lebte diese Aufgabe.

Zehn Minuten später reichte ein junger Beamter der Schutzpolizei eine Fotokopie herein. »Ist das für Sie?«, fragte er. »Das kam eben aus Garding.«

Auf dem Papier war die lebhafte Straße in Husums Zentrum zu sehen. Es herrschte rege Betriebsamkeit auf dem Fußweg. Selbst auf dem Bild war zu unterscheiden, wer seine alltäglichen Besorgungen erledigte oder sich als Gast gemächlich durch die Straßen der Westküstenmetropole treiben ließ. Das Bild war aktuell. Die Kleidung der Menschen ließ darauf schließen. Auch Ende der letzten Woche hatte Petrus der Region zauberhaftes Wetter gespendet.

Im Mittelpunkt war eine ältere Frau zu erkennen, die ihre Einkäufe getätigt hatte und sie jetzt nach Hause schleppte. Große Jäger vergrößerte das Bild auf dem Fotokopierer und richtete sein Augenmerk auf den Leinenbeutel, den die Frau trug. Auf den hatte Frau Eggers gezeigt und behauptet, Karin Amundsen sei nie ohne ihn aus dem Haus gegangen. Der Hauptkommissar druckte das Bild aus und fuhr in die Ludwig-Ohlsen-Straße. Dort wirkte alles friedlich. Er klingelte bei der Nachbarin. Frau Eggers erwartete ihn am Treppenabsatz und erkannte ihn wieder.

»Haben Sie Karin gefunden? Ihr ist doch nichts passiert?«, überfiel sie ihn statt einer Begrüßung.

»Ich habe nur eine kurze Frage.« Er zeigte ihr den Ausdruck. »Ist das Frau Amundsen?«

Frau Eggers warf nur einen kurzen Blick auf das Foto. »Ja. Wer soll das sonst sein? Karin. Die ist beim Sky zum Einkaufen. Da ist sie oft hin.« Sie benutzte noch den alten Namen des Supermarkts. »Wo haben Sie das Bild her?« Die Frau streckte den Arm aus und riss es Große Jäger fast aus der Hand. »Das muss Freitag gewesen sein. Genau. Da hatte sie das hier an.« Sie wedelte mit dem Papier. »Und im Beutel hat sie Nudeln. Sehen Sie mal.« Frau Eggers hielt ihm die Aufnahme dicht vor das Gesicht. Neben den Schlaufen, an denen Karin Amundsen den Beutel trug, ragte vorwitzig das Ende einer Spaghettipackung heraus. »Da haben wir noch drüber gesprochen. Karin wollte wieder einmal Nudeln mit Tomatensoße machen. Sehen Sie doch.«

Große Jäger hatte Mühe, sich von der Nachbarin zu lösen. Immer wieder hakte Frau Eggers nach und wollte wissen, wie es Karin Amundsen gehe. »Sie wissen doch etwas«, behauptete sie. »Sonst hätten Sie sie doch nicht fotografiert.«

Wie sollte er es ihr erklären? Es war für ihn selbst ein Rätsel.

Cornilsen war genauso ratlos, als sie sich auf der Dienststelle trafen und der Kommissar mit leiser Stimme von seinem Besuch bei Jans Eltern berichtete. Große Jäger erzählte von der merkwürdigen Fotografie.

»Weshalb nagelt jemand das Bild einer älteren Frau an die Kirchentür, die drei Tage später anscheinend während der Zubereitung ihres Frühstücks aufbricht und verschwindet?«

»Wir müssen versuchen, die Zeit zwischen der Aufnahme und dem Vermissen durch Frau Eggers zu rekonstruieren. Ich besorge uns die Genehmigung, dass wir uns ihre Telefondaten ansehen dürfen.«

Karin Amundsen besaß einen Führerschein, den sie vor über fünfzig Jahren gemacht hatte. Ein Auto war nicht auf sie zugelassen.

»Sie ist also nicht überraschend zu einer Spritztour aufgebrochen«, merkte Große Jäger an.

Sein Telefon meldete sich. »Der Irre aus Kiel«, stellt er nach einem Blick auf das Display fest und nahm ab. »Moin, Herr Dr. Diether.«

»Müsste ich in Ihrer Gegend leben, bliebe mir als Ausweg vermutlich auch nur der Alkohol«, begann der Rechtsmediziner seinen Bericht. »Bei Ihnen gibt es doch dieses traditionelle Sauffest, das Biikebrennen. Das findet aber zu einer anderen Zeit statt. Jedenfalls war der Jugendliche ordentlich abgefüllt. Ich habe jetzt den Laborbefund vorliegen. Drei Komma zwei Promille sind eine stattliche Menge, besonders für einen Fünfzehnjährigen, zumal der Organbefund nicht darauf hindeutete, dass er das Saufen gewohnt war. Der Tod ist unzweifelhaft durch Alkoholintoxikation verursacht. Die Mediziner nennen es wegen der chemischen Struktur C_2-Intox. Durch die Vergiftung des menschlichen Körpers durch Ethanol wird die Funktionsfähigkeit des Gehirns beeinträchtigt. Das führt zu Atemstillstand und Kreislaufversagen. Wir konnten auch feststellen, dass man dem Jungen zunächst Wodka mit Feigenaroma eingetrichtert hat. Dieses Getränk hat aber nur einen Alkoholgehalt von zwanzig Prozent. Um die Wirkung zu verstärken, ist man später auf Kräuterlikör, der zum Beispiel unter Namen wie Friesen- oder Fischergeist im Handel erhältlich ist, umgestiegen. Die haben weit über fünfzig Prozent Alkoholgehalt.«

»Ihrem Bericht entnehme ich einige Merkwürdigkeiten.«

»Denen kann ich noch weitere anfügen«, sagte Dr. Diether. »Es gibt keine Anzeichen eines Kampfes, also Abwehrspuren oder Ähnliches. Donnerwetter. Sie haben aufgepasst und mitgedacht. Ich habe Suffusionen, also Hämatome, gefunden. Alle subkutan. In keinem Fall ist es zu einer Verletzung der Oberhaut gekommen. Ich gehe davon aus, dass sie postmortal entstanden sind, da ich sie im lockeren Zellverband und nicht im festen Muskelgewebe gefunden habe. Es lagen auch keine Farbveränderungen vor.«

»Um es für Beamte des gehobenen Dienstes zu beschreiben: Jemand hat Jan Behrendsen nach dem Tod angepackt und die Leiche verlagert.«

»Nichts anderes habe ich Ihnen erklärt«, sagte Dr. Diether süffisant.

»Wenn ich etwas sage, bediene ich mich einer klaren Formulierung, die jeder versteht. Für mich ist ein Arsch eben ein Arsch. Und das sage ich auch so.« Manchmal belle ich auch, dachte Große Jäger im Stillen.

»Ich will Ihnen nicht vorweggreifen, aber für mich sieht es nicht nach einem normalen Komasaufen unter Jugendlichen aus«, sagte der Mediziner.

»Man könnte vermuten, dass der Junge systematisch betrunken gemacht wurde. Ich vermute, in dem Alter schmeckt harter Alkohol noch nicht. Das heißt, mit rauchigem oder sehr torfigem Single Malt kann man den jungen Leuten keine große Freude machen. Deshalb waren die süßen Alkopops so beliebt, dass man sie für Jugendliche verbieten und andere hoch besteuern musste. Ihr Labor hat das jetzt auch zutage gefördert. Nachdem der Junge mit süßem Zeug angewärmt worden war, hat man ihn mit härteren Sachen betankt. Man könnte vermuten, dass jemandem daran gelegen war, Jan Behrendsen mit Alkohol gezielt abzufüllen. Systematisch und geplant.«

»Wenn man diese Gedanken weiterdenkt«, sagte der Arzt, »könnte man es als geplanten Totschlag interpretieren.«

»Oder Mord, wenn es darum ging, den Jungen heimtückisch auf diese Weise zu töten.«

»Eine gewagte These. Wie wollen Sie den Beweis erbringen, dem auch ein Gericht folgt?«

»Das kann ich nicht beantworten«, erwiderte Große Jäger ehrlich. »Es ist ein Gedanke, ein Bauchgefühl. Mehr nicht.«

»Ich wünsche Ihnen viel Erfolg«, verabschiedete sich Dr. Diether.

»Den können wir gut gebrauchen.« Die Worte wurden von einem Stoßseufzer begleitet und galten Cornilsen, der dem Telefonat über die Mithöreinrichtung gefolgt war.

Cornilsen zeigte zum Himmel. »Sitzt dort jemand, der uns vor rätselhafte Aufgaben stellen will?«, fragte er.

Große Jäger zuckte mit den Schultern. »Ich habe ja einen guten Draht dorthin.«

»Christoph.«

Der Hauptkommissar nickte. »Der war stets für komplizierte Fälle zuständig. Wir sind seine Erben.«

»Ob er jetzt bei einer guten Tasse Darjeeling auf der Wolke sitzt und schmunzelt?«

»Das glaube ich nicht. Christoph hat sich nie über Gewalt, Mord und Leid amüsiert.«

Cornilsen wollte sich noch einmal mit Karin Amundsen und

Jan Behrendsen auseinandersetzen und weiter gehende Informationen zu den beiden einholen.

»Tu das machen«, schickte ihm Große Jäger hinterher und wandte sich anderen offenen Fällen zu.

Es war eine längere Zeit vergangen, als Cornilsen wiederauftauchte und hüstelte, nachdem Große Jäger ihm beim Eintritt in das gemeinsame Büro keine Aufmerksamkeit geschenkt hatte.

»Ich habe den Bericht über die Telefonkontakte von Karin Amundsen. Telefonieren war offenbar ein Hobby von ihr. Es waren nur drei Teilnehmer, mit denen sie aber mehrfach am Tag gesprochen hat. In allen Fällen handelte es sich um ältere Frauen aus Husum. Elke Hüttmann war die letzte. Das war am Montagmorgen. Ich habe mit ihr gesprochen. Sie bestätigte, dass die Frauen häufig miteinander telefoniert haben. Auch morgens. Das war ein Ritual, eine Art Netzwerk. Als ältere Menschen ohne nahe Familienangehörige hatten sie vereinbart, einander anzurufen. Es könne schließlich ein Umstand eintreten, dass jemand Hilfe benötigt, hatte Frau Hüttmann erklärt. So haben sie auch am Montagmorgen telefoniert. Es muss kurz nach sieben Uhr gewesen sein. Während des Anrufs hat Karin Amundsen sie unterbrochen. ›Es klingelt bei mir‹, hat sie gesagt und war erstaunt, wer sich so früh bei ihr meldete. Sie wolle wieder zurückrufen. Das ist aber nicht geschehen.«

»Das passt zum angefangenen Frühstück«, ergänzte Große Jäger. »Sie hatte keinen Besuch erwartet. Der kam überraschend.«

»Das habe ich Frau Hüttmann auch gefragt. Die meinte, Karin – also Frau Amundsen – hätte ihr sonst davon erzählt.« Cornilsen hüstelt erneut. »Ich habe auch die wirtschaftlichen Verhältnisse von Frau Amundsen durchleuchtet. Im Portemonnaie, das noch in der Wohnung lag, befanden sich knapp zweihundert Euro. Der Schmuck schien mir nicht sehr wertvoll zu sein. Darüber hinaus gab es ein Girokonto mit knapp neunhundert Euro, ein Sparkonto mit siebeneinhalbtausend Euro, und sie hat sich am Prämiensparen beteiligt mit noch einmal eineinhalbtausend. Die Kontokarten waren auch vorhanden.«

»Geldgier scheidet unter diesen Umständen als Tatmotiv aus. Die Frau scheint auch keinen außergewöhnlichen Umgang gepflegt zu haben. Hass? Rache? Eifersucht? All das ist nicht erkennbar. War sie vielleicht schwer krank?«

»Dazu liegen keine Informationen vor. Wir hätten dann aber Hinweise in Form von Medikamenten oder Rezepten gefunden. Mit Sicherheit hätten ihre Freundinnen oder die Nachbarin davon gewusst. Nein!« Cornilsen schüttelte energisch den Kopf. »Das halte ich für nicht sehr wahrscheinlich. Ich erkenne keinen Grund, weshalb sie Hals über Kopf verschwinden sollte. Ich will nicht uncharmant sein, aber es sieht auch nicht danach aus, als hätte ein orientalischer Ölscheich in ihr ganz plötzlich seine Traumfrau entdeckt und sie in seinen Harem entführt. Dabei fällt mir noch etwas ein: Karin Amundsen hatte keinen Computer, kein Tablet und auch keinen anderen Internetzugang. Für die Kommunikation hat sie sich auf das gute alte Telefon konzentriert.«

»Und wie sieht es in dieser Hinsicht mit Jan Behrendsen aus?«

»Da sind die Kieler noch am Ball. Der war in einem Alter, in dem man mit den sozialen Medien verheiratet ist. Die Auswertungen laufen noch.«

Weit waren sie heute nicht gekommen, dachte Große Jäger selbstkritisch, als er sich zum Feierabend auf den Weg nach Garding machte. Die Wohnung war leer. Heidi Krempl vermutete er noch in der Praxis. Ihr Sohn stromerte irgendwo in der Stadt oder im Kirchspiel herum. Blödmann, den hochbeinigen Dackel, hatten sie vor einem halben Jahr auf Empfehlung des Tierarztes einschläfern lassen. Das Tier hatte nach vielen Jahren, in denen es verwöhnt worden war, zu viele altersbedingte Krankheiten gehabt, sodass das Leben für ihn eine Quälerei bedeutet hätte. Große Jäger hatte mit Heidi lange darüber diskutiert, dass man aus humanitären Gründen einem Tier solche Leiden nicht zumuten wollte und von Erlösung sprach, bei Menschen aber ganz andere Maßstäbe anlegte. Eine objektive und richtige Meinung dazu gab es wohl nicht. Einzig die gegen Menschen gerichtete Gewalt bis hin zum Tötungsdelikt war nicht nur rechtlich, sondern in jeder Hinsicht widerwärtig. Polizisten wie er konnten solche Taten nicht verhindern, aber zumindest dafür Sorge tragen, dass die Schuldigen zur Rechenschaft gezogen wurden. Das war ein Aspekt, der ihm auch an erfolglosen Tagen wie diesen Mut machte.

Der Abend war ereignislos wie in vielen Familien verlaufen. Abendessen. Small Talk darüber, was der Tag an Erlebnissen gebracht hatte, Nebensächlichkeiten und praktische Fragen zur Haushaltsführung. Heidi war gegen zehn Uhr müde ins Bett gegangen. Er hatte sich noch mit einem Feierabendbier – es war nicht das erste an diesem Abend – vor den Fernsehapparat zurückgezogen und einen aufgezeichneten Beitrag aus der interessanten Serie »Länder – Menschen – Abenteuer« angesehen. Er verfolgte gern die Beiträge über fremde Länder und Kulturen, wissend, dass ihm der persönliche Besuch dieser Orte nie möglich sein würde.

Es mochte nicht lange vor Mitternacht gewesen sein, als auch er zu Bett ging. Gefühlt hatte er die Augen noch nicht geschlossen, als sein Mobiltelefon klingelte. Heidi brummte etwas Unverständliches und zog sich die Bettdecke über den Kopf.

»Hosenmatz«, knurrte Große Jäger missmutig, nachdem er den Anrufer auf dem Display erkannt hatte, »will Oma dir zu dieser Zeit keinen Haferbrei kochen?«

Cornilsens Stimme klang aufgeregt. »Es brennt«, sagte der Kommissar.

»Dann rufe die Kollegen von der Feuerwehr.«

»Es gibt eine weitere Merkwürdigkeit, die sich niemand erklären kann. Der Kriminalrat ist zur Dienststelle geeilt, viele

Einsatzkräfte sind schon aktiviert. Es war nicht meine Idee, dich zu wecken.«

»Komm zur Sache.«

»Man hat ein weiteres Bild gefunden. An der Tür von St. Anna in Tetenbüll.«

»Das regt den Küster so sehr auf, dass er alle verrückt macht?«

»Nicht der Pastor oder der Küster haben das Bild gefunden, sondern Kinder. Ein Dreizehnjähriger hat es ins Netz gestellt.«

»Oh Schiet. Das wollten wir vermeiden.«

»Wenn das alles wäre ... Auf dem Foto ist ein Mann zu sehen, dem der Schädel mit einem Hammer eingeschlagen wurde.«

»Bitte? Das ist nicht wahr«, entfuhr es Große Jäger.

»Ich scherze nicht«, erwiderte Cornilsen ernst. »Das Tatwerkzeug war auf dem Bild neben dem Kopf des Opfers drapiert.«

»Wo hat man den Toten gefunden?«

»Das ist die Merkwürdigkeit. Es gibt nur das Bild. Den Toten hat man noch nicht gefunden.«

»Kann das ein Fake sein?«

»Du bist nicht von dieser Welt«, behauptete Cornilsen. »Das Bild hat der Dreizehnjährige gegen halb elf ins Netz gestellt. So etwas verbreitet sich rasend schnell. Es dauerte nicht lange, bis jemand aus dem Freundeskreis bei der Familie des Abgebildeten anrief und sie darauf aufmerksam machte. Es handelt sich um Claus Claussen, achtundzwanzig, aus Simonsberg. Dort wohnt er mit Frau und dreijährigem Kind im Haus der Schwiegereltern. Claussen ist Physiotherapeut und arbeitet in einer Husumer Praxis. Er kommt abends oft später, da die Praxis an vier Tagen in der Woche bis zwanzig Uhr für Berufstätige geöffnet hat. Nachdem er aber auch nicht innerhalb einer Karenzzeit zu Hause eingetroffen war, hat seine Frau ihn am Arbeitsplatz und auf dem Handy zu erreichen versucht. Vergeblich. Sein Chef sagte, Claussen sei um Viertel nach acht in Husum weggefahren. Schließlich hat sich sein Schwiegervater ins Auto gesetzt und ist die Strecke abgefahren, die Claussen täglich nutzt. Während die

Frau bei Freunden anrief, kam der niederschmetternde Hinweis auf das Bild im Internet.«

»Wie ist man auf den Dreizehnjährigen gekommen, der das Foto gepostet hat?«

»Das ist kein Hexenwerk. Selbst ohne bei Facebook nachzufragen, muss man nur die Liste derjenigen durchsehen, die das Bild geteilt haben.«

»Bild geteilt?«

»Das erkläre ich dir später. Es funktioniert nach der Methode ›Jemand kennt jemand, der jemand kennt‹. Das ist wie bei einer Schnitzeljagd. Habt ihr Alten das nicht in eurer Kindheit gespielt?«

»Ja – aber ohne Smartphone. Welche Aktionen sind angelaufen?«

»Ein Kriseninterventionsteam ist zu den Angehörigen gefahren. Claussens Auto wird noch gesucht.«

Große Jäger ließ sich die Adresse geben. »Ich fahre jetzt dorthin. Harm Mommsen wird alles organisieren. Bleibe du in Niebüll und nimm noch eine Mütze Schlaf, damit du nachher fit bist.«

Er legte auf, bevor Cornilsen antworten konnte, stand auf und machte sich auf den Weg nach Simonsberg. Er überlegte kurz, welche Strecke er nehmen sollte, und entschied sich dann, die relativ gerade verlaufenden Straßen über Poppenbüll zur Nordseite Eiderstedts zu wählen und dann dem Küstenverlauf fast bis Simonsberg zu folgen.

Um diese Jahreszeit blieb am Horizont bei wolkenlosem Himmel auch nachts ein restlicher heller Schimmer. Fahrzeuge begegnetem ihm keine. Sie wären in der Weite der Marsch auch schon über große Distanz sichtbar gewesen. In den kleinen Orten und den Häusern und Gehöften in Alleinlage brannte selten ein Licht. Alles wirkte friedlich. Es war kaum vorstellbar, dass ein Verbrecher in Gottes eigenem Garten wütete.

Das Haus war hell erleuchtet. Mehrere Fahrzeuge standen

davor. Große Jäger wurde von einer grauhaarigen Frau empfangen, die übermüdet aussah. Sie stellte sich als Schwester der Schwiegermutter vor und sagte, sie wohne in der Nähe. Sie war sofort gekommen, als sie von dem Ereignis hörte. Claussens Ehefrau sei nicht ansprechbar. Der Notarzt hatte ihr ein Beruhigungsmittel verabreicht.

»Meine Schwester ist oben bei meiner Nichte und wirft auch einen Blick auf den Kleinen, also auf Claus' Sohn.« Sie führte Große Jäger in die Wohnküche, nahm ungefragt einen Kaffeebecher aus einem Hängeregal und schenkte aus der Kanne ein, die auf der Kaffeemaschine stand. Dann setzte sie sich zu ihm an den Tisch mit der Wachstuchdecke. »Entschuldigung«, sagte sie und nickte in Richtung des Geschirrbergs in der Spüle. »Seitdem ich hier bin, koche ich ohne Unterlass Kaffee.«

Sie protestierte nicht, als Große Jäger es ihr ungefragt nachtat und sich ebenfalls eine Zigarette anzündete. Der überquellende Aschenbecher war ein Zeugnis dafür, dass hier mehrere Personen ihre Aufregung durch Nikotinkonsum zu dämpfen versucht hatten.

»Ist das ein übler Scherz? Wer macht so etwas?«

»Es wäre unseriös, in diesem Moment eine Erklärung abzugeben«, erwiderte Große Jäger und trank einen Schuck. »Hat Claus Freunde, oder ist er in einer Clique, in der so derbe Dinge vorkommen könnten?«

Sie sah ihn entgeistert an. »Wer kommt auf solche Ideen? Das ist doch pervers. Die ganze Familie stammt von hier. Claus und Wiebke haben schon als Kinder zusammen gespielt. Viele sind hier miteinander verwandt oder leben zumindest seit Generationen Tür an Tür. Das hier ist der Mittelpunkt unser aller Leben. Die Kinder sind hier aufgewachsen, zur Schule gegangen. Die beiden sind fast nie weg gewesen, nur mal im Urlaub. Claus ist in der Feuerwehr und boßelt, Wiebke ist bei den Landfrauen. Der Freundeskreis … Das sind alles junge Leute von hier, zum Beispiel meine beiden Söhne.«

»Wenn Sie so gut informiert sind … Gab es Drohungen gegen die junge Familie oder Claus Claussen? Hatte er Streit?«

»Claus? Weshalb denn? Wenn es so etwas gibt, dann geht es um Mädchen. Aber ich sagte es schon: Claus und Wiebke kennen sich seit der Sandkiste. Sie sind seit der Nuckelflasche ein Paar.«

»Was macht Wiebke beruflich? Die Schwiegereltern?«

In Große Jägers Rücken meldete sich eine Männerstimme. »Ich arbeite in der Osterhusumer Molkerei, die jetzt Nordseemilch heißt, in Witzwort.« Ein untersetzter Mann mit abstehenden Haaren trat an den Tisch heran und reichte Große Jäger die Hand. Es war ein fester Händedruck. »Melf Claussen«, stellte er sich vor und nahm am Tisch Platz. Seine Schwägerin stand auf und schenkte auch ihm Kaffee ein. Claussen schlürfte vernehmlich am heißen Getränk. Dann wischte er sich mit dem Hemdsärmel über den Mund und steckte sich automatisch eine Zigarette an. »Ich bin fix und fertig«, sagte er erschöpft. »Was soll dieser Scheiß?« Seine Hand fuhr durch die Luft. »Wir sind einfache Leute, aber glücklich in unserer Welt. Wir haben alles, was man braucht. Kinder, aus denen etwas geworden ist, ein Haus, einen Enkel, Familie, Freunde, Arbeit und Gesundheit. Mehr kann man sich nicht wünschen. Und nun so was.« Er zog tief an der Zigarette. »Claus hat einen guten Job in Husum. Man sagt, er ist tüchtig als Physiotherapeut. In der Praxis hat er viele Stammkunden, die ausdrücklich zu ihm wollen. Sagen Sie mir: Was hat das zu bedeuten?«

»Es geschehen manchmal Dinge, auf die wir nicht sofort eine Antwort haben«, entgegnete Große Jäger ausweichend.

»Das habe ich auch gesagt«, mischte sich eine dunkle Frauenstimme ein. Es folgte ein demonstratives Hüsteln. Die Luft in der Küche war inzwischen zum Schneiden dick.

Große Jäger drehte sich um.

»Moin, Frau Höllmann«, begrüßte er die stämmig gebaute Husumer Pastorin, die sich im Kriseninterventionsteam engagierte. Große Jäger kannte die Theologin seit einem Vorfall, den er bearbeitet hatte. Ein vierjähriges Mädchen war angefahren worden. Alle Wiederbelebungsversuche waren vergeblich geblieben. Man hatte die Pastorin gebeten, den Eltern des Kindes Trost zu spenden. Die Asylbewerber aus Afghanistan hatten das Angebot aber missverstanden. So war die Lage eskaliert, und der erregte Vater war handgreiflich gegen Frau Höllmann geworden. Er konnte nicht verstehen, dass eine christliche Geistliche, insbesondere eine Frau, ihnen Hilfe anbieten sollte, nachdem ein junger Mann seine Tochter totgefahren hatte. Ein Deutscher. Alkoholisiert. Christ. Und nun schickte man – so seine Worte – ausgerechnet eine Frau, die alles bagatellisieren sollte. Die Ermittlungen waren eingestellt worden. Die Pastorin hatte selbstverständlich keine Anzeige erstattet.

Frau Höllmann war im Türrahmen stehen geblieben. »Uns Menschen werden manchmal Prüfungen auferlegt, für die es keine Erklärungen gibt. Manch einem wird eine große Last in den Rucksack gepackt, den jeder von uns durchs Leben schleppen muss.«

»Das ist doch kein Mensch, der so etwas macht«, sagte Melf Claussen mit schwacher Stimme. »Das ist ein Teufel. *Ein* Teufel? *Der* Teufel.«

Große Jäger nickte unmerklich. Ein Dämon. Was bezweckte er mit einer solchen Tat? War Claus Claussen einem Teufel in die Hände gefallen? Oder hatte sich jemand einen unmenschlichen Scherz ausgedacht? Warum wurde ein junger Mann – vielleicht – mit einem Hammer erschlagen und das Bild an eine Kirchentür genagelt? Grausamer Mord – Kirche – Teufel. Gab es da einen Zusammenhang?

»Sind Sie religiös?«, fragte Große Jäger in die Runde und sah Melf Claussen sowie die Schwägerin an. »Und wie steht es mit den jungen Leuten bei dieser Frage?«

Claussen blies die Wangen auf. »Religiös?«, wiederholte er. »Was meinen Sie damit? Wir sind alle getauft. Auch der Enkel. Wie es sich gehört«, fügte er an. »Das heißt aber nicht, dass wir jeden Sonntag in der Kirche sind. Eher selten. Weihnachten. Einschulung. Taufe. Konfirmation. Beerdigung.« Ihm schien plötzlich die Bedeutung seines letzten Wortes bewusst zu werden. Er schluckte heftig. Dann schluchzte er. Seine Schwägerin beugte sich zu ihm hinüber und legte ihren Arm um seine Schulter.

»Mach ruhig, Melf«, sagte sie behutsam.

»Wir sind wie alle hier. Christen.«

Große Jäger hakte nicht nach. Wenn sich jemand in Nordfriesland als Christ bezeichnete, war er evangelisch. »Seit Jahrhunderten. Niemand denkt darüber nach.«

»Hat irgendjemand Bezug zu einer Sekte? Einer anderen Auffassung von Religion?«

Claussen stierte ihn irritiert an. »Wie? Was? Sekte?«

Die Schwägerin übernahm es, zu antworten. »Nein. So etwas gibt es hier nicht. Nicht in der Familie, nicht im Freundeskreis. Nicht im Dorf. Da läuft nichts mit Aberglaube und so.«

»Wie kommen Sie darauf?«, mischte sich die Pastorin ein.

»Herr Claussen sagte, nur der Teufel könne zu einer solchen Tat fähig sein«, antwortete Große Jäger.

»Das war nur so dahergesagt«, erklärte Frau Höllmann. »Ich hätte davon gewusst, wenn sich hier in der Marsch Okkultes etabliert hätte. Hier bleibt nichts geheim, nichts verborgen. Die Menschen kennen sich. Da ist kein Raum für Derartiges. Aber welcher Gedanke führt Sie plötzlich in diese Richtung?«

»Wir müssen in alle Richtungen denken«, wich der Hauptkommissar aus. Dann sah er Melf Claussen an. »Kennen Sie Frau Karin Amundsen?«

»Wer soll das sein? Nie gehört«, erwiderte der Mann.

Große Jägers Blick wanderte weiter zur Schwägerin. Die schüttelte den Kopf.

»Ich kenne eine Frau Amundsen von meiner Gemeindearbeit in Husum«, mischte sich die Pastorin ein. »Nicht, dass sie aktiv in der Kirchengemeinde tätig ist. Ich bin ihr ein paarmal im Rahmen der Kinder- und Jugendarbeit begegnet. Sie ist Erzieherin in … in … in der Kurt-Pohle-Kita der AWO gewesen«, fiel es ihr wieder ein. »Es ist aber schon eine Weile her. Weshalb fragen Sie?«

Große Jäger ließ die Frage unbeantwortet. Er gab Claussen seine Visitenkarte und versicherte, jederzeit für die Angehörigen zur Verfügung zu stehen. Dann verabschiedete er sich.

Vom Auto aus rief er Mommsen an. Der Kriminalrat saß auf der Dienststelle und organisierte von dort aus die Suche nach Claus Claussen – oder zumindest Spuren von dem jungen Mann. Große Jäger beschloss, nach Garding zurückzufahren. Vielleicht würde es ihm gelingen, noch ein wenig Schlaf zu finden.

DREI

Als Große Jäger gegen halb zehn auf der Dienststelle eintraf, herrschte dort Hochbetrieb. Mommsen war nur zum Duschen und Umziehen kurz in das verwunschene Haus am Schlosspark zurückgekehrt, in dem er wohnte. Jetzt saß er wieder in seinem Büro und organisierte die Einsätze. Niemand, auch nicht Cornilsen, machte eine spöttische Anmerkung zu Große Jägers spätem Eintreffen.

Eine Streife hatte Claus Claussens Pkw gefunden. Der graue Škoda Fabia Combi stand auf einem Parkplatz an der Bundesstraße 5. In einer lang gezogenen Rechtskurve – von Norden kommend – schnitt die eingleisige Bahnstrecke nach St.-Peter-Ording die Hauptverkehrsader Nordfrieslands. Der »Platenhörn« genannte Parkplatz wurde gern von Lkw angesteuert. Der Milchtankwagen stellte hier gelegentlich seinen Anhänger ab.

Pkw nutzten den Parkplatz seltener. Nachts wurde er kaum frequentiert. Das Auto war verschlossen gewesen. Äußerlich hatte die Streifenwagenbesatzung nichts Auffälliges erkennen können. Das galt auch für die Umgebung.

»Man könnte den Eindruck gewinnen, das Fahrzeug sei dort ganz normal abgestellt worden«, meinte Cornilsen.

Große Jäger zog die Stirn kraus. »Man hat uns gesagt, Claussen würde oft bis nach zwanzig Uhr in der Praxis arbeiten. Wenn der letzte Patient die Räume verlässt, muss er noch etwas aufräumen. Danach hat er sich in der Vergangenheit immer auf den Weg nach Hause begeben. Es gehörte nicht zu seinen Angewohnheiten, sich in Husum abzumelden und sein Kommen anzukündigen. Die Familie hat gegenüber der ersten Streife, die sie in Simonsberg aufgesucht hatte, gesagt, Claussen hätte keinen anderen Termin gehabt. Es kam selten vor, dass er nicht direkt von der Arbeit nach Hause gefahren ist. Das hat er aber immer vorher angekündigt. Weshalb war das gestern anders?«

»Daran schließt sich eine weitere Frage an«, ergänzte Cornilsen. »Von Husum aus würde er die Stadt in südliche Richtung über Rödemis verlassen. Nach Simonsberg gibt es zwei Wege. Entweder biegt man gleich nach der Unterführung hinter dem Husumer Bahnhof rechts ab und fährt über Rödemishallig und Finkhaus Richtung Simonsberg. Oder man fährt zur B 5, biegt Richtung Süden ab und verlässt sie nach einem kurzen Stück wieder Richtung Simonsberg. In beiden Fällen kommt man nicht am Parkplatz Platenhörn vorbei. Der liegt weiter südlich. Das ist ein Umweg. Weshalb ist Claussen gestern einen anderen Weg gefahren?«

»Das ist eine gute Frage, Hosenmatz. Vielleicht verrät uns die Auswertung der Handydaten etwas.«

»Ich kümmere mich darum.« Cornilsen übernahm es, einen Ausschnitt des Fotos vom möglicherweise toten Claussen zu erstellen, auf dem der Hammer deutlich zu erkennen war. Eine Polizeieinheit sollte auch das Gebiet rund um den Parkplatz großräumig absuchen.

Große Jäger suchte die Physiotherapiepraxis auf, in der Claus Claussen seit fünf Jahren beschäftigt war. Dort herrschte große Bestürzung. Der Inhaber versicherte, dass Claussen ein beliebter und guter Therapeut war. Die Patienten und die Mitarbeiter schätzten ihn gleichermaßen als umgänglich und hilfsbereit. Beschwerden lagen keine vor. Im Kollegenkreis war er beliebt. In der überschaubaren Belegschaft wusste niemand etwas von privaten Sorgen oder Problemen. Bereitwillig nannte man ihm die Namen und Adressen der letzten Patienten. Große Jäger fragte, ob Karin Amundsen in der Praxis bekannt sei. Das traf nicht zu. Die Frau war auch keine frühere Patientin.

Der letzte Kunde am Vorabend war Wolfgang Lütjenbernd, hatte man ihm gesagt. Lütjenbernd war Seniorchef eines familiären Malereibetriebs, der im Gewerbegebiet Ost seinen Sitz hatte. Der schwergewichtige Mann mit der Vollglatze sackte in seinen Schreibtischsessel, nachdem Große Jäger ihn über den Grund seines Besuchs informiert hatte.

»Dann war ich der Letzte, der Claus gesehen hat?« Lütjenbernd rieb sich über die Stirn. »Claus, wir haben uns geduzt, war mir seit drei Jahren eine wertvolle Hilfe.« Er legte die linke Hand auf die rechte Schulter. »Immer den Pinsel schwingen … Das geht an die Substanz. Typische Verschleißerscheinungen. Der Orthopäde hat gesagt, da muss ich mich mit abfinden. Daran stirbt man nicht. Aber Claus … wir haben alle halbe Jahre sechs Anwendungen gemacht. Der Junge hat das prima in den Griff bekommen. Danach ging es mir immer wieder besser.« Der Mann schüttelte sich. »Das ist unfassbar. Gestern Abend noch – wir haben miteinander geschnackt.«

»Worüber?«

»Über alles. Das Wetter. Boßeln. Das war seine große Leidenschaft. Sein Sohn. Der ist dabei, langsam trocken zu werden. Es geht nicht mehr alles in die Büx.«

»Hat Claussen etwas angedeutet, ob er noch einen Termin hatte?«

»Ich war immer der Letzte«, erklärte Lütjenbernd.

»Wollte er noch irgendwohin?«

Der Malermeister schüttelte den Kopf. »Darüber haben wir nicht gesprochen. Das ist mir nicht bekannt. Nun ja – über sehr private Sachen haben wir nie geredet.«

Claussen hatte auf Lütjenbernd auch keinen sonderbaren Eindruck gemacht. Er wirkte weder aufgeregt noch nervös, kurz angebunden oder abwesend. »Ich weiß nicht, mag sein, dass ich mir das einbilde, aber es könnte sein, dass er entgegen seiner sonstigen Gepflogenheit ein paarmal auf die Uhr gesehen hat.«

Große Jäger wollte es genauer wissen, aber der Malermeister blieb dabei, dass er sich das möglicherweise auch nur eingebildet hatte.

Im Gewerbegebiet befanden sich auch Bau- und Verbrauchermärkte. Große Jäger suchte sie auf und erkundigte sich, ob sie einen Hammer wie den auf dem Beispielfoto gezeigten im Angebot hätten. Im zweiten Geschäft bestätigte man es und führte ihn in die Abteilung mit den Werkzeugen. Das Produkt wurde in mehreren Größen angeboten. Die vorliegende hier, erklärte der sachkundige Verkäufer, sei die gängige.

»Wie viele verkaufen Sie davon?«

»Das ist unterschiedlich. Mal sind es vier am Tag, dann zwei Wochen lang keinen einzigen. Eine Regel gibt es nicht.«

»Wenn ich wissen möchte, wer so etwas kauft … Welche Chance hätte ich?«

»Keine«, erwiderte der Mann. »Das ist Selbstbedienung. Die Kunden wählen das Werkzeug und gehen damit zur Kasse.«

»Haben Sie Videoüberwachung?«

»Hier ist so viel Betrieb, dass Sie nicht herausfiltern können, wer eine bestimmte Packung Nägel gekauft hat.«

Große Jäger nahm einen Hammer aus dem Regal und besah sich das Werkzeug. Auf dem Schaft klebte ein kleines Etikett mit der Bezeichnung, dem Preis und einem Strichcode. »Das wird an der Kasse eingescannt, und auf dem Display erscheint der Preis.«

»Nicht nur das«, sagte der Baumarktmitarbeiter. »Gleichzeitig wird das verkaufte Stück auch im Warenwirtschaftssystem vom Bestand abgezogen. Ist eine Mindestmenge unterschritten, erscheint im System ein Hinweis, dass wir nachordern müssen.«

»Sie wissen also, wann der Hammer in der letzten Zeit verkauft wurde?«

»Theoretisch«, sagte der Mann zögernd.

Sie suchten den Geschäftsführer auf, der nachdenklich den Kopf wiegte. »Das ist denkbar. Aber uns steht hier vor Ort eine solche Funktion nicht zur Verfügung. Das würde auch keinen Sinn machen, zumindest nicht für unsere Zwecke.« Er bot an, diese Frage mit den IT-Fachkräften in der Zentrale zu erörtern.

Es war ein schwacher Trost, dass der besagte Hammer nur in einem der Husumer Geschäfte angeboten wurde. Die anderen, die Große Jäger noch aufsuchte, führten dieses Produkt nicht.

»Es muss nicht sein, dass der Täter den Hammer in Husum gekauft hat«, warf Cornilsen ein, als Große Jäger zur Dienststelle zurückgekehrt war. »In der Zwischenzeit haben die Eltern von Jan Behrendsen angerufen und wollten wissen, ob wir weitergekommen sind und wo und mit wem sich ihr Sohn betrunken hat. Ich würde ihnen gern eine bessere Auskunft als ›Wir sind am Ball‹ erteilen. Die Spurensicherung hat nicht nur Claussens Škoda nach Kiel abschleppen lassen, sondern unweit des Wagens auf dem Parkplatz auch Blutspuren gefunden. Ob es sich um Claussens Blut handelt, muss durch das KTI geklärt werden.«

Den Rest des Tages verbrachten die beiden Beamten damit, in allen möglichen Quellen nach Karin Amundsen zu forschen. Es blieb ein Rätsel, weshalb die Frau ihre Frühstücksvorbereitungen unterbrochen und plötzlich untergetaucht war. Sie kamen auch nicht voran bei der Frage, mit wem und wo Jan Behrendsen so viel Alkohol getrunken hatte, dass er an der Vergiftung gestorben war. Große Jäger wurde immer ungeduldiger. Cornilsen ertrug seinen auch nach außen gezeigten Unmut mit stoischem nordfriesischem Gleichmut. Er wusste, dass die Flüche nicht ihm galten.

»Was bedeuten diese verdammten Bilder, die an Kirchentüren angeschlagen werden?«, fragte er unvermittelt. »Läuft dort ein irrer religiöser Vernarrter Amok? Wenn es aus dieser Ecke kommt, hätte er sich gemeldet und seine Taten an die große Glocke gehängt. Hat Claussens Mörder davon gewusst und ist auf diesen Zug aufgesprungen? Ein Trittbrettfahrer? Außer dem Bild an der Kirchentür gibt es keine Gemeinsamkeiten. Claussen ist mit dem Hammer erschlagen worden, auch wenn wir seine Leiche noch nicht gefunden haben. Es gibt bisher keine Anzeichen dafür, dass Karin Amundsen tot ist. Wir müssen unser Augenmerk noch einmal darauf richten, ob es eine Verbindung zwischen Amundsen und Claussen gibt und ob wir etwas übersehen haben.«

»Diese Idee hatten wir schon«, gab Cornilsen zu bedenken. »Wir haben aber nichts gefunden. Eine Stadt wie Husum ist überschaubar. Trotzdem können sich nicht alle zweiundzwanzigtausend Einwohner kennen. Claussen wohnte seit seiner Geburt in Simonsberg.«

»Er arbeitete in Husum.«

»Das haben wir geprüft. Karin Amundsen hatte keine Beziehung zur Physiotherapiepraxis, in der Claussen tätig war.«

»Trotzdem. Es muss eine Verbindung geben«, beharrte der Hauptkommissar trotzig und schlug sich mit der flachen Hand gegen die Stirn. »Hosenmatz! Was übersehen wir?«

Sie fanden keine Antwort. Unbefriedigt trat Große Jäger später die Heimfahrt nach Garding an.

Heidi Krempl zeigte sich nicht erfreut, als um kurz vor zweiundzwanzig Uhr Große Jägers Handy klingelte und Cornilsen anrief.

»Man hat eine Tote gefunden«, sagte der Kommissar. »Ich bin auf dem Weg nach Husum.«

»Bist du allein die Husumer Kripo?«, monierte seine Lebensgefährtin. »Und du willst jetzt noch fahren? Du hast zwei Bier getrunken.«

Heidi war eine hervorragende Ärztin. Und sie meinte es gut mit ihm. Zum Glück schien Mathematik nicht ihre starke Seite zu sein, sonst hätte sie mitbekommen, dass es schon drei Bier waren. Es war schließlich Feierabend. Und das galt auch für einen Polizisten.

»Wir leben zum Glück in einem Landstrich, in dem das Verbrechen nicht zu Hause ist, schon gar nicht das ganz große, böse. Im Unterschied zu den Großstädten gibt es in Husum auch keinen Kriminaldauerdienst. Bei den wenigen ungewöhnlichen Ereignissen ist die Bereitschaft gefordert.«

»Und das bist immer du?«

»Fahrraddiebstähle klärt unser Diensthundt.« Große Jäger bellte.

»Du sollst dich nicht immer über deinen Kollegen Hundt lustig machen«, maßregelte sie ihn. »Was wurde dieses Mal gestohlen?«

»Ein Leben.«

»Ein Mord?«, fragte sie erstaunt.

»Das wird sich klären. Es geht vorerst um einen Leichenfund.«

»Ja – und?«

»Ich bin der Sachbearbeiter für Todesfälle.«

»Also die Mordkommission?«

»Nein. Die sitzt in Flensburg. Eine Mordkommission hat Husum nicht. Übrigens auch nicht Sylt, Föhr, Amrum und so weiter, wie es uns Hunderte von Fernsehkrimis weismachen wollen.«

»Und weshalb musst du jetzt los? Das soll Flensburg erledigen.«

»Ich werde es ausrichten«, sagte er und machte sich auf den Weg.

Die Tote war durch eine späte Spaziergängerin an der Husumer Mühlenau gefunden worden. Die Mühlenau war ein Bach, der zur Flussgebietseinheit Eider gehörte, nahe einem Dorf östlich von Husum entsprang und in den Husumer Binnenhafen mündete. Von der citynahen Kidderminsterbrücke, benannt nach Husums englischer Partnerstadt, führte ein lauschiger Fußweg entlang der Mühlenau. Hinter Bäumen versteckt lagen die Beruflichen Schulen und das humanistische Hermann-Tast-Gymnasium. Der Weg folgte der Mühlenau und gab den Blick auf die schöne Auenlandschaft frei, bis nach einem halben Kilometer eine hölzerne Brücke den Bach überspannte. Auf der anderen Seite lag ein weiteres, nach einem großen Sohn der Stadt benanntes Gymnasium: die Theodor-Storm-Schule. Dort, wo der Weg über die Brücke auf den Fußweg stieß, standen die

Einsatzkräfte. Die spärliche Beleuchtung des Wanderweges, die Scheinwerfer der Einsatzfahrzeuge und umherhuschende Taschenlampen tauchten die Szene in ein unwirkliches Licht.

Trotz der späten Stunde hatten sich Schaulustige eingefunden. Die Besatzungen der drei Streifenwagen vor Ort waren damit beschäftigt, die Neugierigen zurückzudrängen. Hauptkommissar Thomas Friedrichsen von der Schutzpolizei hatte die Koordination übernommen. Er führte Große Jäger und Cornilsen zu einer abseitsstehenden attraktiven Frau, die zwei Hunde an der Leine hielt. Große Jäger schätzte sie auf Anfang vierzig. Die blonde Ponyfrisur reichte knapp bis auf die Schultern. Hinter der modischen Brille mit dem marineblauen Rahmen sahen ihm zwei blaue Augen mit angstvollem Blick entgegen. Die Frau zitterte leicht, als würde sie frieren.

»Das ist Frau Heike Lörx«, erklärte Friedrichsen. »Sie hat die Leiche gefunden.« Er zeigte auf Große Jäger und nannte dessen Namen. »Das ist der Kollege von der Kripo«, stellte er den Hauptkommissar vor.

Große Jäger reichte ihr die Hand. »Moin. Sie haben die Entdeckung gemacht?«

Sie nickte schwach. »Eigentlich nicht ich, sondern Nilla.« Beim Nennen des Namens sah einer der beiden Cockerspaniels zu ihr auf. Heike Lörx beugte sich hinab und kraulte das seidige Fell des Jaghundes mit der langen Schnauze und den großen Hängeohren. »Unsere rote Zaubermaus«, sagte sie sanft zu dem Tier und zeigte auf den zweiten Cocker. »Das Blauschimmelchen ist Rania. Beide sind jetzt acht Jahre alt. Also.« Sie holte tief Luft. »Wir gehen abends immer noch eine Runde mit den Hunden. Normalerweise ist mein Mann dabei. Er ist im Außendienst tätig und muss morgen sehr früh raus, weil er eine Geschäftsreise antritt und der Kunde gleich zu Beginn der Bürozeit einen Termin mit ihm vereinbart hat. So bin ich allein mit den Hunden unterwegs. Nur ein kurzes Stück. Aber wer ahnt so etwas?«

Sie zeigte auf das Tier.

»Nilla gehorcht sonst immer. Aber heute wollte sie nicht zurückkommen.« Die Frau sah mit ängstlichem Blick auf den schmalen Graben, der den Fußweg begleitete. Er war überwiegend mit faulem Laub bedeckt, an manchen Stellen stand auch brackiges Wasser. Eine Art kleine Furt hatten sich Spaziergänger geschaffen, die an dieser Stelle den Fußweg verließen und an einem Feld entlang Richtung Bahndamm liefen. Viele schienen es nicht zu sein. Wer den Pfad nutzte, musste sich durch ein wenig Gestrüpp hindurchkämpfen. »Da ist Nilla hin.« Sie deutete auf die Stelle. »Also bin ich hinterher und habe die … die Frau entdeckt. Sie lag da und hat mich aus starren Augen angesehen. Ich war erschrocken. Weit und breit war kein Mensch zu sehen. Es war kurz vor zehn. Es ist zwar noch nicht dunkel, aber schon ein bisschen schummrig. Schauderhaft. So, wie sie da lag … Ich habe mir gleich gedacht, dass sie tot ist.« Heike Lörx legte eine Pause ein. Ein neuer Schauder durchfuhr sie. »Ich habe versucht, meinen Mann anzurufen. Aber der hat nicht abgenommen. Dann habe ich die Polizei angerufen.«

Große Jäger beugte sich hinab und streichelte die Hunde.

»Haben Sie auch Hunde?«, wollte die Frau wissen.

Er nickte. »Ja, eine Dachsbracke. Wir mussten ihn einschläfern lassen.«

»Es ist schlimm, wenn man sich von einem Tier trennen muss«, sagte die Frau leise.

»Sie mögen Tiere?«

»Ja«, sagte sie leise. »Tiere sind wunderbare Mitgeschöpfe auf diesem Planeten. Hunde. Pferde. Vor allem aber die Schafe haben es mir angetan, die dem Wetter auf dem Deich trotzen.« Ein leises Lächeln spielte um ihre Lippen. »Besonders wenn die Lämmer gekommen sind. Ich kann mich nicht vom Anblick lösen, wenn die ganz kleinen ihre ungelenken Bocksprünge absolvieren und dann gleich zu mehreren zum Muttertier drängen und von unten gegen das Euter stupsen.«

»Danke, Frau Lörx. Können die Kollegen Sie nach Hause bringen?«

»Ich habe es nicht weit. Da ist noch etwas.« Sie hob den Zeigefinger, als würde sie sich zu Wort melden wollen.

»Ja?«

»Ich kenne die Frau.«

Große Jäger war überrascht. »So?«

»Ja. Ich habe sie lange nicht mehr gesehen, in den letzten Jahren nur zufällig in der Stadt. Sie ist … war Kindergärtnerin in der Kurt-Pohle-Kita. Dort waren meine beiden, Sandra und Marco.«

Große Jäger fixierte sie. Er hatte sich die Tote noch nicht angesehen. »Kennen Sie ihren Namen?«

Heike Lörx nickte. »Ja. Am… Am… Richtig. Frau Amundsen. Wie der Polarforscher.«

»Haben wir Ihre Adresse?«, fragte Große Jäger.

Sie sah sich suchend um. »Ja. Der Beamte dort drüben«, dabei zeigte sie auf Hauptkommissar Friedrichsen, »hat sie vorhin notiert. Ich muss morgen früh zur Arbeit. Sie können mich aber jederzeit dort erreichen, falls Sie noch Fragen haben.« Sie nannte den Namen einer renommierten Klinik aus der Region. »Ich bin dort in der Verwaltung beschäftigt.«

Große Jäger gab ihr die Hand. »Vielen Dank für Ihre Unterstützung. Es waren aufregende Momente für Sie. Ich gebe Ihnen einen ganz persönlichen Rat: Trinken Sie ein Bier. Das beruhigt.« Er zwinkerte ihr zu. »Ich spreche aus Erfahrung.« Er sah ihr nach, wie sie mit hängenden Schultern und ihren beiden Cockerspaniels langsam über die Brücke in Richtung des nahen Wohnviertels ging.

Cornilsen hatte sich schräg versetzt hinter Dr. Hinrichsen gestellt. Der Allgemeinmediziner betrieb in Husums Schlossgang eine Praxis und wurde in Fällen wie diesen zur ersten Einschätzung von der Polizei hinzugezogen, damit nicht bei jedem Todesfall der Rechtsmediziner aus dem fernen Kiel anreisen musste.

Auf sein »Moin, Doc« erhielt Große Jäger keine Antwort. Sie ließen dem Arzt Zeit. Schließlich richtete sich Dr. Hinrichsen auf.

»Das ist nur vorläufig«, sagte er. »Die Frau ist erstickt. Ich tippe auf eine hypoxisch-hyperkapnische Erstickung, das heißt durch Fremdkörper in oder Bedeckung der Atemöffnung.« Er beugte sich wieder hinab und öffnete vorsichtig den Mund. Mit einer kleinen Lampe leuchtete er hinein. »Das sieht wie ein ... Moment.« Er unterbrach seinen Satz. »Es könnte sein, dass die Frau an einem Wespenstich gestorben ist. Das Insekt ist noch in der Mundhöhle. Alles Weitere soll die Rechtsmedizin untersuchen. Wespen und andere Insekten schütten bei einem Stich Gifte aus, die die Schleimhäute anschwellen lassen. Im ungünstigen Fall führt es dazu, dass die Atemwege eingeengt werden.«

Große Jäger kratzte sich den Hinterkopf. »Man könnte somit auf einen Unglücksfall schließen. Aber die Frau wird sich nach dem Ersticken nicht bis zu diesem Versteck geschleppt haben. Wie lange ist sie tot?«

»Der Rigor mortis, also die Leichenstarre, ist abhängig von der Umgebungstemperatur nach etwa vierzehn bis achtzehn Stunden ausgebildet. Er löst sich wieder nach vierundzwanzig bis achtundvierzig Stunden.« Dr. Hinrichsen bewegte vorsichtig die Gliedmaßen der Frau. »Die hier ist seit über achtundvierzig Stunden tot.«

»Wir haben jetzt Mittwochabend. Sie wird seit Montagmorgen vermisst.«

»Dann ist die Wahrscheinlichkeit groß, dass sie kurz darauf verstorben ist.«

Große Jäger dachte laut nach, berichtete vom merkwürdigen Verschwinden Karin Amundsens während des Zubereitens des Frühstücks.

»Könnte es sein, dass die Frau bei dieser Verrichtung von einer Wespe gestochen wurde und in Panik die Wohnung verlassen hat?«

»Das glaube ich nicht. Soweit wir das einschätzen können, hätte sie dann Hilfe bei ihrer Nachbarin gesucht. Außerdem macht es keinen Sinn, von ihrer Wohnung rund zwei Kilometer bis zu diesem Ort zu laufen, um sich hier hinter einem Gebüsch zu verkriechen und zu sterben.«

»Das ist Ihre Aufgabe, meine Herren.«

»Wie geht es Anna?« Große Jäger hatte die Frage beiläufig klingen lassen. Anna, die lange Jahre in der Praxis des Mediziners als Arzthelferin tätig war, hatte nach Christophs Tod ihren Chef geheiratet. Seitdem war der freundschaftliche Kontakt zu Große Jäger, Mommsen und Karlchen erloschen.

Dr. Hinrichsen ging nicht auf die Frage ein. Er zeigte auf die Leiche. »Sie kümmern sich um alles andere? Das sieht nicht sehr appetitlich aus. Wenn sie schon seit Montag hier liegt ... Tiere und Insekten haben ihr Übriges beigetragen. So ist die Natur.« Er tippte sich gegen den Schläfenrand. »Gute Nacht, meine Herren.«

Es dauerte weitere zwanzig Minuten, bis Klaus Jürgensen mit seinem Team eintraf.

»Man sollte Nordfriesland und Bayern aus Deutschland ausgliedern«, brummte er. »Beides sind Exoten.«

»Du willst uns doch nicht mit den knödelnden Sonderlingen aus den Alpentälern vergleichen«, warf ihm Große Jäger vor. »Außerdem heißt es erst einmal: ›Moin, liebe Kollegen. Schön, euch wiederzusehen.‹«

»Soll ich jedes Mal lügen, wenn wir uns begegnen? Ihr lebt ja hinter der Zeit.« Jürgensen warf einen kurzen Blick auf die Leiche. »Selbst eure Toten findet ihr erst nach Tagen wieder.«

»Wir sind nicht so neugierig wie die Flensburger und wollen wissen, was sich hinter jedem Busch verbirgt. So kann es vorkommen, dass manches ein wenig verborgen bleibt.«

»In eurer menschenleeren Einöde fällt es doch gar nicht auf, wenn jemand verschwindet. Die paar Leute, die hier leben ... Leben? Die haben das doch nicht im Griff«, behauptete Jürgensen. »Nun seid ihr schon so wenige, und? Ihr bringt euch auch noch gegenseitig um.«

»Der Doc meint, dass die Todesursache vermutlich ein Wespenstich war.«

Jürgensen nieste mehrfach. »So?«, fragte er dann nasal. »Eine nordfriesische Riesenwespe? Die hat erst zugestochen und die Erstickte dann an die Seite gezerrt.« Er zeigte auf den Fußboden. »Ihr seid genauso dröge wie der Boden. Seit ewigen Zeiten hat es nicht geregnet. Und nun kommt ihr her und trampelt herdenweise herum, damit ja keine Spuren übrig bleiben. Und was ist das hier? Schleifspuren! Entweder hat jemand die Leiche hergezogen, oder sie stammen von dir und deinem Übergewicht.«

Große Jäger fuhr Jürgensen mit der Hand über das millimeterkurze Raspelhaar. »Klaus, wenn du dich weniger aufregst, wächst es hier vielleicht wieder.«

Jürgensen wurde ernst. »Nun verkrümelt euch, damit hier Fachkräfte ans Werk gehen können.«

Große Jäger wünschte den Spurensicherern viel Erfolg.

»Was ist im Augenblick in Nordfriesland los?«, fragte Cornilsen. »Ein Mord mit einem Hammer, ohne dass wir den Toten finden. Dann eine verschwundene ältere Frau, die an einem Wespenstich gestorben ist. Das ist tragisch, kann aber vorkommen. Rätselhaft sind jedoch die Begleitumstände. Wer hat Karin Amundsen an dieser Stelle versteckt? Und weshalb? Das ist schon mysteriös genug. Wie gehören die beiden Fälle zusammen, wenn wir die an die Kirchentür genagelten Bilder als vagen, aber einzigen Hinweis auf einen Zusammenhang ansehen?«

»Es muss eine Gemeinsamkeit geben, die wir noch nicht erkannt haben.«

»Es könnte sein«, meinte Cornilsen. »Aber die Todesumstände sind doch sehr verschieden. Der Hammer – das ist ein brutaler Mord. Aber ein Wespenstich? Wie funktioniert das?«

»Ich hätte eine Idee«, erwiderte Große Jäger.

»Bitte?« Cornilsen sah ihn ungläubig an.

»Lassen wir erst den Rechtsmediziner sprechen«, verweigerte der Hauptkommissar trotz mehrmaligen Nachfragens die Erklärung.

»Es gibt auch kein erkennbares Motiv. Beide Opfer waren

nicht vermögend. Der Täter, wenn es derselbe ist, hat sich nicht gemeldet. Es gibt keine Lösegeldforderung, offenbar scheidet auch Rache als Tatmotiv aus. Verdammt noch mal, was wird hier gespielt?«

»Gespielt …«, murmelte Große Jäger kaum hörbar, stellte sich abseits und rauchte.

Er wurde von dem ihm persönlich bekannten Lokalreporter der Husumer Nachrichten angesprochen. Nein, erklärte der Hauptkommissar, noch könne man nichts sagen. Es könnte auch ein Unfall vorliegen. Der Journalist zeigte sich skeptisch. »Du hörst von mir, wenn wir Näheres wissen«, versprach Große Jäger.

Sie warteten, bis Klaus Jürgensen sich meldete.

»Es gibt Schleifspuren, die darauf hindeuten, dass das Opfer hier vom Fußweg an diesem Bach durch die Furt dorthin gezogen wurde.«

»Dann muss der Täter sie irgendwie hierhergebracht haben«, sagte Große Jäger. »Mit dem Auto hätte er bis auf die andere Seite der Brücke fahren können. Von dort bis zu dieser Stelle sind es etwa einhundert Meter. Mit einem Fahrzeug ist diese Position nicht erreichbar. Hat der Täter die Frau getragen? Dann haben ihn die Kräfte verlassen, und er hat sie die letzten Meter über den Boden geschleift.«

Es gab hier vor Ort nichts mehr für sie zu tun. Große Jäger beschloss, den Rest der Nacht in seiner Husumer Wohnung zu verbringen, und informierte Heidi Krempl mittels einer SMS.

VIER

Das gute Wetter wollte kein Ende nehmen. Hoch Hannes war weitergezogen und hatte Platz für Hoch Ingo gemacht. Ingo war seit heute von Hoch Janne verdrängt worden. Den Beamten auf der Husumer Kriminalpolizeistelle stand der Sinn nicht danach, über das Wetter nachzudenken oder sich darüber zu freuen. Mommsen hatte einen Großteil seiner Mitarbeiter zu einer Krisensitzung zusammengerufen. Er gab einen Überblick über die Lage und überließ Große Jäger das Wort. Wenn der Hauptkommissar seinen Blick schweifen ließ, blickte er nur in ratlose Gesichter. Selbst Hundt, der aus dem Kurzurlaub zurückgekehrt war, ersparte sich bissige Kommentare. Die Kollegen unterließen es auch, Spekulationen anzustellen. Niemand konnte sich einen Reim auf die Verbindung zwischen den Opfern machen.

»Die Medien berichten ausführlich über den Hammermord«, fuhr Mommsen fort. »Es ist auch an die Öffentlichkeit durchgedrungen, dass jemand ein Bild des Opfers an die Kirchentür genagelt hat. Das verleiht dem Ganzen ein besonderes Gewicht. Obwohl wir hier in Randdeutschland leben«, merkte er mit sarkastischem Unterton an, »spricht die große Boulevardzeitung vom ›Husumer Hammermörder‹ und davon, dass die örtliche Polizei überfordert ist. Weiter heißt es in dem kurzen Artikel: ›Die Angst geht um. Die Menschen trauen sich nicht mehr auf die Straße.‹ Wir geben den Fall an die Flensburger Bezirkskriminalinspektion ab. Die sind ohnehin für Mordfälle zuständig, darauf spezialisiert, haben die nötige Erfahrung und das Equipment.« Mommsen sah Große Jäger an. »Damit ist nichts über euch gesagt. Ihr habt alles Erdenkliche unternommen. Die Flensburger haben ausdrücklich darum gebeten, dass wir sie unterstützen. Da es einen Zusammenhang geben könnte …«

»Den ich für sehr wahrscheinlich halte«, warf Große Jäger ein.

»Ich stimme dir zu«, sagte Mommsen. »Die Aktion mit den Bildern an den Kirchentüren ist so ungewöhnlich, dass wir nicht davon ausgehen können, es handele sich um einen Trittbrettfahrer. Dagegen spricht auch die zeitliche Abfolge der Zettelfunde. Es wäre ein außergewöhnlicher Umstand, wenn ein zweiter Täter die Masche kopiert und dann Claussen erschlägt. Es steht fest, dass Karin Amundsen vor ihm gestorben ist.« Mommsen vermied es, von »ermordet« zu sprechen. »Vielleicht hilft uns externer Rat dabei, zu erkennen, wo der Zusammenhang ist. Deshalb habe ich Unterstützung beim LKA angefordert.«

»Kommt Dr. Lüders?«, fuhr Große Jäger erfreut dazwischen.

»Nein«, antwortete Mommsen. »Es liegt hier eindeutig kein politisches Motiv zugrunde. Ich halte auch einen terroristischen oder radikalislamistischen Hintergrund für ausgeschlossen.«

»Kann es sich um einen religiös irregeleiteten Täter handeln?«, warf Hilke Hauck ein.

»Um diese Möglichkeiten abzuklopfen, werden wir einen Psychologen bekommen, der unsere Ermittlungen begleiten wird.«

»Ach du grüne Neune«, ließ Große Jäger seinem Unmut freien Lauf und fuhr mit verstellter Stimme fort, indem er dabei mit verrenkten Armen in der Luft herumfuhr: »Der Täter ist weiß, männlich, stammt aus gutbürgerlichem Haus und hat eine gestörte Vater-Kind-Beziehung durchlebt. In seinen Taten offenbart sich eine narzisstische Persönlichkeitsstörung. Hör doch auf mit solch einem Mist! Wir suchen einen Idioten, der Menschen erschlägt. Und so ein Seelenklempner hilft uns auch nicht, Claussens Leiche zu finden. Für die Angehörigen ist die Situation unerträglich.«

Alle sahen zur Tür, die sich einen Spalt öffnete. Ein junger Schutzpolizist, der erst seit wenigen Tagen auf dem Husumer Revier Dienst tat, steckte den Kopf herein. Es war ihm sichtlich unangenehm, dass sich alle Augenpaare auf ihn richteten.

»Ich soll das hier bringen«, sagte er schüchtern und überreichte Mommsen ein DIN-A4-Blatt. Der Kriminalrat warf einen kurzen Blick darauf.

»Die nächste Nachricht«, sagte er knapp. »Der Unbekannte hat offenbar ein neues Bild in die Öffentlichkeit lanciert. Wie in den anderen Fällen ist es nur das Foto einer Frau. Kein Text. Kein weiterer Hinweis. Ich lasse es herumgehen. Kennt jemand die Person? Oder kann etwas zur Örtlichkeit sagen?«

Es erhob sich ein allgemeines Geraune, es herrschte Bestürzung. Große Jäger sah lange auf das Bild, als es ihn erreichte. Es zeigte eine Frau mit blonden Haaren, die zu einem Knust am Hinterkopf hochgebunden waren. Sie trug eine Jeans und ein T-Shirt. In der Hand hielt sie eine kleine Harke, mit der man im Blumenbeet Unkraut jätete. Die Hände hatte sie durch Gummihandschuhe geschützt. Die Frau sah verschwitzt aus. Offenbar hatte man die Aufnahme, von ihr unbemerkt, bei der Gartenarbeit gemacht. Dafür sprach der Bildhintergrund. Er zeigte einen Garten, im Vordergrund ein Stück Rasen, dann folgte ein Beet. Im Hintergrund begrenzte eine Hecke das Areal. Das konnte überall sein, dachte Große Jäger.

Weder die Person noch der Ort war einem der Anwesenden bekannt. Mommsen musste, nachdem das Bild wieder bei ihm angekommen war, seine Stimme erheben, um durch das Durcheinander zu dringen.

»Wir stehen vor einem ernsthaften Problem. Offenbar haben wir es mit einem Serientäter zu tun. Das Muster spricht dafür. Es gibt keinen Hinweis auf das Motiv. Das neue Bild bringt uns in Bedrängnis. Ist die Frau das nächste Opfer? Befindet sie sich schon in der Gewalt des Täters? Von einer Vermisstenanzeige hätten wir erfahren. Angehörige oder Nachbarn melden sich unverzüglich bei der Polizei. Wir haben im ländlich strukturierten Nordfriesland, aber auch in einer Stadt wie Husum ein intaktes soziales Gemeinwesen. Die Anonymität der Großstädte ist bei uns ein Fremdwort.«

»Wenn die Frau allein lebt«, gab ein jüngerer Beamter zu bedenken, »könnte ihr Verschwinden bisher unbemerkt geblieben sein.«

»Natürlich ist alles denkbar«, mischte sich Hundt ein. »Wir dürfen nichts ausschließen. Die Erfahrung zeigt aber, dass eine Frau in dem Alter, ich schätze sie auf Anfang vierzig, nicht allein in einem Haus mit einem Garten lebt. Wir sollten uns darauf zunächst konzentrieren, dass wir nicht nach einem Single suchen.«

Die Diskussion über die weitere Vorgehensweise wog hin und her. Einige Beamte meinten, man müsse die Medien einschalten. Cornilsen ergänzte, dass die sozialen Netzwerke nicht vergessen werden sollten. »Wir müssen die Frau finden, um sie gegebenenfalls zu warnen.«

»Dann müssten wir auch Hintergrundinformationen liefern«, widersprach Große Jäger. »Damit versetzen wir die Bevölkerung in Panik.«

»Ein anderer Aspekt ist, dass die Menschen gewarnt werden«, erklärte Hilke Hauck.

Große Jäger gab ihr recht. »Es gibt keine Patentlösung. Beide Varianten sind nicht optimal.«

»Wir haben die Ermittlungen an Flensburg abgegeben«, sagte Mommsen. »Die müssen auch über die weitere Vorgehensweise entscheiden.«

»In deren Haut möchte ich nicht stecken«, stellte Große Jäger fest. Niemand widersprach ihm. Es war heikel – so oder so.

»Wie wollen wir präventiv vorgehen?«, fragte Cornilsen. »Wir können nicht alle Kirchen im Kirchenkreis Nordfriesland-Süd nachts bewachen.«

»Bisher sind die Fotos nur auf Eiderstedt aufgetaucht«, stellte Hundt fest.

»Das ist zutreffend, aber die Taten spielten sich in Husum oder mit Bezug zur Kreisstadt ab.«

»Können wir daraus einen regionalen Bezug ableiten?«, fragte Große Jäger. »Dazu sollten wir uns nicht verleiten lassen.«

»Aber irgendetwas müssen wir unternehmen«, sagte Hilke Hauck.

»Gibt es eine Möglichkeit, die nächtlichen Präsenzstreifen zu verstärken? Zusätzliche Zivilstreifen einzusetzen?«, wandte sich Große Jäger an Mommsen.

Der versprach, das zu prüfen und zu organisieren. Weitere Vorschläge wurden unterbreitet, zum Beispiel, die Kirchengemeinden anzusprechen und zu bitten, dass Auffälligkeiten in Form von Anschlägen an Kirchentüren umgehend der örtlichen Polizei oder dem Husumer Revier zu melden seien.

»Gibt es schon Ergebnisse aus Kiel, ob die ausgedruckten Originale, die an den Kirchentüren gefunden wurden, aus derselben technischen Quelle stammen?«, fragte ein Beamter.

Cornilsen wurde beauftragt, beim Kriminaltechnischen Institut nachzufragen. Jeder der Anwesenden verließ den Raum mit einem unguten Gefühl. Alle waren sich der Verantwortung bewusst. Es galt, nicht nur einen Täter zu ermitteln und zu überführen, sondern auch präventiv tätig zu werden. Der Dämon, wie Große Jäger ihn bezeichnete, würde weitermachen.

Der Baumarkt hatte sich gemeldet. Die IT der Zentrale hatte aus den Daten anhand der Artikelnummer die getätigten Verkäufe der letzten zwei Wochen herausgefiltert.

»Ich bin auch überrascht, dass der Artikel so wenig geht«, sagte der Geschäftsführer, als sie ihm in seinem Büro gegenübersaßen. »Wir haben davon nur vier Stück verkauft, drei als Barverkäufe und einmal wurde mit EC-Karte bezahlt.«

»Haben Sie dazu einen Namen?«

»Keinen Namen, aber die Bankverbindung.« Er überreichte den Beamten einen Zettel. »Hier.«

Cornilsen übernahm es vom Büro aus, nach dem Namen des Kunden zu forschen. Ein überrascht klingendes »Donnerwetter« zeigte Große Jäger, dass sein Kollege Erfolg hatte. Er wollte nicht hinterfragen, auf welche Weise Cornilsen an die Information gelangt war.

»Kai Kroogmann.«

»Der Name sagt mir etwas«, fiel Große Jäger ihm ins Wort.

»Mit dem hatten wir schon öfter zu tun. Einbruchdiebstahl. Widerstand gegen Vollzugsbeamte. Der hat mächtig um sich geschlagen, als die Streife ihn festnehmen wollte.«

»Das ist nicht alles. Kroogmann hat versucht, sich mit Betrügereien im Internet durchzuschlagen. Natürlich ist er erwischt worden beim Fahren ohne Führerschein. Und wenn er öffentliche Verkehrsmittel benutzte, hat er auch auf die Fahrkarte verzichtet.«

»Kann man davon leben?«

»Er hat noch andere Einkünfte.« Cornilsen zeigte auf den Bildschirm. »Hartz IV, allerdings gekürzt, weil er fortgesetzt gegen Auflagen verstößt, und er übt Gelegenheitsjobs aus, was auch immer sich dahinter verbergen mag. Eine ganz anders geartete Lebenserfahrung für einen Siebenundzwanzigjährigen als Claussen. Kroogmann wohnt in der Brüggemannstraße.«

»Hat er ein Auto?«

»Der hat nicht einmal einen Führerschein. Nie gehabt.«

Große Jäger stand auf. »Dann befragen wir den jungen Mann, zu welchem Zweck er sich einen Hammer gekauft hat. Immerhin hat er den nicht gestohlen.«

Die ruhige Wohnstraße mit dem Kopfsteinpflaster und den nostalgischen Straßenlaternen, die an alte Gaslampen erinnerten, führte parallel zur Husum Kneipenmeile Obere Neustadt Richtung Norden. Vorwiegend ältere Einfamilienhäuser in Klinkerbauweise, deren Giebel zur Straße zeigten, säumten die baumlose Straße. Am Anfang befanden sich einige ältere Mehrfamilienhäuser, die ein nahezu gemütliches Ambiente ausstrahlten. In einem davon residierte der Gesuchte. Kroogmann mochte für die Mitbewohner nicht der Traumnachbar sein.

Nachdem er nach einer gefühlten Ewigkeit die Wohnungstür geöffnet hatte, schlug ihnen eine üble Dunstwolke entgegen. Es roch nach abgestandenem Zigarettenrauch, Kneipe, Essenresten und Toilette. Der Bewohner schien den Gestank der Umgebung angenommen zu haben. Das olivgrüne Unterhemd wies zahlreiche Flecken auf. Das galt auch für die graue Jogginghose mit den verräterischen Flecken im Schambereich. Bei einem Kleinkind hätte man vermutet: »Das Lütte hat es nicht mehr rechtzeitig bis zur Toilette geschafft.«

»Moin. Wir kommen von der Behörde, die in letzter Konsequenz für die Hygiene zuständig ist«, sagte Große Jäger vieldeutig.

»Häh?« Kroogmann nahm einen dümmlichen Gesichtsausdruck an.

»Polizei.«

»Bullen. Na und?«

»Wo ist der Hammer?«

Kroogmann grinste breit und griff sich zwischen die Beine. »Na, wo wohl?«

»Wir interessieren uns nicht für dreckige Stöckchen. Oder nenne es von mir aus auch fettige Minisalami. Wo ist der Hammer, den Sie vor siebzehn Tagen im Baumarkt im Gewerbegebiet gekauft haben.«

»Häh?«

»Soll ich das auf Englisch wiederholen?«

Kroogmann rülpste vernehmlich, ohne sich die Hand vor den Mund zu halten. »Was'n Hammer?«

»Rede keinen Scheiß. Also! Wo ist das Ding?«

Der Mann stierte Große Jäger an.

»Wie kommt ihr darauf, dass ich …?« Er winkte ab. »So ist das in diesem Polizeistaat. Schlimmer wie in der DDR. Überall Spitzel. Zählt ihr auch, wie viel Blatt Klopapier ich für einmal Kacken nehme?«

Große Jäger nickte heftig. »Klar.«

»Häh?

»Gar keins, so verkommen, wie du aussiehst. Du musst doch schon eine Goldader in der Hose haben. Also. Mach keinen Stress. Wo ist der Hammer?«

Kroogmann hielt die linke Hand in die Höhe. »Scheißding.

Taugt nix. Hab mir damit kräftig auf die Pfoten gekloppt.« Der Daumen war mit einem schmutzigen Verband umwickelt.

»Wen hast du mit dem Hammer attackiert?«

Erneut zeigte Kroogmann das Grinsen. Dabei öffnete er die Lippen und gab den Blick auf die braunen und angefaulten Zähne frei. »Ich hab Omas Sparschwein erschlagen.«

»Wen noch?«

»Krieg das doch selbst raus.«

»Deshalb sind wir hier. Los. Anziehen und mitkommen.«

»Seid ihr bekloppt?«

»Ja«, erwiderte Große Jäger. »Geht das friedlich, oder sollen wir die Streife bestellen? Das sind Kollegen, die noch eine offene Rechnung mit dir haben. Also – mit uns zum Revier oder mit der Streife ins Krankenhaus?«

»Ist das eine Drohung?«

»Ein Versprechen.«

»Scheißbullen. Was soll ich gemacht haben?«

»Du hast doch eben ein Geständnis abgelegt. Du hast erst das Sparschwein und dann andere erschlagen.«

»Ihr seid doch nicht ganz schussecht.«

»Stimmt.«

Kroogmann protestierte unentwegt, fluchte, stieß Verwünschungen aus und sprach von Polizeiwillkür, aber er verzichtete auf eine körperliche Gegenwehr. Dass ihm Handfesseln angelegt wurden, war ein ihm vertrauter Akt. Er warf sich ein schmutziges Hemd über und schlüpfte in heruntergetretene Sneakers. Hygieneartikel nahm er nicht mit.

»Ihr dürft nicht in meine Wohnung«, stellte er fest.

Sie durften doch. Zwei Stunden später lag der Durchsuchungsbeschluss vor. Hauptkommissar Jürgensen war mit einem Kollegen aus Flensburg angerückt. Der kleine Spurensicherer blieb wie angewurzelt auf der Türschwelle stehen.

»Das ist nicht dein Ernst«, sagte er angewidert. »Ist das ein repräsentativer Querschnitt nordfriesischer Wohnkultur?«

»Ja«, versicherte Große Jäger. »Aber beeilt euch. In einer halben Stunde kommen der Redakteur und ein Fotograf der Zeitschrift ›Schöner wohnen‹ für eine Exklusivstory.«

Es dauerte keine zehn Minuten, dann hatten die Spurensicherer das Werkzeug gefunden. »Wenn alles so sauber wäre wie der Hammer, könnte man vom Fußboden essen«, behauptete Jürgensen.

»Stimmt, Klaus. Das geht auch so. Du findest bestimmt etwas.«

»Boooah.« Jürgensen schüttelte sich. Auch Große Jägers anerkennendes Schulterklopfen und das »Danke« munterten ihn nicht auf.

Der Hammer war gründlich gereinigt worden. Nicht einmal Fingerabdrücke fanden sich darauf.

»Das passt nicht zum übrigen Zustand der Wohnung. Wenn man das hier als Saustall bezeichnet, bekommt man eine Unterlassungsklage von ambitionierten Tierschützern. Das wäre eine Beleidigung für die Schweine. Der Typ muss euch erklären, weshalb ausgerechnet der Hammer so sauber ist. Allerdings hat er dabei den Fehler gemacht, uns zu unterschätzen. Zwischen Kopf und Stiel …«

»Kopf?«, unterbrach Große Jäger den Spurensicherer.

Jürgensen schenkte ihm ein spöttisches Lächeln. »Du bist Beamter. Durch und durch. Vom Heimwerken hast du noch nie etwas gehört. Der Hammer besteht aus einem Kopf und einem Stiel. Der Hammerkopf ist das Eisendings da oben. Er hat meistens eine Bahn und eine Finne. Die Finne ist der schmal zulaufende Teil des Hammerkopfes, die flache Schlagfläche ist die Bahn, das ist das Ding, mit dem du dir auf den Daumen schlägst. Kapiert?«

Große Jäger nickte.

»Der Kopf hat in der Mitte ein Loch. Darin steckt der Stiel. Hier.« Jürgensen hielt Große Jäger das Werkzeug hin. »Zwischen Stiel und Kopf ist etwas eingesickert.«

Große Jäger entdeckte einen kleinen braunen Schmutzring.

»Ich möchte wetten, das ist Blut«, behauptete Jürgensen. »Das bekommt man auch bei einer gründlichen Reinigung nicht beseitigt. Der Laie übersieht es. Ihr vermutet, dass mit dem Hammer ein Mensch erschlagen wurde?«

»Das ist nicht auszuschließen«, wich Große Jäger aus.

»Ich hab dir eben erklärt, was man als Bahn bezeichnet. Die Schlagfläche. Je nach Einsatzzweck des Werkzeugs ist die Bahn unterschiedlich geformt. Flach, leicht gewölbt. Oval. Kreisförmig. Und so weiter. Der Rechtsmediziner kann anhand der Zertrümmerung des Schädels oft auf die Form der Bahn schließen. Mit etwas Glück finden sich auch Mikrospuren des Materials am Schädel. Aufgrund der einwirkenden Kraft ist es sogar möglich, Rückschlüsse auf die Übertragung von Impuls und Energie zu ziehen. Oder für dich als Nordfriesen: Wie kräftig hat der Täter zugeschlagen?«

»Danke, Klaus. Ohne euch und die Kieler Wissenschaftler wäre es oft unmöglich, Täter zu überführen.«

»Wir haben auch ein Handy gefunden. Wer hat das nicht? Und ein Tablet, aber keinen Rechner, kein Notebook und keinen Drucker. Es sieht nicht so aus, als ob Kroogmann die Bilder bei sich zu Hause ausgedruckt hätte.«

»Das könnte er auch bei einem Kumpel – so sagt man wohl in seinen Kreisen – getan haben.«

»Dann sieh zu, dass du euren kleinen Part auch erledigst«, brummte Jürgensen, bevor er den Hauptkommissar entließ und dieser zur Poggenburgstraße zurückkehrte.

Ich habe Cornilsen einen Vortrag über die Baker Street, den Wohnsitz von Sherlock Holmes, gehalten, dachte Große Jäger unterwegs. Ich muss mich korrigieren. Die Ehre, wie der Meisterdetektiv analytisch zu gucken und zu denken, gebührt eher Klaus Jürgensen als uns.

Große Jäger spürte eine enorme innere Anspannung. Natürlich war es alternativlos, den Vorgang den Flensburgern zu überlassen. Damit gab man aber nicht die Verantwortung ab, konnte sich nicht entspannt zurücklehnen und zusehen, wie andere sich des Problems annahmen. Es war keine Frage der Zuständigkeiten. Irgendwo da draußen lief der Dämon herum. Mit der unbekannten Frau hatte er sich das nächste Opfer geholt. Es war unfassbar. Was rollte dort über das friedliche Nordfriesland hinweg? War hier ein irrer Serienmörder unterwegs?

»Serienmörder töten nach einem bestimmten Muster«, erwiderte Cornilsen auf Große Jägers Gedanken. »Sie ermorden nur blonde Frauen, weil sie sich an diesem Typus rächen wollen. Sie jagen Farbige aus rassistischen Motiven, ermorden alte Menschen, Angehörige eines bestimmten Berufszweigs, Straftäter, die der Verfolgung entkommen konnten. Es gibt viele weitere Gründe. Aber in unserem Fall ist kein Muster erkennbar.«

»Es muss eines geben«, beharrte Große Jäger. »Man tötet keine Menschen einfach nur so.«

»Und wenn doch?«

»Dann haben wir es mit einem Geisteskranken zu tun. Aber der würde sich zu Wort melden, auf sich aufmerksam machen, mit seinen vorgeblichen Heldentaten prahlen, der Polizei eine lange Nase machen.«

»All das finden wir hier nicht …«

Sie wurden durch Mommsen unterbrochen, der eine zierliche junge Frau im Schlepptau hatte.

»Das ist Frau Dietrichsen«, stellte er sie vor. »Sie kommt vom LKA und soll uns als Psychologin unterstützen.«

»Guten Tag«, sagte die Blonde mit dem Kurzhaarschnitt, schritt auf Cornilsen zu und gab ihm die Hand. Dann reichte sie die schlanke Hand dem Hauptkommissar.

»Moin«, brummte Große Jäger und sah an ihr vorbei. »Sind Sie die Vorhut?«

»Bitte?«

»Die Sekretärin. Ihr Chef, der Psychoonkel, den wir nicht bestellt haben, kommt – wann?«

»Wilderich«, maßregelte ihn Mommsen. »Frau Dietrichsen ist die Profilerin, die uns bei der Täteranalyse behilflich sein soll.« Er sah die junge Frau an. »Die beiden Kollegen werden Sie einweisen. Hauptkommissar Große Jäger …«

»Einweisen ist gut«, unterbrach ihn Große Jäger. »Wohinein? Geht das auch ohne Attest?«

»Hauptkommissar Große Jäger ist eines unserer besten Pferde im Stall, auch wenn sein Humor manchmal gewöhnungsbedürftig ist.« Mommsen bewegte den Zeigefinger hin und her. »Wilderich! Ich will keine Klagen hören. Falls etwas sein sollte, Frau Dietrichsen … Sie wissen, wo mein Büro ist.« Dann verließ er das Zimmer.

Die junge Frau sah sich um und zeigte auf den leeren Schreibtisch in Große Jägers Rücken. »Soll ich dort Platz nehmen?«

Große Jäger fuhr in die Höhe. »Unterstehen Sie sich«, bellte er.

Frau Dietrichsen wirkte erschrocken. »Wieso? Es sieht aus, als wäre der Arbeitsplatz frei.«

»Nein!«

»Solange der Mitarbeiter im Urlaub ist …«

»Sind Sie taub?«

»Nehmen Sie hier Platz«, mischte sich Cornilsen ein und schob den Besucherstuhl an seinem Schreibtisch zurecht. »Ich bin Mats«, fügte er an.

»Lena.« Sie zeigte noch einmal auf den freien Arbeitsplatz. »Was ist damit?«

»Das erkläre ich dir später«, erwiderte Cornilsen und begann, Lena Dietrichsen mit dem Fall vertraut zu machen. Cornilsen machte das gut, musste sich Große Jäger eingestehen. Er verstrickte sich nicht in überflüssige Nebensächlichkeiten, vergaß aber kein Detail, das für die Einschätzung der Situation von Bedeutung schien.

Lena hatte aufmerksam zugehört, ohne Cornilsen zu unterbrechen. Sie schwieg auch, als er zum Abschluss die Fragen zum Motiv des Dämons vortrug.

»Wir suchen nach einer Antwort darauf«, schloss er.

Sie sah sich um. »Gibt es hier ein Whiteboard?«

»Wozu?«, mischte sich Große Jäger ein.

»Um die gemeinsamen Überlegungen zu visualisieren.«

»Hier ist niemand dement. Das haben wir alles hier gespeichert.« Er tippte sich an die Stirn.

»Es macht aber Sinn, die erarbeiteten Gedanken für alle sichtbar zu machen.«

»Wir sind hier in Husum«, versuchte Cornilsen zu vermitteln. »Da gibt es so etwas nicht. Ich besorge uns ein paar große Blätter Papier, die wir mit Klebeband an die Wand anbringen können. Das ist dann so etwas wie ein analoges Memoryboard.«

»Quatschtante«, murmelte Große Jäger, während Cornilsen sich auf die Suche begab.

Lena sah sich um. »Bekommt man hier einen Tee?«

»Tee? Wir sind eine Polizeidienststelle. Kripo.«

»Verstehe. Hier trinkt man Kaffee. Wo finde ich den Automaten?«

»Zwei Zimmer weiter. Der Automat heißt Tante Hilke und hat zwei Beine.«

»Sie sind hier noch nie der Mitarbeiter des Monats gewesen, Herr Jäger?«

»Jäger? Verdammt noch mal. Sehe ich aus wie ein Hänfling? *Große* Jäger.«

»Sind Sie ein Frauenfeind?«

»Keineswegs.«

»Woher rührt Ihr merkwürdiges Verhalten?«

»Ist das jetzt eine Psychoanalyse?«

»Ich möchte es nur verstehen.«

»Wir haben Sie nicht hergebeten. Das ist eine Aufgabe für die Polizei, für Leute, die ihr Handwerk gelernt haben.«

»Ich habe meines auch gelernt.«

»An der Kinderuniversität?«

Sie musterte ihn spöttisch. »Und was ist Ihr Job hier? Sind Sie der pensionierte Seniorexperte?«

Große Jäger sah Cornilsen an, der mit zwei vergilbten DIN-A2-Blättern zurückkehrte und sie mit Klebestreifen an der Wand anbrachte. »Ich sage es doch. Die Psychotante bringt nur Unruhe rein.«

Lena stellte sich vor das Papier und schrieb die Namen »Karin Amundsen« und »Claus Claussen« auf. Dann folgte »unbekannte Frau«. Sie notierte »Foto« und zog jeweils einen Strich zu jedem Namen. Es folgten die Ortsnamen der Kirchen, an deren Türen man die Fotos gefunden hatte.

»Die sind alle auf Eiderstedt«, erklärte Cornilsen.

»Gibt es über die Kirchen einen Zusammenhang der Opfer? Sind sie im Gemeinderat aktiv? Singen sie im Chor? Haben sie an irgendwelchen Aktivitäten teilgenommen, die mit der Kirche im Zusammenhang stehen?«

Die beiden Beamten sahen sich an. »Das müssen wir noch prüfen«, gestand Große Jäger.

Lena notierte die Fragen an einer anderen Stelle des Blatts.

»Es gibt zwei Meldungen aus Kiel« sagte Cornilsen später, nachdem die drei noch eine Weile versucht hatten, grafisch Zusammenhänge zwischen den Opfern aufzuzeigen. »Man hat Claussens Škoda untersucht. Dort fanden sich keine verwertbaren Spuren. Das Fahrzeug war ordnungsgemäß abgeschlossen worden.«

»Wissen wir, wo der Schlüssel geblieben ist?«

»Nein. Wenn Claussen ihn eingesteckt hat, müsste er sich bei der Leiche befinden. Die Blutflecken, die gefunden wurden, stammen hingegen eindeutig vom Opfer. Es gibt aber keine weiteren Hinweise darauf, dass ein Kampf stattgefunden hat.«

Große Jäger rümpfte die Nase. »Man könnte sich zusammenreimen, dass Claussen zum Parkplatz gefahren ist, weil er dort mit jemand verabredet war. Es war kein Zufall. Er stieg aus, schloss sein Auto ab und traf mit seinem mutmaßlichen Mörder zusammen. Claussen tat das ohne Argwohn. Der andere hatte den Hammer dabei und schlug heimtückisch zu.«

»Das heißt, Claussen kannte seinen Mörder. Weshalb ist er entgegen seiner sonstigen Gewohnheit nicht direkt nach Hause gefahren? Wir müssen in seinem Umfeld suchen. Wie hat er sich mit dem Täter verabredet? Die Auswertung seiner Handydaten hat nichts Verwertbares ergeben. Er hat mit seiner Frau gesprochen, mit seinen Eltern. Zwei Freunden aus dem Boßelverein, einer älteren Frau, einer Patientin, die gehbehindert ist, mit den Eltern eines alten Schulfreundes, weil er den nicht erreichen konnte, und mit seiner Bank. Wir sollten mit den beiden Freunden sprechen.«

»Hast du die Namen?«

»Ja. Ich habe auch nachgesehen, ob die uns bekannt sind. Fehlanzeige.«

»Wir suchen sie jetzt auf«, entschied Große Jäger, während Lena sich weiter mit den etwaigen »Beziehungen« beschäftigen wollte.

Es kostete sie zwei Stunden, bis sie die beiden an ihren Arbeitsplätzen gefunden hatten. Beide wussten von den Ereignissen und zeigten sich betroffen. Claus Claussen war ein Freund aus Kindheitstagen. Man kannte sich, wie es in kleinen Gemeinwesen üblich ist. Vom Kindergarten – so nannten sie es – über die Schule bis heute war die Verbindung nie abgerissen. Als Eiderstedter war es für sie selbstverständlich, dem »Nationalsport« Boßeln zu frönen. Sie trafen sich auch sonst – gelegentlich – »auf ein Bier«. Am Tattag wollten sich die Freunde und Claus Claussen im Simonsberger Kirchspielskrug treffen.

»Wir haben uns telefonisch verabredet«, sagte Hauke Petersen. »An … an … dem Tag.« Er schluckte heftig. »Claus hatte gesagt, er würde ein wenig später kommen. Er muss bis acht in Husum arbeiten. Hat er gesagt. Da war noch etwas. Er muss noch etwas erledigen. Nach der Arbeit. Hat er gesagt. Es könnte ein paar Minuten später werden. Wir sollen schon einmal anfangen. Er wird das Bier schon aufholen.« Hauke Petersen nickte bedächtig. »Ja. Das hat er gesagt.«

»Hat er angedeutet, was er noch erledigen wollte?«, fragte Große Jäger.

»Nein, aber ich habe auch nicht nachgefragt. Ist ja seine Sache. Er hat nicht gesagt, was, wo und mit wem.«

»Könnte es sein, dass Claus Claussen etwas außerhalb seiner Ehe laufen hatte?«

»Claus? Nie im Leben.«

Der urgemütliche Landgasthof lag unterhalb des Deichs. Er bildete nicht nur eine Art kulturelles Zentrum des kleinen Ortes, sondern wurde auch gern von Vereinen oder größeren Gruppen gebucht. Hier gab es eine bodenständige regionale Küche, und in der Winterzeit schwärmte man vom erstklassigen Grünkohl. Dass der Chef Platt sprach, war ein zusätzliches Highlight.

Der Wirt kannte die drei Freunde und bestätigte, dass sie am besagten Abend in seiner Gaststätte waren. »Das heißt«, korrigierte er sich, »Claus wollte kommen. Das hatten die beiden anderen gesagt. Sie haben auf ihn gewartet.«

Es gab einen neuen Anhaltspunkt, mit dem die Beamten nach Husum zurückkehrten. Claussen kannte seinen Mörder. Er hatte sich mit ihm verabredet. Auf dem Parkplatz? Der junge Mann war kein zufälliges Opfer. Galt das auch für Karin Amundsen? Welche Beziehung gab es zwischen diesen beiden und dem Dämon? Bestand auch eine Verbindung zu der unbekannten Frau, deren Bild gestern Abend an die Kirchentür von Poppenbüll angeschlagen worden war?

Sie fanden Lena in ihrem Büro vor. Die Psychologin war aufgeregt.

»Es hat sich jemand gemeldet, der etwas zu der unbekannten Frau sagen konnte, die auf dem jüngsten Foto abgebildet ist.«

»Und weshalb erfahren wir das erst jetzt?«, fluchte Große Jäger. »So ist es, wenn Laien Detektiv spielen wollen.«

»Ich habe keine Kontaktdaten von euch«, entschuldigte sich Lena. »Außerdem hätte jemand von der Dienststelle euch informieren können. *Müssen*«, fügte sie an.

»Psychologen«, grummelte Große Jäger. »Die studieren ewig lange, damit ihnen immer eine Ausrede einfällt.«

Hinnerk Dethlefsen hatte sich bei der Polizei gemeldet. Er führte einen kleinen Elektroinstallationsbetrieb in Husum. Dethlefsen war gestern früh mit einem Gesellen zur Montage nach Gelting aufgebrochen. Es ging um die Inneneinrichtung eines Ladenlokals. Andere Gewerke waren in Verzug geraten. In der Presse war die Eröffnung des Geschäfts angekündigt worden. Es war ein fixer Termin. Die Ladenbauer standen vor der Tür und konnten ihre Arbeit erst fortsetzen, wenn die Elektroinstallation fertig war. Die beiden Handwerker hatten fast die ganze Nacht durchgearbeitet. Er hatte spätabends zu Hause angerufen. Seine Frau Solveig kümmerte sich um das Büro. Kinder? Nein, die hatte das Ehepaar nicht. Er hatte sich nicht gewundert, dass er seine Frau am Vorabend nicht mehr erreichen konnte. Sie war wohl schon schlafen, hatte er gedacht. Als er heute zurückkehrte, war sie weder im Büro noch zu Hause. Einer seiner Angestellten hatte sich merkwürdig verhalten. Als sich Dethlefsen ihn zur Brust nahm, hatte der Mann gesagt, Solveigs Bild kursiere im Internet. Jemand hatte die Aufnahme, die der Polizei seit heute Morgen vorlag, im Internet gepostet. Solveig Dethlefsen war einundvierzig Jahre alt.

Große Jäger sprang auf. »Wir sprechen mit dem Ehemann.« Er protestierte, als Lena sich den beiden anschloss. Doch die Psychologin blieb hartnäckig.

Das Ehepaar Dethlefsen wohnte in der Fischersiedlung, die jenseits der Bahnlinie im gefühlten Schatten der weit in die Marsch sichtbaren Silotürme lag.

Eine Spielstraße führte in das ruhige Areal aus Rotklinkerhäusern mit gepflegten Gärten. Man würde sich nicht wundern, wenn sich hier die Gartenzwerge wohlfühlten. Aber, so befand Große Jäger, es wirkte nicht kitschig, sondern behaglich. Gehwege gab es nicht. Eine Straßenseite war mit durch Hecken abgeschirmten Häusern bebaut, auf der anderen zog sich ein

Graben entlang, hinter dem sich ein weiteres kleines Wohngebiet anschloss.

Hinnerk Dethlefsen war ein großer Mann mit stabiler Figur. Salopp hätte man ihn einen Teddybären nennen können. Er war unrasiert. Die Augen lagen tief in den Höhlen. Die dunklen Haare hingen ihm in die Stirn. Ungelenk wischte er sie fort, als er öffnete und wortlos die Besucher anstarrte.

»Polizei Husum«, sagte Große Jäger und stellte seine Begleiter vor.

»Haben Sie etwas von Solveig gehört?«, überfiel Dethlefsen die Polizisten.

»Dürfen wir ins Haus kommen?«, antwortete Große Jäger mit einer Gegenfrage.

»Ja – äh, ja.« Der Mann war völlig konfus. Er unternahm keine Anstalten, zur Seite zu treten. Erst als Große Jäger ihn darauf aufmerksam machte, bat er die Beamten ins Haus und blieb in der Diele stehen.

»Es mag ungewöhnlich klingen, aber dürfen wir einen Blick in Ihren Garten werfen?«

Dethlefsen fragte nicht nach dem Grund. Er führte die Polizisten ins Wohnzimmer. Große Jäger öffnete das Schiebeelement, trat auf die Terrasse und ging ein wenig hin und her. An einer bestimmten Stelle legte er den Kopf schief und nickte zufrieden. Das war die Position, von der aus das Foto aufgenommen wurde, das an die Kirchentür von St. Johannis in Poppenbüll angenagelt worden war. Der Besucher hatte das Grundstück vermutlich unbemerkt betreten und war am Haus vorbei in den Garten gelangt. Man konnte daraus schließen, dass Frau Dethlefsen ihn nicht ins Haus gebeten hatte. Es musste sich um einen für sie Fremden gehandelt haben. Oder um jemanden, den sie kannte, korrigierte er seinen eigenen Gedanken, der in dieser Situation aber nicht von ihr bemerkt werden wollte.

»Was soll das hier?«, regte sich Dethlefsen auf.

»Der Chef macht sich ein Bild von der Umgebung«, erklärte Cornilsen und zeigte auf das Blumenbeet. »Pflegen Sie das?«

»Das macht meine Frau. Ich bin mit dem Betrieb voll ausgelastet. Sie wissen ... das Handwerk hat im Augenblick so viel zu tun, dass wir nicht wissen, wo wir zuerst anfangen sollen. Deshalb war ich auch mit einem Gesellen in Gelting und habe erst heute Morgen festgestellt, dass meine Frau weg ist. Sie macht das Büro. Na ja ... Und den Haushalt und Garten.«

»Sie leben allein hier?«, fragte Cornilsen.

»Ja – wieso?«

»Keine Kinder? Keine Haustiere?«

»Für beides ist keine Zeit.«

»Ihre Frau hat keine Nachricht hinterlassen?«

»Blöde Frage. Dann wäre ich nicht zur Polizei gegangen.«

»Ist sie früher schon einmal weggeblieben?«

»He – was soll das?«

»Könnte es sein, dass sie einen Verwandten besucht hat? Eltern? Jemanden, der plötzlich krank geworden ist?«

»Ich habe alle angerufen. Sie ist nirgends. Unsere Familie wohnt in Husum und Umgebung. Wenn sie dorthin gemusst hätte, wäre sie schon lange wieder nach Hause gekommen.«

Das glaubte Große Jäger auch. Eine Abwesenheit seit gestern wäre noch kein Grund für eine Beunruhigung, hätte es nicht das Foto gegeben.

»Sie haben den Kollegen auf der Wache vom Foto Ihrer Frau erzählt.«

»Was hat das mit ihrem Verschwinden zu tun?«

Das wollten die Polizisten ihm nicht erklären.

»Wer hat Sie darauf aufmerksam gemacht?«

»Das Bild tauchte im Internet auf. Auf Facebook. ›Du kommst aus Husum ...‹ heißt die Gruppe. Charalampos Koulouris heißt der Kerl. Eigentlich eine faule Sau. Aber bei dem herrschenden Personalmangel muss man auch so etwas mit durchschleppen.«

»Koulouris hat Ihnen das Bild gezeigt?«

»Ja, als ich heute Morgen mit Stefan in den Betrieb gekommen bin. Das Bild zeigt Solveig bei uns im Garten.« Plötzlich schien ihm etwas einzufallen. »Sind Sie deshalb in den Garten gegangen?«

Große Jäger ging nicht auf die Frage ein. »Wer könnte das Foto aufgenommen haben?«

»Keine Ahnung. Ich war das nicht.«

»Wann könnte das gewesen sein?«

»Vor Kurzem.« Dethlefsen zeigte zum Blumenbeet. »Das da, das hat Solveig erst letzte Woche angepflanzt.«

»Haben Sie oder Ihre Frau Beziehungen zur Kirche?«

»Wie? Was? Ist das ein Scherz?«

»Wir stellen ein paar Routinefragen.«

»Wir sind in der Kirche – ja. Gehen aber nie hin. Nicht mal jedes Jahr zu Weihnachten.«

»Ist Ihre Frau in einem Chor?«

Er lachte bitter auf. »Solveig und singen? Lächerlich.«

»Kennen Sie die Kurt-Pohle-Kita?«

»Klar. Wer kennt die nicht?«

»Haben Sie oder Ihre Frau Kontakt dorthin?«

»Nein. Wir haben doch keine Kinder.«

Große Jäger warf Lena einen kurzen Seitenblick zu. Die Psychologin war dem Gespräch aufmerksam gefolgt, ohne selbst Fragen zu stellen.

Große Jäger nannte den Namen der Physiotherapiepraxis, in der Claus Claussen beschäftigt war.

Dethlefsen drückte sein Kreuz durch. »Ich hätte es nötig. Aber dafür bleibt keine Zeit. Solveig? Nein. Das wüsste ich. Sie geht zum Friseur und in den Kosmetiksalon. Hand- und Fußpflege. Aber Massage? Bestimmt nicht.«

Auch die Antworten auf weitere Fragen, die sie ihm stellten, ergaben keine Verbindung zwischen Solveig Dethlefsen und den anderen Opfern.

Große Jäger bat darum, dass der Mann eine Liste mit den Namen von Verwandten und Freunden zusammenstellen möge.

»Muss das sein? Ich sagte doch, dass wir wahnsinnig viel zu tun haben.«

»Verdammt noch mal, es geht um Ihre Frau«, sagte Große Jäger laut und ungehalten.

»Gut«, erwiderte Dethlefsen.

»Hat Ihre Frau ein Handy?«

»Wer hat das nicht?«

»Haben Sie versucht, sie darüber zu erreichen?«

»Ständig. Ich weiß gar nicht mehr, wie oft.«

Die Beamten ersparten Dethlefsen die Frage, ob die Familie bedroht worden war oder ob es Feinde gab. Dieser erneute Vermisstenfall passte in das bekannte Schema.

Nachdem sie das Haus verlassen hatten, trug Große Jäger Cornilsen auf, die Nachbarn zu befragen. Es galt auch zu eruieren, ob sie früher etwas beobachtet hatten und ihnen vielleicht etwas Verdächtiges aufgefallen war, als Solveig Dethlefsen bei der Gartenarbeit fotografiert wurde. Husum war zwar kein Dorf, aber viele der Stadtbezirke waren kleinteilig und überschaubar. Vielleicht hatten sie Glück, und jemand konnte ihnen einen Hinweis liefern.

»Und du?«, wollte Cornilsen wissen.

»Ich werde mit dem Griechen sprechen.«

»Das ist am anderen Ende der Stadt – im Gewerbegebiet.«

»Ja – und?«

»Wir haben nur ein Auto.«

Große Jäger lachte. »Von hier ist es nicht weit bis zur Poggenburgstraße. Husum ist die Stadt der kurzen Wege.«

»Das sagst ausgerechnet du. Wenn du die Straße überquerst, steigst du in den Dienstwagen.«

»Das darfst du auch, wenn du irgendwann ein altgedienter Hauptkommissar bist.«

»Okay.« Cornilsen sah Lena an. »Tun wir das machen.«

Der Betrieb befand sich in der Johannes-Mejer-Straße im Gewerbegebiet Ost. Gemessen an den umliegenden Gewerbearealen war es ein kleines Grundstück. Ein Mann mittleren

Alters mit naturkrausen Haaren und einer klassischen hellenischen Hakennase sah auf und unterbrach das Beladen eines Renault-Kangoo-Kastenwagens mit der seitlichen Aufschrift »Elektro Dethlefsen – Meisterbetrieb«.

»Moin«, grüßte Große Jäger, nachdem er ausgestiegen und auf den Mann zugegangen war. »Herr Koulouris?«

»Ja?«

»Polizei Husum. Sie haben Ihren Chef auf das Bild aufmerksam gemacht, das seine Frau zeigt?«

Koulouris schilderte, dass er oft in den sozialen Netzwerken unterwegs sei, darunter auch in jenem, in dem das Foto gepostet wurde. Den Teilnehmer, der das Bild als Erster eingestellt hatte, kannte er nicht. Koulouris war überrascht gewesen und hatte es Dethlefsen gezeigt, als der im Betrieb auftauchte. Er war über die Reaktion seines Chefs erstaunt gewesen. Bis zu diesem Zeitpunkt wusste er nicht, dass Frau Dethlefsen verschwunden war.

Der Mann rückte ein wenig näher an Große Jäger heran.

»An seiner Stelle würde ich nicht so viel Tamtam machen. Er macht sich doch nur lächerlich, wenn Solveig vergnügt wiederauftaucht.«

»Wie meinen Sie das?«

»Die spielen nach außen heile Welt. Dabei sieht doch jeder, dass es in der Ehe nicht mehr stimmt. Er flüchtet sich in die Arbeit.«

»Gibt es eine andere? Oder einen anderen?«

»Hinnerk hat nichts am Laufen. Wann denn? Der ist doch Tag und Nacht auf Achse. Aber Solveig? Da bin ich mir nicht sicher. Die ist kein Kind von Traurigkeit.«

»Können Sie einen Namen nennen?«

Koulouris lachte bitter auf. »Sie sind lustig. Meinen Sie, Solveig läuft fröhlich pfeifend durch die Gegend und sagt, dass sie mit diesem oder jenem fremdgeht?«

»Sind das Vermutungen?«

»*Óchi* – äh. Nein. Ich habe sie gesehen. Zufällig«, schob er nach.

»Wo?«

»Auf einem Parkplatz bei Flensburg. Von hier aus gesehen etwa einen Kilometer hinter Hoffnung. Da zweigt eine Straße von der Bundesstraße Richtung Weiche ab.«

Große Jäger nickte. »Sie meinen die K126. Etwas weiter unterquert sie die Autobahn und führt nach Handewitt-Weding.«

»Genau. Da saß Solveig in einem Mercedes Kombi und hat geknutscht. Geknutscht? Die sind handfest zur Sache gegangen.«

»Und haben die Sie nicht bemerkt?«

»Die waren viel zu sehr mit sich beschäftigt.«

»Der Firmenwagen muss doch auffallen.«

»Ich war privat unterwegs.«

»Frau Dethlefsen kennt Ihren Wagen.«

»Das war das Auto meiner Schwägerin.«

»Und was wollten Sie auf dem Parkplatz?«

»Ich musste mal pinkeln.«

Große Jäger kratzte sich den Stoppelbart. »Das sind ziemlich viele Zufälle. Spielen Sie Lotto?«

»Nein. Wieso?«

»Bei Ihrem Glück sollten Sie es versuchen.«

»Sie können mich mal.« Koulouris wandte sich ab. »Da meint man es gut und gibt der Polizei einen Tipp. Und dann so was.« Er verschwand in der Werkstatt, kehrte mit einem Plastikkoffer zurück, in dem Große Jäger Werkzeug vermutete, knallte mit Schwung die Hecktür des Kangoos zu und fuhr davon. Beim Verlassen des Grundstücks kollidierte er fast mit Dethlefsen. Der Elektromeister sah Große Jäger überrascht an.

»Was machen Sie hier?«

»Ich habe mit Koulouris gesprochen und wollte etwas über die Herkunft des Bildes in Erfahrung bringen.«

»Ach so.«

»Sie deuteten an, dass Sie nicht hundertprozentig mit Ihrem Mitarbeiter zufrieden sind.«

»Fachlich ist er ganz in Ordnung. Kein Genie, aber alltagstauglich. Es muss nur ständig jemand dabeistehen und ihm auf die Füße treten. Um es noch einmal zu wiederholen: Er ist eine faule Sau.«

»Ist er vertrauenswürdig?«

»Ich habe noch nichts anderes bemerkt. Mir ist nur aufgefallen, dass er oft um meine Frau herumtänzelt.«

»Ist sie für so etwas empfänglich? Ein kleiner Flirt? Schmeichelt es ihr?«

»Solveig? Lächerlich. So! Nun muss ich mich ums Geschäft kümmern.« Dethlefsen ließ Große Jäger stehen und verschwand in der Werkstatt.

Sie mussten als Polizisten immer wieder in das Leben von Menschen eindringen, sich mit deren Geheimnissen beschäftigen und die Sorgen und Ängste zur Kenntnis nehmen. Offenbar stand es um die Ehe der Dethlefsens nicht zum Besten. Gehörte das zu den Ermittlungen? Hatte die Frau in Kenntnis, dass ihr Ehemann beschäftigt war, die Gelegenheit genutzt, einem außerehelichen Vergnügen nachzugehen? Hatten sich dabei Komplikationen ergeben? Es kam durchaus vor, dass ein Mensch vorübergehend untertauchte und nach einer Weile in seine gewohnte Umgebung zurückkehrte. Normalerweise hätte Große Jäger zu dieser Einschätzung tendiert, ein wenig Geduld eingefordert und zum Abwarten geraten.

Hier lag der Sachverhalt anders. Das Bild Solveig Dethlefsens. Hatte der Dämon sein nächstes Opfer geholt? Weshalb gelang es ihnen nicht, die kleinste Spur zu finden? Noch war der Dämon ein Phantom. Und er schwieg, machte nicht auf sich aufmerksam, suchte nicht die Aufmerksamkeit der Öffentlichkeit. Es würde ein Sturm über Nordfriesland, aber auch über die Ermittler hereinbrechen, wenn die Details der Serie in den Medien breitgetreten würden. Fernsehen, Zeitungen und das Internet wären nicht zu kontrollieren und würden zur Steigerung der Auflage oder der Klicks die Ängste der Menschen schüren. Das war schlimm.

Es waren aber noch andere Auswirkungen zu befürchten. Ein bedeutender Wirtschaftszweig in der Region war der Tourismus. Würde es auch Stornierungen geben? Würden Urlaubsgäste ausbleiben? All das trat zurück bei der Sorge um das eine Opfer. Hatte sich der Dämon mit Solveig Dethlefsen den vierten Menschen geholt? Auch wenn Flensburg mit zahlreichen Ressourcen und großem Know-how die weiteren Ermittlungen übernommen hatte, fühlte sich Große Jäger nicht aus der Pflicht entlassen, auf seine Weise nach dem Täter zu fahnden.

Das Thema beschäftigte ihn im Büro immer noch, als er auf dem Flur von Weitem Lachen hörte. Kurz darauf traten Cornilsen und Lena ein.

»Euch hat der Spaziergang offensichtlich gutgetan«, sagte Große Jäger sarkastisch. »Oder liegt es an der Jahreszeit?«

Cornilsen stutzte und sah ihn irritiert an.

»Löst der Gedanken an Solveig Dethlefsen so viel Heiterkeit bei dir aus?«

»Mein Mentor hat mir einmal erklärt, dass man nicht alles an sich heranlassen darf, sondern den Kopf für klare Gedanken frei lassen muss.«

Große Jäger winkte ab. »Ist schon gut, Hosenmatz. Mich frustriert, dass wir nicht vorankommen. Der Dämon muss sich doch eine Blöße geben.«

»Es ist rätselhaft«, bestätigte Lena. »Wenn wir es mit einem krankhaft narzisstischen Täter zu tun haben …«

»Ach, hören Sie doch auf«, fuhr Große Jäger sie an. »Was soll das Geschwafel? Da draußen läuft ein irrer Verbrecher herum, und wir haben keine Ahnung, weshalb er mordet. Mir geht es nicht um das Seelenleben dieser *armen Kreatur*, sondern darum, dass wir die Menschen vor diesem Tier beschützen.« Beim »Tier« wandte ihm Cornilsen ruckartig den Kopf zu. Beide wussten, dass Mommsen es sofort ahndete, wenn Menschen, mochten sie auch Verbrecher sein, als »Tiere« bezeichnet wurden.

»Tiere«, so hatte der Kriminalrat einmal erklärt, »sind gleichberechtigte Kreaturen im Lebensraum Erde, die wir als Menschen im Rahmen unserer Möglichkeiten schützen und deren Existenz wir sichern müssen. Gleich aus welcher Sicht man es betrachtet – ethisch, religiös, humanistisch –, ein Mensch ist etwas anderes als ein Tier. Letzteren billigt man zu, zum Überleben andere Tiere zu töten. Dabei geht es nicht nur ums Überleben, um die Nahrung. Auch Machtkämpfe werden ausgetragen. Und von Eisbären weiß man, dass sie die Jungen einer Bärin töten, nur um sie selbst neu begatten zu können.«

»Aber«, hatte Große Jäger geantwortet, »gibt es nicht auch unter den Menschen Existenzen, die aus ähnlichen Motiven handeln?«

Jetzt sah er Lena an. Ob die Psychologin eine Gesprächspartnerin für solche Themen war? Der Hauptkommissar gab sich einen Ruck.

»Was habt ihr herausgefunden?«

Cornilsen breitete die Arme zu einer hilflosen Geste aus.

»Nichts«, sagte er. »Wir haben die Nachbarn befragt. In der Fischersiedlung leben überwiegend ältere Menschen, die meisten noch aus den Anfängen der fünfziger Jahre des letzten Jahrhunderts. Oder deren Nachkommen. Es gibt dort wenig Bewegung durch Neuhinzugezogene. Daher kennen sich die Menschen und sind miteinander vertraut. Die, die wir erreicht haben, versicherten uns, dass sie etwas bemerkt hätten. Man achtet aufeinander. Das ist dort selbstverständlich. Es ist kein Gebiet, durch das man nur hindurchfährt. Es gibt nur zwei Zufahrten für die etwa zweihundert Einwohner. Niemandem ist etwas aufgefallen. Und Hinnerk Dethlefsen – das ist einer von ihnen. Wie die meisten der Ehemaligen war sein Vater Fischer, daher auch der Name der Siedlung. Solveig ist eine Zugezogene. Aber, so der einhellige Tenor, ganz okay. Sie hat sich assimiliert. Natürlich hat sich herumgesprochen, dass sie vermisst wird.«

Große Jäger trug Cornilsen auf, herauszufinden, wer das Bild der Frau auf Facebook gepostet hatte.

»Ich tu das machen.«

»Ich helfe dir«, sagte Lena Dietrichsen und rückte den Besucherstuhl an seine Seite.

Das Telefon machte sich bemerkbar.

»Frau Dr. Braun«, zeigte sich Große Jäger überrascht, als die renommierte Wissenschaftlerin, der man zu Recht die Leitung des Kriminaltechnischen Instituts übertragen hatte, persönlich anrief. »Dank Ihrer wertvollen Hilfe können wir einen Fall abschließen und einen Täter hinter schwedische Gardinen schicken.«

»Sicher«, entgegnete Frau Dr. Braun spitz. »Nur müssen Sie ihn erst einmal fassen. Das eingetrocknete Blut, das wir zwischen Hammerstiel und Kopf gefunden haben, gehört eindeutig Kai Kroogmann.«

»Der hat behauptet, sich selbst verletzt zu haben.«

»Dann wird es wohl so sein.«

»Kroogmann ist ein Typ, der lügt, wenn er den Mund aufmacht.«

»In diesem Fall hat er offenbar die Wahrheit gesagt.«

»Kann es sein, dass das Blut des mutmaßlichen Opfers durch Kroogmanns Blut verdeckt wurde?«

»Sie meinen, er hat zunächst auf das Opfer eingeschlagen und sich anschließend selbst verletzt?«

Große Jäger bestätigte es.

»Herr Jäger«, kürzte sie seinen Namen ab. »Ihnen sei versichert, dass uns das nicht entgangen wäre. Sie haben den Falschen erwischt.«

Kurz darauf ging Große Jäger in Begleitung eines Schutzpolizisten zu den Arresträumen im Kellergeschoss. Kroogmann lümmelte sich schläfrig auf der Pritsche.

»Du kannst gehen«, sagte Große Jäger kurz angebunden.

»Ach nee. Plötzlich.« Der Mann rieb Daumen und Zeigefinger gegeneinander. »Und was ist mit Haftentschädigung? Ich bin ein Willküropfer. Unschuldig von der Polizei eingekerkert. Wo kriege ich meinen Verdienstausfall her? Ich sag dir was. Ich marschiere von hier aus direkt zu den Husumer Nachrichten. Und morgen kannst du deinen Namen sooo dick«, dabei hielt er beide Hände etwas fünfzig Zentimeter auseinander, »in der Zeitung lesen.«

»Sieh zu, dass du verschwindest, Kroogmann. Sonst müssen wir noch den Kammerjäger bestellen, der diesen Raum ausräuchert.«

Kroogmann grinste, hob leicht ein Bein an und stellte es auf die Zehenspitzen. Dann entließ er geräuschvoll Darmwinde. »Erst kommt der Kammerjäger, dann Große Jäger.«

»Richtig. Und beide jagen Läuse und Ungeziefer.«

»Eh, Mann. Das ist eine Beleidigung.«

»Hau endlich ab, Kroogmann. Du bist eine Beleidigung.«

Betont langsam machte sich der Mann auf den Weg, begleitet von weiteren herausgepressten Darmgeräuschen. Er würde sich oben an der Wache die ihm abgenommenen Utensilien abholen, während Große Jäger an der Hintertür eine Pause einlegte und rauchte, bevor er in sein Büro zurückkehrte.

»Da haben wir Pech gehabt«, meinte Cornilsen.

»So würde ich es nicht nennen. Auch wenn Kroogmann ein Unsympath ist, gilt für ihn, dass wir nicht nur Schuldige überführen, sondern auch Unschuldige vor einer ungerechtfertigten Verfolgung bewahren.«

»Er war eine heiße Spur. Es gab eine Reihe von Ansatzpunkten, die ihn als möglichen Täter erscheinen ließen.«

Große Jäger bewegte nachdenklich den Kopf. »Mir fehlte ein Motiv. Claussen ist nicht aus Geldgier getötet worden. Wir haben bisher auch keinen Grund gefunden, dass man ihn aus Rache ermordet hat. Wenn jemand mit einem Hammer erschlagen wird, ist das kein Totschlag im Affekt. Zumindest sprechen die Umstände nicht dafür. Es sieht so aus, als sei Claussen mit seinem eigenen Fahrzeug zum Parkplatz Platenhörn gefahren und habe sich dort mit seinem Mörder getroffen. Weshalb? Wenn man sich dort verabredet, hat man nicht zufällig einen Hammer dabei, mit dem man auf sein Gegenüber eindrischt. Claussen wurde dorthin bestellt. Sein Mörder hat auf ihn gewartet, um ihn mit Vorsatz zu erschlagen. Das war eiskalt geplant.«

»Aber warum?«, fragte Cornilsen.

»Das gilt es zu klären.«

»Wir haben inzwischen herausgefunden, wer das Bild von Solveig Dethlefsen ins Netz gestellt hat.«

Cornilsen hatte in der Zwischenzeit ein paar Telefonate geführt, nachdem er mit Lena eifrig am Rechner gesucht hatte und die beiden dabei miteinander getuschelt hatten. Große Jäger lächelte still vergnügt in sich hinein. Dem jungen Kollegen schien die Teamarbeit mit der Kieler Psychologin zu gefallen.

»Boßelpaul nennt sich der junge Mann im Netz. Dahinter steckt Paul Vierling aus Poppenbüll. Ich werde ihn aufsuchen und befragen«, sagte Cornilsen. Fast synchron erhob sich Lena, griff ihre Jacke, die sie über die Stuhllehne gelegt hatte, und ergänzte: »Ich komme mit.«

Große Jäger rief bei der Kieler Kriminaltechnik an. Der Mitarbeiter, mit dem er verbunden wurde, stöhnte hörbar auf, als sich der Husumer nach dem Stand der Auswertungen erkundigen wollte.

»Nun erklären Sie mir nicht, dass Sie überlastet sind«, stoppte Große Jäger den Redefluss des Kielers. »Das habe ich bereits mit Frau Dr. Braun erörtert.« Jahrzehntelang und immer wieder, fügte er im Stillen an.

»Unsere Leiterin?«, fragte der Kieler und beeilte sich nachzusehen, ob die Ergebnisse schon vorlagen. »Sie sind noch nicht abschließend verifiziert.«

»Das interessiert den Verdächtigen wenig«, behauptete Große Jäger. »Der ist gerade auf dem Helmut-Schmidt-Airport am Terminal 3 und will den Direktflug nach Bora Bora antreten.«

Ja, bestätigte der Kieler. Die vorliegenden Fotoausdrucke würden alle aus demselben Drucker stammen. »Zu hoher Wahrscheinlichkeit«, schränkte er ein. »Wir sprechen nicht vom Drucker, sondern von der technischen Quelle. Fingerabdrücke und

DNA konnten allerdings nicht verwertet werden. Dafür waren die Blätter durch zu viele Hände gegangen. Da hat vermutlich jeder der tausend Eiderstedter dran herumgetoucht.«

»Stimmt fast«, bestätigte Große Jäger. »Es gibt aber achtzehntausend Eiderstedter. Tausend waren zum Boßeln. Der Rest hat sich inne Masch zusammengefunden, Met getrunken und die Bilder angefasst. So machen wir das immer auf Eiderstedt, wenn Thing ist.«

»Ich habe jetzt nicht alles verstanden.«

Stimmt, dachte Große Jäger. Der Hamburger Flughafen hat kein Terminal 3, und eine Direktverbindung nach Bora Bora gibt es auch nicht. Nicht einmal von Frankfurt.

»Gibt es schon eine Auswertung der Handydaten von Solveig Dethlefsen?«

»Solveig … wer?«

Große Jäger ließ sich weiterverbinden. Man hatte schnell reagiert beim Kriminaltechnischen Institut und wollte Große Jäger die Liste mit den Verbindungen zusenden. Die Analyse der Kontakte in den sozialen Netzwerken werde noch dauern, erklärte man.

»Ach, der Küsten-Columbo«, begrüßte ihn Dr. Diether, als Große Jäger anschließend Kontakt zur Rechtsmedizin aufnahm. »Unsere Kunden …«

»Die Leichen.«

»… sind recht schweigsam. Deshalb dudelt bei uns permanent das Radio. Wir haben hier drei Standardsender: NDR, R.SH und den Flurfunk. Letzterer hat verbreitet, dass ich demnächst eine Leiche obduzieren muss, die mit einem Hammer erschlagen wurde. Sofern es Ihnen gelingt, den Toten zu finden. Man flüstert sich zu: Nordfriesland ist ein weites Land.«

»Waren Sie bei Klaus Jürgensen im Kursus? Der hat auch so merkwürdige Ansichten über die Westküste. Gibt es im Osten einen VHS-Kurs ›Vorurteile gegenüber den Friesen‹?«

»Sie sind doch nur ein Leihfriese, wenn ich recht informiert bin. Ein Westfalenimport.«

»Man könnte es anders formulieren: Ich bin die Globalisierung.«

»Ich muss ja gestehen, dass die Nordfiesen nicht blöde sind.«

»Sagten Sie eben ›Nordfiesen‹? Ohne ›r‹?«

»Ja. So, wie Karin Amundsen ermordet wurde … Das war nach Fiesenart. Wenn Sie wollen, von mir aus auch nach Friesenart. Die Frau ist erstickt. Das hat der Kollege Hinrichsen vor Ort richtig erkannt. Ersticken definiert sich als Todesfall durch Sauerstoffmangel durch Behinderung oder Blockade der Sauerstoffzufuhr.« Dr. Diether lachte. »Das kommt übrigens öfter vor als der Tod durch Süßstoffmangel. Das nennt man Unterzuckerung. Bleiben wir beim Sauer- statt beim Süßstoff. Es gibt verschiedene Erstickungstypen, die hypoxisch-hyperkapnische, die hypoxische und die anämisch-histotoxische.«

»Ich bewundere Ihr Wissen, bin aber kein Student Ihrer Vorlesungen an der Uni.«

»Ein bisschen Allgemeinbildung würde Ihnen guttun. Also. Das war kein schöner Tod, den die Frau erlitten hat. Die Phase der Dyspnoe dauert etwa eine Minute. Dann folgen im konvulsivischen Stadium circa zwei Minuten lang Bewusstlosigkeit und Krämpfe. Weiter geht es mit der präterminalen Atempause, der Schnappatmung und final der terminalen Atempause. *Empty.*«

»Sie sprachen von Mord. Bisher glänzten Sie nur mit Ihrem Basiswissen.«

»Basiswissen? Haben Sie schon einmal etwas von petechialen Stauungsblutungen, akuter Dilatation der rechten Herzkammer und Ähnlichem gehört?«

»Sollen wir nun die Wespe verhaften, die Frau Amundsen gestochen hat? Ich denke, die hat man im Mund gefunden. Sie ist mit draufgegangen. Es gibt den Grundsatz, dass gegen Tote nicht ermittelt wird.«

»Nein, aber gegen den, der die Wespe eingefangen und der Frau in den Mund gesteckt hat. Es gibt deutliche Anzeichen dafür, dass sie sich wehrte.«

»Wer?«, unterbrach Große Jäger. »Die Wespe?«

»Solche Kommentare kann auch nur ein westfälischer Nordfriese absondern. Man hat ihr – der Frau! – den Mund zugehalten. Davon zeugen Druckspuren am Unterkiefer. Der Täter hat Handschuhe getragen. Wir konnten Talkumspuren separieren. Er hat aber einen Fehler gemacht. Damit sie sich nicht zur Wehr setzen kann, hat er sein Opfer mit einer Kordel oder Wäscheleine gefesselt. Die Forensik hat Spuren davon sichergestellt. Und wir haben an der Kleidung der Frau minimale Fremd-DNA gefunden, die möglicherweise vom Täter stammen könnte.«

Große Jäger schlug für Dr. Diether unhörbar mit der Faust auf die Tischplatte. Es gab die erste Spur vom Täter, auch wenn sie nur winzig war.

»Das ist eine großartige Leistung. Danke«, sagte er überschwänglich.

»Och«, winkte Dr. Diether ab. »Dafür werde ich vom Land bezahlt.«

Als Große Jäger auflegte, bemerkte er Hilke Hauck, die mit zwei dampfenden Kaffeebechern im Türrahmen stand.

»Dein Kaffeeholer ist mit der jungen Deern unterwegs«, sagte die Kommissarin. »Ich dachte, ich tue dir einen Gefallen.«

Große Jäger strahlte sie an. »Tante Hilke. Willst du dich endlich zur Polygamie bekehren lassen?«

»Dich heiraten? Ich habe einen tollen Mann. Und zwei großartige Töchter.«

»Ich weiß. Deshalb ja auch Polygamie. Ist das ein Antrag, wenn du mit Kaffee bei mir erscheinst? Oder hat das einen anderen Grund?«

»Ich will um gut Wetter bitten, da ich leider keine Erfolgsmeldung mitbringe.« Sie berichtete, dass sie sich um die Frage, ob es eine Verbindung der Opfer über gemeinsame Interessen im Umfeld der Kirche gebe, gekümmert habe. »Ich konnte keine Beziehung entdecken. Niemand ist im Kirchengemeinderat, singt im Chor oder arbeitet in einer Gruppe mit. Es gibt auch keinen Hinweis darauf, dass sie einmal an Aktivitäten teilgenommen haben, die mit der Kirche im Zusammenhang stehen.

Es war eine gute Idee, da die Bilder an Kirchentüren angenagelt wurden. Aber …«

»So ist es«, sagte Große Jäger. »Die Bevölkerung ahnt nicht, wie oft wir falschen Spuren oder Gedanken hinterherjagen.«

Hilke setzte sich zu ihm und begann, von ihren Kindern zu erzählen. Große Jäger schwieg und nickte ihr mehrfach aufmunternd zu. Die Familie Hauck bot den Kindern ein intaktes und geborgenes Familienleben in einem sozial gefestigten Umfeld. Aber auch auf dem Dorf entdeckten die jungen Leute irgendwann, dass es ein anderes Geschlecht gab. Wenn man Hilkes Erzählungen phantasievoll ausschmückte, patrouillierte Vater Hauck jeden Abend mit der Schrotflinte im Arm am Gartenzaun, um seine Töchter vor der männlichen Dorfjugend zu schützen.

Sie saßen zusammen und klönten, bis Cornilsen mit Lena im Schlepptau zurückkehrte und berichtete, dass sie Paul Vierling auf dem elterlichen Hof angetroffen hatten.

»Der Jungbauer wollte uns nicht verraten, was er auf der Kirchwarft zu suchen hatte. Er machte nicht den Eindruck, als sei er ein regelmäßiger Besucher der Kirche oder des um sie herumgelegenen Friedhofs. Er fand es lustig, dass jemand das Bild an die Kirchentür genagelt hatte, und glaubte, es sei eine Art Liebeserklärung. Man hört auch, dass Leute an Brücken sprayen: ›Lena, willst du mich heiraten?‹«

Cornilsen unterbrach sich irritiert, als die Kieler Psychologin in ein lautes Lachen fiel. Der Anfall war so heftig, dass sie sich verschluckte und das Gesicht rot anlief.

»Nein … So war das nicht gemeint«, stammelte Cornilsen. »Das war doch nur ein Beispiel.«

Große Jäger grinste. »Mancher sprayt es an die Brücke über dem Heimweg der Angebeteten. Du hast eine subtilere Art gefunden. Gratulation.«

»Nein … Ich … Ach«, winkte Cornilsen ab. »Ihr wisst genau, was ich meine.«

»Klar.« Große Jäger lehnte sich weit in seinem Bürostuhl zurück. »Deutlicher kann man es nicht formulieren.«

»Hört doch auf«, protestierte Cornilsen. »Also der …« Er war aus dem Konzept geraten.

»Boßelpaul«, half Große Jäger aus.

»Der fand das lustig und hat es im Netz gepostet, ohne etwas von dem Hintergrund zu ahnen. Mehr nicht. Mir scheint seine Erklärung glaubhaft zu sein.«

Große Jäger fasste sich an den Kragen seines Holzfällerhemds. »Muss ich zu eurer Verlobung eine Krawatte tragen?«, fragte er, immer noch grinsend.

»Ihr könnt mich mal«, erwiderte Cornilsen und beeilte sich, den Raum zu verlassen.

»Ich nehme das als Aufforderung«, sagte Große Jäger, »und mache jetzt Feierabend.«

FÜNF

Hoch Janne zeigte Ermüdungserscheinungen. Das hatte der Nachrichtensprecher auf Welle Nord verkündet, als Große Jäger von Garding nach Husum fuhr. Viel interessanter war die Meldung im Nachrichtenblock gewesen. Der Sender war für seine sachliche und objektive Berichterstattung bekannt. Daher wog es umso schwerer, dass es hieß, die Polizei habe noch keine Spur in Sachen der mysteriösen Mordfälle, die die Bevölkerung rund um Husum verunsicherten.

»Ihr Deppen«, murmelte der Hauptkommissar. »Gerade mit solchen halb garen Informationen schürt ihr die Angst bei den Menschen.«

Er hielt auf dem Parkplatz hinter dem Dienstgebäude in der Poggenburgstraße, rauchte noch eine Zigarette, obwohl er auch im Auto während der Fahrt von seinem Laster nicht lassen konnte. Heidi Krempl weigerte sich standhaft, in seinen Smart einzusteigen. Polster, Innenauskleidung und Wagenhimmel waren einheitlich nikotingelb eingefärbt. Auch wenn Große Jäger stets behauptete, der Smart habe eine Seele und sei unverkäuflich, stimmte nur der letzte Teil der Aussage. Ein so intensiv mit Zigarettenqualm bedampftes Fahrzeug war wirklich nicht zu verkaufen.

Mit einer spöttischen Bemerkung begrüßte ihn Mommsen. »Dann können wir mit unserer Dienstbesprechung beginnen.«

Zentrales Thema war natürlich die Mordserie. Zu Große Jägers Überraschung forderte der Kriminalrat Lena auf, den Fall vorzutragen.

Die Kieler Psychologin begann unsicher, fing sich aber nach ein paar Sätzen und trug ihre These vor, dass es sich beim Täter – sie sprach von einer einzelnen Person – vermutlich um eine gestörte Persönlichkeit handelte.

»Wie kommen Sie auf diese Idee?«, wollte Große Jäger wissen. »Wir sind es gewohnt, uns ausschließlich an Fakten zu orientieren.«

»Die Fakten kann ich beisteuern, wenn ich mit dem Täter gesprochen habe. Vorerst müssen wir uns auf Mutmaßungen stützen.«

»Darauf lässt sich kein Richter oder Staatsanwalt ein. Es bedarf handfester Beweise.«

»Wilderich«, mischte sich Mommsen ein. »Ich sehe Frau Dietrichsen als Ideengeberin, zumindest zum jetzigen Zeitpunkt. Wenn wir ihre Theorien als Leitfaden nehmen, können wir den Kreis der in Frage kommenden Täter eingrenzen.«

»Das kann ich auch ohne Spökenkiekerei«, murrte Große Jäger. »Der Täter ist männlich, nicht jünger als siebzehn und nicht älter als fünfundsiebzig.«

»Bleibe sachlich«, ermahnte ihn der Kriminalrat.

»Immer«, sagte der Hauptkommissar. »Wir können uns auf Personen beschränken, die mit der Region vertraut sind. Die drei Kirchen, an deren Türen die Bilder angeschlagen wurden, liegen in der Mitte Eiderstedts. Tetenbüll und Poppenbüll liegen abseits der Hauptverkehrswege. Man kann davon ausgehen, dass der Täter einen Bezug zur Gegend hat. Wohnt er dort? Kommt er von dort?«

Lena meldete sich zu Wort. »Das sind doch auch Spekulationen ohne Substanz. Wo liegt der Unterschied zu meinem Beitrag?«

Große Jäger holte tief Luft, aber Mommsen schnitt ihm das Wort ab. »Wir machen Brainstorming und sammeln Gedanken. Die müssen zu diesem Zeitpunkt nicht substanziiert sein.«

»Außerdem seid ihr nicht mehr für den Fall zuständig«, sagte Hundt. »Den haben die Flensburger übernommen.«

»Wie weit sind die?«, wollte Hilke Hauck wissen.

Mommsen nickte in Hundts Richtung. »Der Kollege ist als Kontaktmann der Husumer Dienststelle abgestellt.«

»Bitte?« Große Jäger verdrehte die Augen. »Sollen wir uns mit Gewalt blam…«

»Wilderich!« Schärfer konnte Mommsen ihn nicht zurechtweisen.

»Warum ausgerechnet Hundt?«, wagte Große Jäger noch einen Vorstoß.

Mommsen ging nicht drauf ein. »Der Fall ist von einzigartiger Brisanz«, sagte er. »Wir sind damit bundesweit in den Medien. Zeitungen, Fernsehen, Rundfunk und – das sind die schnellsten – diverse Quellen im Netz verbreiten verifizierte und frei formulierte Nachrichten, manche phantasievoll ausgeschmückt.«

»Fake News?«, warf Cornilsen ein.

»Ich würde es sensationsheischend nennen«, meinte Mommsen. Er zeigte auf Große Jäger. »Dein Freund vom Boulevardblatt …«

»Meinst du LSD – Leif Stefan Dittert? Das ist nicht *mein Freund*.«

»Der hat sich des Themas angenommen. Der Mann ist erfahren und hat offenbar ein paar Leute aufgespürt, die bereitwillig Auskunft gegeben haben. Zum Beispiel über die Bilder, die an den Kirchentüren angeschlagen waren. Dittert spielt mit der Angst der Menschen. Man erkennt es an der Überschrift: ›Wer ist das nächste Opfer des Friesenkillers?‹ Es kommt bei den Lesern gut an, wenn sich Dittert auf die Seite der Menschen stellt, sie auffordert, gemeinsam Jagd auf das Ungeheuer zu machen, da die Polizei – so die unterschwellige Andeutung – überfordert ist. Die Bevölkerung soll aufmerksam die Kirchentüren beobachten. Der wachsame Bürger hilft auf diese Weise, so Dittert in seinem Artikel, möglicherweise ein Menschenleben zu retten. Obwohl das eigentlich Aufgabe der Polizei sei«, fügte Mommsen leise an. Er seufzte. »Dass wir in dieser Hinsicht schon aktiv geworden sind und beispielsweise die Kirchengemeinden um Aufmerksamkeit hinsichtlich der Anschläge an die Türen der Gotteshäuser gebeten haben, lässt er unerwähnt.«

Dann wechselte er zu anderen Fällen, mit denen sich die Husumer Kripo aktuell befasste.

Nach der Dienstbesprechung zupfte ihn Große Jäger am Ärmel und hielt ihn fest.

»Ist es dein Ernst, ausgerechnet Hundt als Verbindungsmann den Flensburgern zuzuweisen?«

»Ich will meine Entscheidungen nicht mit dir diskutieren«, erwiderte der Kriminalrat. »Nimm es als gegeben hin.«

Dann wandte er sich ab und ging in sein Büro.

Große Jäger war wütend. Hatten alle die Übersicht verloren? Jedem Beamten der Dienststelle, aber auch den Kollegen der Flensburger Bezirkskriminalinspektion war bewusst, wie schwierig die Aufklärung dieser Taten sein würde. Leider entsprach es den Tatsachen, dass sie noch nicht sehr weit gekommen waren. Am meisten bedrückte ihn und mit Sicherheit auch jeden anderen, dass weitere Opfer nicht auszuschließen waren.

Im Büro ließ er sich in seinen Schreibtischstuhl fallen, der bedenklich knarrte. Cornilsen zog die Augenbrauen in die Höhe.

»Guck nicht so blöde«, schnauzte ihn Große Jäger an. Er holte tief Luft. »'tschuldigung«, schob er hinterher und begründete seinen Missmut. »Es belastet mich, dass wir nicht weiterkommen und da draußen die nächsten Unschuldigen Opfer des Wahnsinnigen werden. Da läuft ein Idiot …«

»Lena sprach von einem Kranken«, warf Cornilsen ein.

Große Jäger sah zur Tür. »Lassen wir einmal die Korrektheit. Was ich mir jetzt von der Seele rede, bleibt unter uns. Erzähl es auch nicht Lena, selbst wenn du mit ihr einen vertrauten Umgang pflegst. Ich stelle nicht in Abrede, dass sie ihr Handwerk versteht und mit bestem Wissen und Gewissen das gleiche Ziel verfolgt wie wir. Es führt uns nur nicht weiter.« Er spitzte die Lippen. »Schöööön, zu ahnen, dass der Dämon eine gestörte Persönlichkeit hat. Warum denken wir immer an den *armen* Täter?« Große Jäger zeigte zum Fenster hinaus. »Sollen Lena oder Hundt den Angehörigen des nächsten Opfers erklären, dass der Mord nicht persönlich zu nehmen ist, sondern einer gestörten Persönlichkeit geschuldet ist? Warum denkt jeder, wir würden immer nur tätig werden, wenn eine Straftat verübt wurde? Wir müssen die Menschen auch schützen. Es heißt nicht umsonst ›Schutzpolizei‹. Ach, ich könnte …« Wütend sackte er in seinem Stuhl in sich zusammen.

Cornilsen nickte nachdenklich. »Ich denke genauso wie du«, erklärte er. »Wir sitzen hier machtlos herum, und irgendwo ist Solveig Dethlefsen.« Er hielt seine Hand andeutungsweise in die Höhe. »Ist sie schon tot?«

»Hosenmatz. Du musst dich deiner menschlichen Regungen nicht schämen. Wir verrichten unseren Dienst professionell und mit der nötigen Distanziertheit. Das bedeutet aber nicht, dass wir unsere Seele und unsere Empathie an der Garderobe abgeben. Es ist okay, wenn deine Hand ein wenig vibriert. Ich weiß, *wie* du funktionierst und *dass* du funktionierst.«

Cornilsen atmete tief durch. »Danke«, sagte er. »Oma ist lebensklug. Sie hat mir geraten, auch vermeintlichen Freundschaften im Arbeitsleben zu misstrauen. Man kann sehr kumpelhaft miteinander umgehen, aber wenn sich einem aus der Gruppe ein Vorteil bietet, können auch langjährige Freundschaften auseinanderbrechen. Oma irrt sich selten, aber … Sie kennt dich nicht.«

»Nun lass mal, Hosenmatz«, wehrte Große Jäger ab. »Frage Oma lieber, ob sie eine Idee hat, wo wir Solveig Dethlefsen finden. Und zwar lebend.«

»Vielleicht haben wir Glück, und der Grieche …«

»Charalampos Koulouris«, fiel Große Jäger ihm ins Wort.

»… hat bei seinem Stalking, auch wenn er von Zufall spricht, die Frau und einen Lover gesehen. Mich würde nicht der wildeste Ehekrach bei den Dethlefsens stören, wenn die Frau unbeschadet wiederauftauchen würde. Sollten wir den Griechen noch einmal befragen?«

Der Hauptkommissar nickte. Cornilsen suchte Koulouris' Mobilfunknummer heraus und wählte sie an. Er schaltete die Mithöreinrichtung laut. Es dauerte eine Ewigkeit, bis sich der Teilnehmer mit »Ja« meldete.

»Herr Koulouris? Cornilsen, Kripo Husum. Sie erinnern sich an uns?«

»Ja. Was wollen Sie von mir? Es hat sich doch alles geklärt.«

»Was meinen Sie damit?«

»Die Frau vom Chef … Sie ist wieder da.« Koulouris senkte die Stimme, dass er fast unhörbar war. »Wie ich sagte.«

»Was heißt: ›Sie ist wieder da‹?«

»Solveig. Die Frau vom Chef.«

»Bitte?« Cornilsen war sprachlos.

»Ach – das wissen Sie noch nicht? Seit heute Morgen.«

»Bei sich zu Hause?«

»Mensch! Ich habe schon zu viel gesagt. Auch dass ich sie durch *Zufall*«, betonte er, »auf dem Parkplatz bei Flensburg gesehen habe. Mit dem anderen Mann.«

»Hat Frau Dethlefsen etwas gesagt?«

»Zu mir? Ja – spinnen Sie? Ich bin nur ein kleiner Arbeiter. Ich werde mich hüten, zu erzählen, dass sie die Nacht bei ihrem Lover zugebracht hat. Das sollen die Dethlefsens unter sich ausmachen. Der Ehekrach vorhin – das hat das ganze Viertel mitbekommen. Ich will doch nicht meinen Job verlieren. Dethlefsen hat mich sowieso auf dem Kieker.« Dann hatte Koulouris aufgelegt.

Große Jäger drang darauf, umgehend zur Wohnung des Ehepaares zu fahren.

Hinnerk Dethlefsen war nicht in seinem Betrieb in der Nordhusumer Straße. Er sah die beiden Beamten wütend an, als er die Tür seines Privathauses öffnete.

»Was wollen Sie?«, schnauzte er.

»Mit Ihrer Frau sprechen«, erwiderte Große Jäger.

»Sie will aber nicht mit Ihnen reden.«

»Doch. Sie ist eine wichtige Zeugin in mehreren Tötungsdelikten.«

»Quatsch.«

Große Jäger erklärte, dass Solveig Dethlefsen ähnlich wie

einige der Opfer plötzlich verschwunden war und ihr Bild an einer Kirchentür auftauchte. Bisher waren die Opfer tot aufgefunden worden. Dethlefsens Frau war der erste Mensch, der der Polizei Hinweise geben könnte.

»Hinweise. Paaah. Das geht Sie gar nichts an, wenn wir eine eheliche Meinungsverschiedenheit haben. Niemand hat Sie gerufen.«

»Langsam«, bremste ihn Große Jäger. »Wir wollen jetzt sofort mit Ihrer Frau sprechen. Aber zack«, schob er mit Nachdruck hinterher.

»Nein!«

»Hier ist Gefahr im Verzug. Da stehen uns ausnahmsweise mehr Rechte zu, als Sie vermuten«, deutete der Hauptkommissar vage an. »Uns interessiert nicht, ob Sie Ihrer Frau vorwerfen, sie sei fremdgegangen. Hier geht es um Wichtigeres. Um Menschenleben. In diesem Punkt bin ich nicht diskussionsfreudig.« Er beugte sich vor. »Was meinen Sie, welchen Einsatz ich bringe, um Menschen vor Schaden zu bewahren.« Große Jäger klopfte mit beiden Händen auf seinen Schmerbauch. »Auch körperlichen Einsatz.«

»Wollen Sie mir drohen?«

»Ich will alles tun, damit wir endlich weiterkommen. Schluss mit dem Gesabbel. Sie holen Ihre Frau, oder wir gehen zu ihr. Und zwar sofort.«

Dethlefsen schluckte heftig. »Woher wissen Sie überhaupt, dass Solveig wiederaufgetaucht ist?«

»Waren Sie zu Hause, als Ihre Frau heimkehrte?«

»Ich war im Betrieb. Die Arbeit macht sich nicht von allein.«

»Und wer hat Ihnen geflüstert, dass sie wieder zu Hause ist?«

»Mieke, 'ne Nachbarin, hat mich angerufen.«

»Sehen Sie. So haben auch wir unsere Quellen.«

Dethlefsen sah die Polizisten erstaunt an. »Mieke hat auch Sie angerufen?« Dann schüttelte er heftig den Kopf. »Nee. Bestimmt nicht. Das war dieser Nichtsnutz von Grieche. Der

Kerl schleicht den ganzen Tag wie sonst was durch die Gegend. Faule Socke. Dem läuft doch schon der Geifer aus dem Mundwinkel, wenn der eine Frau sieht. Und auf Solveig ist er besonders scharf. Ich sag Ihnen was: Der fliegt noch heute. Achtkantig.«

»Was ist mit Ihrer Frau?«, erinnerte ihn Große Jäger.

Dethlefsen drehte den Kopf nach links. »Solveig!«, brüllte er aus Leibeskräften. »Komm an Land. Die Polizei will was von dir.«

Es dauerte ein paar Minuten, bis seine Frau auftauchte. Solveig Dethlefsen hatte den Kopf gesenkt und vermied jeden Blickkontakt.

Große Jäger stellte sich und Cornilsen vor. »Sie wissen, dass wir nach Ihnen gesucht haben?«

Die Frau sagte etwas, aber es war nicht zu verstehen.

»Lauter«, forderte Große Jäger sie auf.

»Nein«, wisperte sie.

Ihr Gesicht war verquollen. Mehrere blaue Flecken zeichneten sich darauf ab.

»Wir gehen davon aus, dass Sie von einem Serientäter entführt wurden. Stimmt das?«

Solveig Dethlefsen reagierte nicht.

»Die ist in Serie fremdgegangen«, schrie ihr Mann. Instinktiv zog seine Frau den Kopf ein und hob schützend die Hände vors Gesicht.

»Wer hat Sie geschlagen? Der Entführer?«

Sie warf ihrem Mann einen ängstlichen Bick zu, wandte den Kopf aber sofort wieder ab.

»Hat er Sie verprügelt?« Große Jäger zeigte auf Dethlefsen.

»Sehen Sie zu, dass Sie Land gewinnen«, brüllte der Mann.

»Hör zu, du Gnom«, schrie Große Jäger zurück. »In Husum sterben Menschen. Mich interessiert es deshalb einen Scheißdreck, ob ich dir etwas auf die Glocke verpasse, wenn du noch einmal ungebeten deinen Senf dazugibst. Hunderte von Polizisten haben sich die Nacht um die Ohren geschlagen, um deine

Frau zu suchen. Jeder von ihnen hat Angst um sie gehabt. Und nun dröhnst du hier herum. Also: Halt die Klappe und freue dich, dass sie wieder zu Hause ist. Lebend.«

»Ich ...«, setzte Dethlefsen an und zuckte zusammen, als Große Jäger die Hand hob und andeutete, er würde ihn ohrfeigen wollen.

»Sind Sie entführt worden?«

Erneut streifte ein flüchtiger Blick den Hauptkommissar.

»Sollen wir Sie mit zum Polizeirevier nehmen? Wollen Sie mit einer Kollegin sprechen, einer Beamtin? Oder einer Psychologin?«

Große Jäger fing einen erstaunten Blick Cornilsens auf.

»Ich möchte hierbleiben. Allein«, schluchzte Solveig Dethlefsen. Erneut sah sie dabei ihren Mann ängstlich an.

»Es ist wichtig. Sind Sie entführt worden? Sie müssen uns helfen. Es geht um Menschenleben«, mahnte sie der Hauptkommissar eindringlich.

»Ja – nein.« Wieder ging ihr Blick zu ihrem Mann. Der holte tief Luft.

Bevor Dethlefsen etwas sagen konnte, zischte Große Jäger: »Halt die Klappe.« Er legte seinen Zeigefinger vorsichtig unters Kinn der Frau und hob es leicht an.

»Hat er Sie geschlagen?«

»Hören Sie ...«, begehrte Dethlefsen auf.

»Klappe«, fauchte ihn der Hautkommissar an. »Frau Dethlefsen. Hat Ihr Mann Sie so zugerichtet?«

Erst nach der dritten Wiederholung nickte sie kaum merklich.

»Weil er glaubte, Sie seien fremdgegangen?«

Solveig Dethlefsen deutete ein weiteres Nicken an.

»Sind Sie das?«

Sie wandte den Kopf zur Seite. Große Jäger konnte ihr nicht in die Augen sehen. Sie antwortete nicht.

»Wir möchten, dass Sie ins Krankenhaus gehen und sich untersuchen lassen. Sind Sie ... sind Sie missbraucht worden?

Wurde Ihnen sexuelle Gewalt angetan? Diese Fragen sind von eminenter Bedeutung für die Ermittlungen.«

»Ich will nicht«, sagte die Frau schwach.

»Es muss sein«, beharrte Große Jäger.

Dethlefsen streckte seinen Arm aus. Er umfasste die Schulter seiner Frau und zog sie an sich. Sie ließ es zu. Dann sank sie an seine Brust und begann, hemmungslos zu weinen.

»Gehen Sie«, sagte er mit fester Stimme. »Sie sehen, dass meine Frau am Ende ist. Jetzt zählt nur noch ihre Gesundheit. Uns interessiert es einen Scheißdreck, was und wem Sie hinterherjagen. Es geht nur noch um Solveig. Und wenn Sie nicht augenblicklich abziehen, rufe *ich* die Polizei.«

»Sie müssen …«, setzte Große Jäger an, wurde aber von Cornilsen am Oberarm gepackt und fortgezerrt.

»Komm«, sagte der Kommissar mit Bestimmtheit. »Du hast dich nicht professionell verhalten«, fuhr Cornilsen fort, als sie zum Auto zurückkehrten. »Wenn Dethlefsen sich beschwert, kommt einiges auf dich zu.«

»Ich habe nicht behauptet, dass es eine Lehrstunde für Nachwuchspolizisten war«, erwiderte Große Jäger grimmig. »Der Dämon läuft durch Husum. Auf seiner Liste steht das nächste Opfer. Wollen wir, dass wir zur nächsten Leiche gerufen werden?«

»Nein, aber …«

»Um das zu verhindern, würde ich Dethlefsen auch fressen. Und jeden anderen, der uns hindert, Menschenleben zu retten. Punktum.«

Cornilsen zog es vor zu schweigen.

Sie sprachen erst auf der Dienststelle wieder miteinander.

Große Jäger schlug wütend mit der flachen Hand auf die Tischplatte.

»Die Frau ist die einzige Zeugin, die wir bisher haben. Sie könnte etwas zum Täter, zum Aufenthaltsort während ihrer Geiselnahme sagen. Wie hat sich der Täter ihr gegenüber verhalten? Ist er groß? Dick? Haarfarbe? Sprechweise? Andere Merkmale? Wie ist sie gekidnappt worden? Wo hat er sie wieder freigelassen? Und – ganz wichtig – warum?«

Cornilsen räusperte sich. »Wollen wir zunächst nicht froh darüber sein, dass sie noch lebt?«

»Ja – verdammt noch mal«, sagte Große Jäger erregt. »Würde sie reden, könnten wir andere Menschenleben retten. Vielleicht«, ergänzte er leise.

»Es gibt eventuell noch eine andere Lösung«, dachte Cornilsen laut. »Was ist, wenn Koulouris …«

»Du meinst Kokolores?«

»… wenn der Grieche recht hatte und Solveig Dethlefsen gar nicht dem Dämon in die Hände gefallen ist, sondern bei ihrem Lover war?«

»Da passt einiges nicht zusammen«, widersprach Große Jäger. »Von dieser Überlegung geht ihr Ehemann offenbar auch aus. Die Verletzungen im Gesicht … Die waren ganz frisch. Er ist heute Morgen von der Werkstatt nach Hause und hat sie verprügelt.«

»Nicht der Dämon?«

»Nein«, sagte Große Jäger bestimmt. »Der ist nicht zimperlich. Aber alle seine Taten weisen keine exzessive Gewalt aus.«

»Doch«, widersprach Cornilsen. »Claus Claussen wurde brutal erschlagen.«

»Stimmt. Aber es sieht so aus, als wenn der Täter ihn gleich mit dem ersten Hieb niedergestreckt hätte.«

Cornilsen schüttelte energisch den Kopf. »Willst du behaupten, der Dämon ist ein Softie und tötet auf die sanfte Tour?«

»Drehe mir nicht das Wort im Mund um. Karin Amundsen ist am Wespenstich erstickt. Das ist eine besonders schlimme Art, zu sterben.«

Die Tür öffnete sich, und Lena Dietrichsen trat ein. Sie machte mit der Hand eine beschwichtigende Bewegung und deutete damit an, dass sie das Gespräch nicht unterbrechen wollte.

»Weshalb sollte der Täter Solveig Dethlefsen wieder freilassen?«

»Hat er sie vergewaltigt?«, mischte sich Lena ein.

»Das wissen wir nicht«, antwortete Cornilsen. »Sie verweigert eine ärztliche Untersuchung.«

»Frauen schämen sich, wenn ihnen Gewalt angetan wurde«, erklärte Lena.

»Das mag alles zutreffen. Aber wir brauchen *unbedingt* ihre Aussage.« Große Jäger versuchte gar nicht, seinen Zorn zu verbergen.

»Es ist nicht einmal sicher, dass sie sich in den Händen des Dämons befunden hat«, fuhr Cornilsen fort. »Weshalb lässt sie sich nicht forensisch untersuchen? Weil dann herauskommt, dass sie in der Nacht Verkehr hatte? Mit ihrem Lover?«

»Das – wie gesagt – unterstellt auch ihr Ehemann. Dagegen spricht aber, dass wie in den anderen Fällen ihr Foto an einer Kirchentür gefunden wurde.« Große Jäger tippte sich mit dem Zeigefinger an die Stirn. »Wer glaubt an den Zufall, dass Solveigs geheimnisvoller Lover sich als Trittbrettfahrer betätigt hat und auf diese Weise ein Alibi für die Liebesnacht geschaffen hat? Außerdem …« Er zeigte auf Cornilsen.

»Dazu wäre Täterwissen erforderlich. Nein! Das kann nicht sein.«

»Wir kämen weiter, würden wir den Lover ausfindig machen. Und die Frau soll reden. Verflixt noch einmal.« Große Jäger schnaubte wild. »Okay. Hosenmatz, du suchst noch einmal Kokolores auf.«

»Du meinst Koulouris.«

»Sei nicht bescheuert. Du kannst natürlich auch Oma fragen. Sie«, dabei nickte Große Jäger in Richtung Lena, »fahren zu der Frau und versuchen, sie zum Sprechen zu bringen. Zu irgendetwas muss Ihr Spökenkiekerstudium doch sinnvoll gewesen sein.«

»Allein?«

»Nein! Fordern Sie von mir aus eine Hundertschaft aus Eutin

als Begleitschutz an.« Er verdrehte die Augen. »Und kommen Sie mir nicht mit dem Lieblingsspruch der Psychologen nach Hause: ›Sie hatte eine schwere Kindheit.‹« Er klatschte sich auf den Bauch. »Bei mir ist bis heute *alles* schwer. Und nun: ab durch die Mitte.«

Lena wollte antworten, aber Cornilsen winke ihr zu.

»Tun wir das machen«, sagte er, stand auf und verließ, gefolgt von Lena, den Raum.

Große Jäger ging ins Nebenzimmer.

»Na, Onkel? Du siehst gestresst aus«, empfing ihn Hilke Hauck. »Kaffee?« Sie wartete die Antwort nicht ab, schenkte einen Becher ein und reichte ihn Große Jäger.

»Es ist zum Mäusemelken. Ich weiß, ich bin ungerecht, aber es ist auch frustrierend. Es gibt nicht einen Hinweis auf den Irren, der durch Husum läuft und Menschen umbringt. Ich weiß nicht, wo wir den Hebel ansetzen sollen.«

»Nun beruhige dich, Onkel. Du bist nicht allein die Polizei.«

»Aber, verdammt noch mal, die Masse bewegt doch auch nichts.«

»Ich versteh deine Emotionen.« Sie legte ihm die Hand auf den Unterarm. »Bei dir arbeiten Hirn, Herz und Bauch zusammen. Versuche einmal, den Bauch außen vor zu lassen.«

Ein leichtes Lächeln huschte über sein Gesicht. »Kein leichtes Unterfangen bei dem Gewicht.«

»Überlege einmal, was Christoph in einer solchen Situation gemacht hätte.«

Große Jäger strich sich mit Daumen und Zeigefinger über die Mundwinkel.

»Der hätte … der hätte …«, setzte er an.

»Genau. Der hätte einen kühlen Kopf bewahrt und überlegt, wo er den Hebel ansetzen kann.«

»Der war ja auch ein kühler Kieler«, entgegnete Große Jäger.

»Und du bist ein heißblütiger Westfale?«

»Na ja.«

»In deinem Heimatbundesland gibt es zwei Bevölkerungsgruppen. Die zurückhaltenden Westfalen und die schenkelklopfenden Rheinländer.«

»Das ist *deine* Betrachtungsweise.«

»Von mir aus. Wenn es dir hilft, dir bewusst zu machen, dass du Westfale bist. Und«, setzte sie hinzu, »welchen Eid hast du bei deiner Einbürgerung nach Nordfriesland leisten müssen?«

Er lächelte. »Immer schön cool bleiben.«

»Siehste.«

Große Jäger beugte sich vor und gab der überraschten Hilke Hauck einen Kuss auf die Stirn. »Danke, Tante.«

»Wofür?«, fragte sie erstaunt.

Er antwortete nicht, sondern ging schnurstracks zur Tür.

»He, Onkel«, rief sie ihm hinterher. »Dein Kaffee.«

Große Jäger hörte es nicht. Er hatte den Raum schon verlassen. Hauptkommissar Hundt sah auf, als Große Jäger in sein Büro stürmte. »Hör mal, Hundt«, begann Große Jäger ohne Vorrede. »Du bist doch der Kontaktmann zu den Flensburgern.« Er wartete die Antwort nicht ab. Hundt war noch erstaunter, als Große Jäger ihm vertraulich die Hand auf die Schulter legte. »Der Dämon nagelt seine Bilder vom nächsten Opfer nachts an eine der achtzehn Eiderstedter Kirchentüren. Er geht dabei systematisch vor. Wenn wir vermuten, dass er an eine der bisher betroffenen Kirchen kein zweites Bild anbringt, bleiben fünfzehn über. Du solltest die Kirchengemeinden noch einmal um Mithilfe bitten. Wenn möglich, sollte auf den Eiderstedter Kirch- und Friedhöfen nachts patrouilliert werden. Vielleicht ist es auch denkbar, die freiwillige Feuerwehr um Unterstützung zu bitten.«

»Wie soll das denn funktionieren?«, wandte Hundt ein.

»Der Täter geht nach einem bestimmten Schema vor. Er spielt mit uns. Zunächst bringt er ein Bild des nächsten Opfers an, bevor er zuschlägt. Wenn wir ihm die Möglichkeit nehmen, in dieser für ihn gewohnten Weise vorzugehen – was macht er dann? Wir bringen ihn aus dem Konzept.«

Hundt nickte versonnen. »Das könnte ein Ansatz sein.«

»Wir dürfen nichts unversucht lassen«, sagte Große Jäger.

»Okay«, nickte Hundt zustimmend, bevor Große Jäger ihn wieder verließ.

Lena kehrte als Erste zurück.

»Das war leider erfolglos«, sagte sie niedergeschlagen. »Ich habe keine Gelegenheit bekommen, mit der Frau zu sprechen. Der Ehemann hat es abgeblockt. Als ich hartnäckig nachfragte, hat er mich bedroht. Er wollte mich verprügeln. ›Genauso wie Sie Ihre Frau geschlagen haben?‹, habe ich ihn gefragt. Es hat nicht viel gefehlt, und ich wäre sein nächstes Opfer geworden. Der hat sich nicht mehr in der Gewalt.«

»Was sagt die Psychologin dazu?«

»Dethlefsen ist kein Psychopath. Vielleicht leicht erregbar. Die derzeitige Ausnahmesituation überfordert ihn. Ihm sind die Gestaltungsmöglichkeiten genommen. Man könnte auch sagen: Er hält nicht mehr die Zügel in der Hand. Möglich ist auch, dass er unterschwellig etwas von einer etwaigen außerehelichen Beziehung seiner Frau gewusst oder auch nur geahnt hat. Jetzt entlädt sich dieser innere Stau.«

»Wie geht es mit ihm weiter?«

»Lassen wir ihn zur Ruhe kommen.«

»Wie lange dauert so was?«

Lena zuckte mit den Schultern. »Das ist schwer vorhersehbar.«

Cornilsen kehrte eine halbe Stunde später zurück.

»Im Mittelalter gab es doch das peinliche Verhör, wenn jemand nicht reden wollte. Dem hätte man Koulouris unterziehen müssen. Er will nicht reden. Um keinen Preis, egal was passiert. Er redet sich doch nicht um Kopf, Kragen und Job, sagt er. Er wird auch künftig nichts sagen.«

»Wir müssen aber den vermeintlichen Lover finden«, sagte Große Jäger enttäuscht.

Cornilsen sah Lena an. »Was sagt Frau Dethlefsen dazu?«

»Wie gesagt: Mit der konnte ich nicht sprechen. Ihr Mann hat mich davon abgehalten.«

»Ruhig Blut«, sagte Große Jäger beschwichtigend. »Man hat uns drei nach Husum versetzt, weil wir immer noch eine Lösung gefunden haben. Und nach der suchen wir weiter. Versprochen.«

»Na denn dann«, meinte Cornilsen.

SECHS

Heidi Krempl hatte sich nicht begeistert gezeigt, als Große Jäger ihr erklärte, auch am Wochenende zur Dienststelle fahren zu müssen. Sie hatte sich seinen Argumenten erst gebeugt, als er auf ihre gelegentlichen Notdienste verwies.

Heidis achtzehnjähriger Sohn Moritz hatte an Große Jägers Lippen gehangen und zeigte sich enttäuscht darüber, dass er nicht mit Horrormeldungen aus erster Hand versorgt wurde. Moritz hatte kein Verständnis dafür, dass Große Jäger in seinem privaten Umfeld danach trachtete, zumindest partiell das Belastende ein wenig zu verdrängen. Er hatte schlecht geschlafen und war immer wieder aufgeschreckt. Obwohl er sich bemühte, Heidi nichts merken zu lassen, hatte sich seine Unruhe auf sie übertragen.

»Möchtest du reden?«, hatte sie ihn um halb vier gefragt.

Er hatte es ebenso abgelehnt wie die Schlaftablette, die sie ihm am Vorabend angeboten hatte.

Er hatte schon die Tür seines Smarts geöffnet, als Moritz aufgeregt erschien und ihm etwas zurief.

Erst als der junge Mann ihn erreichte, verstand er, was Moritz atemlos hervorstieß: »Da steht wieder etwas im Netz vom Friesenkiller.«

»Sag nicht ›Friesenkiller‹«, tadelte ihn Große Jäger.

»Steht aber in der Zeitung. Und im Netz. Überall.«

»Das ist schlimm genug. Welche Fake News hast du ausgegraben?«

»Nix, ›Fake News‹. Es gibt neue Bilder im Netz. Ich habe eben gegoogelt.« Für den Bruchteil einer Sekunde blitzte es überheblich in seinen Augen auf. »Ihr solltet euch auch einmal den modernen Dingen zuwenden. Der Friesenkiller hat ein neues Bild gepostet. Nee. Eigentlich sogar zwei. Echt geil.«

»Moritz! Auch von jungen Menschen in deinem Alter kann man ein wenig mehr Respekt erwarten.«

»Vor dem Killer? Ich dachte, das interessiert dich.«

»Zeig mal«, sagte Große Jäger und folgte Moritz ins Haus zurück. Dessen Tablet lag auf dem Esstisch.

»Hast du etwas vergessen?«, fragte Heidi, die mit dem Abräumen des Frühstückstisches beschäftigt war.

»Moritz will mir etwas zeigen.«

Der junge Mann hatte das Gerät zur Hand genommen und hielt das Display Große Jäger hin.

Es war das bekannte Schema. Ein Foto in DIN-A4-Größe war an einer Kirchentür, so konnte man anhand des Ausschnitts vermuten, angebracht worden.

»Was ist mit dir? Du bist ganz blass geworden«, sagte Moritz betroffen.

Große Jäger erstarrte. »Kannst du das Bild vergrößern?«

»Klar.«

Moritz legte Daumen und Zeigefinger auf das Display und zog sie auseinander.

Es war unfassbar. Große Jäger hatte mit vielem gerechnet, aber nicht mit einem Foto des toten Jan Behrendsen. Die Aufnahme zeigte den Schüler auf der Parkbank vor dem Husumer Westfriedhof liegend. Die Suche nach dem Ort, an dem Jan Behrendsen die tödliche Menge Alkohol eingeflößt worden war, hatten sie zugunsten der anderen Ermittlungen zurückgestellt. Wer hätte gedacht, dass der Junge auch ein Opfer des Dämons geworden war?

Große Jäger klopfte Moritz auf die Schulter. »Danke, dass du mich informiert hast.«

»Ja … Was ist mit dem?«

Große Jäger wollte zu seinem Wagen zurückkehren, als Moritz ihm hinterherrief: »Was ist mit dem zweiten Bild?«

Der Hauptkommissar hatte es vergessen. Er stoppte mit rudernden Armen und kehrte zu Moritz zurück.

»Zeig«, sagte er atemlos.

Das zweite Foto zeigte einen unscheinbaren Mann, vielleicht Anfang vierzig, mit beginnender Stirnglatze. Der Ort der Aufnahme war nicht erkennbar. Dafür sah man auf dem geposteten Beitrag deutlich die Kirchentür, an der das Bild angeschlagen war.

Große Jäger beeilte sich, zu seinem Smart zu gelangen. Unterwegs fingerte er sein Handy hervor und versuchte, Cornilsen zu erreichen. Niemand meldete sich.

»Hosenmatz hat recht«, fluchte er im Wechsel mit Verwünschungen gegen andere Verkehrsteilnehmer. »Touris, Rentner und alle Nicht-Nordfriesen sollte man von der Benutzung der Straße aussperren. Wenn die in Husum angekommen sind, müssen die sich glatt neu rasieren.« Er trommelte nervös auf das Lenkrad. »Nun fahr schon. Du bekommst eine Anzeige wegen zu schnellen Parkens.« Die nächste Beschimpfung galt den bayerischen Verkehrsministern. »Ihr jodelt in euren Schluchten und hinterlasst uns nur Patchworkstraßen. Wie soll man dabei vernünftige Polizeiarbeit leisten?«

Schließlich erreichte er das Polizeirevier. Heute, am Wochenende, war der Platz hinter dem Gebäude nur mäßig belegt. Am Hintereingang stieß er mit Helge zusammen.

»Hi, bist du krank? Parkst und hüpfst direkt ins Haus, ohne zu rauchen?«

»Du mich auch«, rief ihm Große Jäger zu und erklomm keuchend die Treppe.

Die nächste Überraschung erwartete ihn im Büro. Cornilsen und Lena waren anwesend und saßen vor dem Bildschirm des Kommissars.

»Moin«, begrüßte ihn Cornilsen. »Wer hat dich informiert?«

»Du nicht«, schimpfte Große Jäger.

»Doch«, erwiderte Cornilsen. »Aber du bist nicht ans Telefon gegangen.«

»Komm zur Sache, Hosenmatz. Was wissen wir?«

»Lena hat mich vor zwei Stunden angerufen. Sie hat im Netz das hier gefunden.« Er zeigte auf den Bildschirm.

»Ich kenne die Bilder. Gibt es schon Hintergrundinformationen?«

»Das eine zeigt Jan Behrendsen. Auf dem anderen ist ein Mann erkennbar.«

»Das ist eine wirkliche Sensation«, bestätigte Große Jäger. »Wer hat die Bilder ins Netz gestellt? Wo sind sie aufgenommen worden, ich meine, an welcher Kirche? Wer ist auf dem zweiten Bild abgelichtet?«

»Daran arbeiten wir noch.«

»Also – nichts.«

»Wir können nicht hexen.«

Große Jäger sah Lena an. »Weshalb haben Sie mich nicht informiert?«

»Ich habe keine Kontaktdaten.«

»Die kann man sich beschaffen. Das erwarte ich von einem Polizisten.«

»Erstens wäre ich eine Polizist*in*, und zweitens übe ich eine andere Funktion im LKA aus.«

»Eine überflüssige«, sagte Große Jäger und fand es im selben Moment ungerecht.

Es tat ihm leid, dass die Psychologin heftig schluckte. Was hatte Hilke Hauck ihm geraten? Versuche, es distanziert zu betrachten, so wie Christoph es getan hätte. Es war einen Versuch wert. Hilke hatte recht. Aber – wie konnte ein großer Teddybär wie er sein Bauchgefühl unterdrücken?

Lena stand auf. »Ich koche Kaffee«, sagte sie.

»Wir kämpfen gegen Windmühlen.« Große Jäger hatte sich an seinen Schreibtisch gesetzt und stützte die Ellenbogen auf der Tischplatte auf. Er holte tief Luft und seufzte: »Ist Hundt informiert?«

Cornilsen nickte. »Ich habe ihn angerufen. Er setzt die Flensburger in Kenntnis.«

»Wer hätte gedacht, dass der Dämon auch Jan Behrendsen auf dem Gewissen hat? Der Junge war fünfzehn. Welchen Zusammenhang gibt es zwischen den Opfern? Und wer ist der Mann auf dem anderen Bild?«

»Das wissen wir noch nicht«, sagte Cornilsen.

»Hosenmatz. Irgendwo im Keller oder in einem Abstellraum ist ein Flipchart.«

»Flipchart?«

Große Jäger grinste. »Das ist ein analoges soziales Medium, zu dem nur eine ausgewählte Benutzergruppe Zugang hat.«

»Ich weiß, was das ist.«

»Dann besorge es uns. In skandinavischen Fernsehkrimis hausen die Ermittler immer in desolaten ehemaligen Fabrikhallen. Dort gibt es eine Glaswand, auf der Notizen gemacht werden.« Große Jäger zeigte auf die Wand. »Die dürfen wir nicht beschädigen.«

»Ach nee nä. Das sagt der Kollege, der seine Füße in der Schreibtischschublade parkt?«

»Los. Mach dich auf den Weg.«

»Ich laufe ja schon Spähtrupp.«

Zwei Minuten nachdem Cornilsen das Zimmer verlassen hatte, enterte Lena den Raum. Sie balancierte drei Kaffeebecher und versuchte, mit Hilfe ihrer Zunge das Gleichgewicht zu halten. Dabei stierte sie gebannt auf die Trinkgefäße.

»Haben Sie reiche Eltern?«, fragte Große Jäger.

»Nein. Wieso?«

»Es sieht nicht so aus, als ob Sie sich im Studium durch Kellnern etwas dazuverdient hätten.«

Sie stellte die Becher auf dem Schreibtisch ab und pustete auf ihre Hände.

»Heiß?«

Sie nickte.

»Das ist das Problem der Frauen. Tante Hilke kocht den Kaffee auch immer so, dass man sich daran verbrennt. Was nützt ein gutes Abitur, wenn man Physik abgewählt hat.«

Sie sah ihn ratlos an. »Das verstehe ich nicht.«

»Haben Sie auch in Niebüll Abitur gemacht wie Hosenmatz?«

Lena winkte ab. »Tühnkopp.« Sie deutete auf den leeren Stuhl. »Mats ist Pipi machen?«

»Er besorgt Werkzeug.«

Cornilsen kündigte sich durch Gepolter an. Dann schleppte er ein Flipchart ins Zimmer.

»Was ist das denn?«, fragte Lena.

»Ein analoges soziales Medium«, erklärte Cornilsen und nickte in Große Jägers Richtung. »Sagt er. Übrigens – das Ding stand nicht im Keller. Ich habe es mir im Museum ausgeliehen.« Der Kommissar beugte sich hinab und pustete eine Staubwolke vom Flipchart. »Wie gut, dass wir in Husum sind. Auf allen anderen Dienststellen im Land gibt es solch museale Dinge nicht mehr.«

Große Jäger lehnte sich zurück und legte die Füße in die herausgezogene Schreibtischschublade. Dann dirigierte er den Aufbau des Flipcharts so, dass er es bequem im Blick hatte.

»Schreib«, forderte er Cornilsen auf.

»Was denn?«

»Die Namen der Opfer.« Nachdem Cornilsen einen Kugelschreiber zur Hand genommen hatte, zischte Große Jäger: »Depp«, und warf ihm einen fett schreibenden Edding zu.

Cornilsen schrieb nieder:

Claus Claussen
Karin Amundsen

Er zögerte kurz, bevor er fortfuhr:

Jan Behrendsen

»Notiere auch Solveig Dethlefsen«, forderte Große Jäger ihn auf. Cornilsen setzte auch den Namen darunter.

»Hm«, wiederholte Große Jäger mehrfach. »Interessant. Hm.«

»Was denn?«

»Schreibe die Namen noch einmal. Die Nachnamen zuerst. Und dann sortiere sie nach dem Alphabet.«

Amundsen, Karin
Behrendsen, Jan
Claussen, Claus
Dethlefsen, Solveig

»Mensch«, staunte Cornilsen. »Da steckt ein Muster hinter.«

»Der Dämon will uns Rätsel aufgeben. Er wählt seine Opfer nach dem Alphabet aus. Das ist die Verbindung zwischen ihnen, nach der wir lange gesucht haben.«

»Nicht nur das«, mischte sich Lena ein und stellte sich vor das Flipchart.

»Sind Sie kurzsichtig?«, fragte Große Jäger. »Ich meine … nicht nur beruflich?«

Lena fuhr mit dem Finger die Namen entlang. »Es gibt noch eine Gemeinsamkeit.«

»Geschlecht? Alter? Was meinst du?«, wollte Cornilsen wissen.

»Die Taten geschahen alle in Husum. Oder?«

»Ja.«

»Husum ist Nordfriesland. Oder?«

»Ein bisschen«, bestätigte Cornilsen. »Oma würde behaupten, das Herz *Nordfriislons* …«

»Nord… was?«, unterbrach ihn Lena.

»Das ist friesisch und heißt ›Nordfriesland‹.«

»Ach so.«

Große Jäger wedelte ungeduldig mit der Hand. »Weiter«, forderte er.

»Also«, setzte Lena neu an. »Aus der Zeit, als das Gebiet dänisch war, stammen heute noch viele Namen. Auch die Nachnamen.«

»Ja«, bestätigte Cornilsen. »Sie setzen sich aus einem männlichen Vornamen und dem Zusatz ›-sen‹ zusammen. Das bedeutet ›Sohn von Cornil‹ in meinem Fall. Hansen ist der Sohn von Hans.«

»Geschichtslehre ist ja ganz schön, aber …«, fuhr Große

Jäger dazwischen, doch Lena schnitt ihm mit einer Handbewegung das Wort ab.

»Alle Namen der Opfer sind typische Namen der Region, eben nordfriesisch.«

Die beiden Männer starrten auf das Flipchart.

»Tatsächlich«, bestätigte Große Jäger. »Gute Idee, Mädchen.«

Lena sah ihn überrascht an.

»Unter uns duzen wir uns«, erklärte Große Jäger. »Dämon, wir fangen an, dir die Maske vom Gesicht zu reißen. Du suchst deine Opfer nach dem Alphabet aus. Und die Namen haben eine bestimmte Endung. Alle stammen aus Husum. Außerdem kündigst du die Taten durch Fotos der Opfer an, die du an Kirchentüren anschlägst. Was treibt dich zu diesem Wahnsinn?«

Er schaute zu Lena.

Die junge Frau stierte auf die Namensliste. »Das könnte ein erster – vager – Hinweis auf das Motiv sein. Der Täter spielt mit uns. Er fühlt sich uns überlegen. ›Seht‹, sagt er, ›ich bin klüger als die Polizei. Nun liefere ich euch schon Hinweise, und ihr seid zu dumm, sie zu verstehen.‹«

»Das ist doch irre«, sagte Cornilsen aufgebracht. »Ist der Täter ein Psychopath?«

Lena wartete lange mit der Antwort. »Vermutlich«, sagte sie leise.

»Dann müssen wir versuchen, eine Liste mit den Leuten zusammenzustellen, die mit diesem Krankheitsbild herumlaufen. So viele können es ja nicht sein.«

»Dein Eifer in Ehren«, wiegelte Große Jäger ab. »Wie willst du an die Daten über mögliche Erkrankte herankommen?«

Cornilsen rümpfte die Nase. »Leider. Die ärztliche Schweigepflicht.«

»Das ist ein hohes, unüberwindbares Rechtsgut«, bestätigte Große Jäger. »Ihr erinnert euch an den Todesflug der Germanwings-Maschine im Jahre 2015, die auf dem Weg von Barcelona nach Düsseldorf in den französischen Alpen an einem Berg zerschellte? Der Co-Pilot steuerte das Flugzeug in suizidaler Absicht gegen das Massiv und riss einhundertneunundvierzig Menschen mit in den Tod. Der Mann hatte sich vor der Erlangung des Pilotenscheins wegen Suizidgefahr in ärztlicher Behandlung befunden. Diese Tatsache blieb aber unter Verschluss. Hinterher entbrannte eine Diskussion, ob Ärzte unter solchen Umständen ihre Schweigepflicht brechen dürfen oder gar müssen.«

»Schade. Dann müssen wir einen anderen Weg beschreiten.«

Große Jäger zeigte auf das Flipchart. »Immerhin können wir jetzt präventiv tätig werden. Wenn der Dämon bei seinem Schema bleibt, ist das nächste Opfer ein Mann, etwa vierzig Jahre alt, dessen Zuname mit ›E‹ beginnt und mit ›-sen‹ endet.«

»Und wie viele Zielpersonen gibt es davon?«

»Wir konzentrieren unsere Suche auf Husum. Wenn wir dort nicht fündig werden, weiten wir den Radius aus.«

»Tun wir das machen«, stimmte Cornilsen zu. »Wir müssen dabei aber über das Melderegister gehen. Das Telefonbuch ist heute keine zuverlässige Quelle mehr.«

»Ich suche trotzdem im Telefonbuch«, erklärte Lena.

»Wir haben aber keinen weiteren Rechner«, warf Große Jäger ein.

Die Psychologin lachte. »Doch. Den hat heute jeder dabei. Fast jeder«, schränkte sie mit einem Seitenblick auf den Hauptkommissar ein und zog ein Tablet aus ihrer Umhängetasche.

Nach wenigen Minuten gab sie ihr Vorhaben enttäuscht auf. »Das ist kein aussagekräftiges Medium, sondern eine Ansammlung von Werbeeinträgen von Firmen und Institutionen. Private Teilnehmer kommen kaum noch vor. Außerdem gibt es keinen vernünftigen Suchalgorithmus.«

Große Jäger grinste. »Sind das die Grenzen von Digital 2.0?«

Cornilsen benötigte mehr Zeit, bis er schließlich eine Liste mit Namen zusammengestellt hatte.

»Die ist beachtlich«, sagte er mit einer Spur Resignation in der Stimme.

»Glaubst du, der Dämon serviert seinen Kopf auf einem silbernen Tablett?«

»Wie wollen wir vorgehen?«

»Ich spreche mit Mommsen«, erklärte Große Jäger und rief den Kriminalrat an.

Mommsen sagte, er werde in einer halben Stunde auf der Dienststelle sein. Er schaffte es in zwanzig Minuten und ließ sich den Sachverhalt erklären. Es bedurfte keiner Nachfrage seinerseits.

»Gut«, sagte er knapp und zog sich in sein Büro zurück. Nach einer weiteren Viertelstunde kehrte er mit der Botschaft zurück, dass er mehrere Beamte aktiviert hatte, die zur Unterstützung in die Poggenburgstraße kommen wollten. Nach und nach trafen die Kolleginnen und Kollegen ein.

Große Jäger und Cornilsen erklärten ihnen den Plan. Die Polizisten setzten sich ans Telefon und arbeiteten einen Fragenkatalog ab: Wie alt sind Sie? Sind Sie männlich? Besitzen Sie folgende Kleidungsstücke?

Dabei nahmen sie Bezug auf das Foto des unbekannten Mannes, das an einer noch nicht identifizierten Kirchentür angebracht worden war.

Hauptkommissar Friedrichsen von der Schutzpolizei war auch vorbeigekommen und besah sich die beiden Bilder.

»Von den Kirchentüren ist nicht viel zu erkennen. Ich nehme die Fotos mit und frage meine Schwiegermutter. Die singt im Kirchenchor. Mit dem kommt sie viel herum. Vielleicht entdeckt die etwas.«

Die anwesenden Beamten telefonierten die Listen durch, strichen die Namen, auf die die Rahmenbedingungen nicht zutrafen, und notierten jene Personen, die sie nicht erreichen konnten oder bei denen ein Nachfassen erforderlich schien.

Streifenwagen wurden in Marsch gesetzt, um die telefonisch nicht Angesprochenen aufzusuchen. Wurden diese auch nicht direkt angetroffen, kontaktierten die Beamten Nachbarn, zeigten das Bild vor und fragten nach, ob eine Ähnlichkeit mit dem nicht Angetroffenen bestehe. So konnte die Anzahl der in Frage kommenden Männer erheblich reduziert werden. Eine der befragten Nachbarinnen zeigte sich misstrauisch und wollte keine Auskunft erteilen. Stattdessen suchte die Frau das Polizeirevier auf und wollte sich vergewissern, ob die an ihrer Tür klingelnden Beamten wirklich »echte Polizisten« seien.

Hauptkommissar Thomas Friedrichsen kehrte zurück und wedelte mit den beiden Bildern. »Eine singende Schwiegermutter ist viel wert«, sagte er lachend. »Das Bild mit dem Jugendlichen wurde an der Schwesinger Kirche angebracht.« Er senkte die Stimme. »Es ist fast schon makaber, dass das Foto eines Mordopfers an einer alten Wehrkirche angeschlagen wird.«

»Wehrkirche?«, fragte Lena.

»Die alte romanische Feldsteinkirche prägt das Bild Schwesings. Sie liegt direkt an der Bundesstraße. Das ist strategisch gut für den Täter. So konnte er schnell weiterfahren.«

»Weshalb Schwesing und nicht Eiderstedt?«, warf Cornilsen ein.

»Später«, würgte Große Jäger seinen Einwand ab. »Weiter, Thomas.«

»Die Kirche ist eine der ältesten Wehrkirchen Nordfrieslands und diente früher nicht nur als Gotteshaus, sondern bei Gefahr auch als Zufluchtsstätte.«

»Jan Behrendsen hat es keine Sicherheit gebracht«, merkte Cornilsen an.

»Das Bild des unbekannten Mannes …« Friedrichsen sah fragend in die Runde.

»Wir arbeiten an der Identitätsfeststellung«, erwiderte Große Jäger.

»Also. Das Bild wurde in Schwabstedt angebracht.«

»In St. Jacobi«, stellte Große Jäger fest. »Weshalb ist der Dämon in östlicher Richtung ausgewichen?«

»Er hat möglicherweise bemerkt, dass die Eiderstedter Kirchen, die er bisher für seine Plakatierung benutzt hat, überwacht wurden. Die Aktion war also erfolgreich«, meinte Cornilsen.

»Bedingt. Er bestätigt uns, dass er nicht blindlings durch die

Landschaft fährt, sondern die Umgebung beobachtet«, sagte Große Jäger.

»Sicher?«, fragte Cornilsen skeptisch.

»Ziemlich. Es sei denn, er hat irgendwo diese Information erhalten oder ist im Umfeld der Kirchen zu finden. Küster? Mitarbeiter?«

»Pastor?«, fragte Cornilsen.

Große Jäger schüttelte den Kopf. »Ausschließen dürfen wir nichts. Aber einen Geistlichen vermute ich nicht hinter den Morden.«

»Wir haben auch die freiwilligen Feuerwehren um Unterstützung gebeten«, gab Cornilsen zu bedenken.

»Auch da könnte er involviert sein. Das erweitert den Kreis der Verdächtigen natürlich erheblich.«

Cornilsen ließ ein »Puuuh« hören. »Wenn wir jeden einzelnen Feuerwehrmann durchleuchten, jeden Kirchenmitarbeiter ... Das kostet Zeit, abgesehen vom Aufwand.«

»Die wir nicht haben. Jedenfalls hat der Dämon etwas bemerkt. Ich war vorsichtig euphorisch, als wir seine Methodik aufgedeckt haben, und dachte, er lässt uns ein paar mehr Informationen zukommen, weil er uns im Zeichen der Arroganz für dumm und unfähig hält. Er spielt mit uns. Oder?«

Die Frage galt Lena.

»Das ist eine mögliche Option«, stimmte die Psychologin zu. »Wenn wir einmal unterstellen, dass beim Täter eine narzisstische Persönlichkeitsstörung vorliegt, dann hat er ein grandioses Gefühl der eigenen Wichtigkeit. Der von dieser Störung Betroffene erwartet eine übermäßige Bewunderung. Er sieht sich als Ideal mit seinem scheinbar grenzenlosen Erfolg.«

Große Jäger fuhr mit der flachen Hand vor der Stirn hin und her. »Das ist doch total plemplem. Da mordet einer wahllos ...«

»Er tötet nicht wahllos«, korrigierte ihn Lena.

»Ist doch egal. Da kurvt ein Verrückter durch Husum und glaubt, etwas Besonderes zu sein?«

Lena nickte stumm. »Er fühlt sich in seinem Handeln besonders, ja einzigartig. Er glaubt, niemand versteht ihn, weil ihm keiner gewachsen ist.«

»Dem haben sie doch ins Gehirn gesch...« Große Jäger ließ den Satz in einem Zischlaut ausklingen.

»In diesem Punkt ist der Betroffene nicht Herr seines Handels und Denkens. Er ist oft in seinen zwischenmenschlichen Beziehungen gestört und darauf bedacht, andere Menschen auszunutzen, um die eigenen Ziele zu erreichen.«

»Indem er den jungen Jan Behrendsen betrunken macht und ihn damit tötet? Oder Solveig Dethlefsen entführt?«

»Das konnte als eine Form der Ausnutzung zum Erreichen der eigenen Ziele interpretiert werden.«

Große Jäger lehnte sich zurück. »Das schätze ich an der Psychologie. Statt wie in der Ingenieurwissenschaft konkret zu werden, hört man immer nur ›könnte‹, ›vielleicht‹, ›möglich‹, ›eventuell‹.«

Lena ging nicht darauf ein. »Solche Leute sind oft neidisch. Sie zeigen sich im Umgang mit anderen überheblich.«

»Und wie erkennt man solche Typen? Anhand welcher Kriterien wird eine narzisstische Persönlichkeitsstörung diagnostiziert?«

»Man kann die Diagnose stellen, wenn mindestens fünf der von der Wissenschaft definierten Kriterien erfüllt sind.«

Große Jäger schüttelte sich. »Da lobe ich mir doch den ehrlichen Bankräuber. Da sind die Gesichtspunkte eindeutig und kein Wischiwaschi.«

Am frühen Nachmittag blieben vier Namen auf der Liste übrig.

Erichsen, Björn, 42, Gärtner
Erichsen, Eicke, 37, Sparkassenangestellter
Eskildsen, Trygge, 49
Müller-Eitelsen, Wilfried, 52, Zahnarzt

»Weshalb steht bei Eskildsen kein Beruf?«, fragte Große Jäger.

Cornilsen kannte die Antwort. »Der ist Däne und betreut unter anderem das Husumhus.«

»Die Kulturstätte in der Neustadt?«

»Richtig. Das dänische Kulturzentrum der Sydslesvigsk Forening.«

»Was macht er da?«

»Keine Ahnung«, antwortete Cornilsen. »Dort trifft sich die dänische Minderheit. Minderheit? Wusstest du, dass die etwa zehn Prozent der Stadtbevölkerung ausmacht? Im Husumhus finden viele Gastspiele dänischer Künstler statt, außerdem ist es Spielstätte des Schleswig-Holsteinischen Landestheaters und der Niederdeutschen Bühne.«

»Und? Was ist mit Eskildsen?«

»Die Streife hat erfahren, dass er übers Wochenende Angehörige im Königreich besucht. Es konnte aber niemand sagen, wo in Dänemark.«

»So groß ist Dänemark doch nicht. Und deine Familie gehört doch auch zur dänischen Minderheit. Du müsstest ihn doch kennen?«

Cornilsen antwortete mit einem Grinsen und dem ausgestreckten Mittelfinger.

»Warte einmal«, sagte Große Jäger und setzte sich an den Computer. Es dauerte eine Weile, begleitet von Kommentaren wie »Mist«, »Scheißsoftware«, »Müsste doch so gehen« und »Verstehe ich nicht«. Dann kam ein befreiendes »Aha!« über seine Lippen. »Weshalb kommt keiner der jungen Leute auf die Idee?«

Er tippte mit seinem fettigen Finger auf das Display.

»›Trückwe‹ Eskildsen ist das nicht. Der sieht aus wie ein typischer Däne.«

»Lass sehen«, drängte Lena und sah neugierig auf den Bildschirm.

Dort sah man einen untersetzten, zur Rundlichkeit neigenden Mann mit rotblonden Haaren, der freundlich lächelte.

»Die sehen alle so freundlich aus«, merkte Lena an.

»Wen wundert das? Die Dänen sind seit ewigen Zeiten die glücklichsten Europäer. Das ergeben jedenfalls Untersuchungen.«

»Wie misst man das?«

Große Jäger zeigte auf Cornilsen. »Frag ihn. Er gilt als der glücklichste Polizist. Vermutlich, weil er mit mir zusammenarbeiten darf.«

Große Jäger stand auf und kehrte nach fünf Minuten zurück. »Müller, den Soundsovielten, können wir auch streichen.«

»Wie kommst du darauf?«

»Kollege Hansen kennt ihn. Dr. Müller-Eitelsen ist sein Zahnarzt.«

»Prima. Dann bleiben noch die beiden Erichsens. Sind die miteinander verwandt?«

»Keine Ahnung«, erwiderte Cornilsen. »Nicht zwangsläufig. ›Hansen‹ ist hier ja auch kein Name, sondern ein Gattungsbegriff.«

»Weshalb konnten die Nachbarn in diesen beiden Fällen nicht befragt werden?«

»Es liegt dazu keine Rückmeldung von der Streife vor.«

»Dann mache dich auf den Weg«, wies Große Jäger ihn an.

»Ich komme mit«, erklärte Lena und begleite Cornilsen hinaus.

Große Jäger suchte Mommsen auf. In dessen Büro stieß er auf Hilke Hauck und Hundt. Er berichtete, dass sie den Kreis der möglichen Opfer auf zwei eingegrenzt hätten und Cornilsen derzeit unterwegs sei, um das noch weiter zu verifizieren.

»Seid ihr euch sicher?«, fragte Hundt skeptisch.

»Besser wissen wir es nicht. Es besteht eine hohe Wahrscheinlichkeit.«

»Es ist eine gewagte These, von der ihr ausgeht.«

»Hast du eine bessere Idee?«

»Nein«, gestand Hundt kleinlaut ein.

»Wir können uns nicht sicher sein. Aber vieles spricht dafür.«

Hilke beugte sich ein wenig vor. Sie hatte auf dem Besucherstuhl vor Mommsens Schreibtisch Platz genommen. »Es ist ein Wettlauf gegen die Zeit. Wenn es ein weiteres Opfer zu beklagen gibt, hat die Polizei das der Öffentlichkeit zu erklären. Wir werden in ein schlechtes Licht gerückt.«

»Das sollte unsere kleinste Sorge sein«, antwortete Große Jäger. »Jedes weitere Menschenleben wird uns auch in Jahren noch beschäftigen. Wir werden uns selbst fragen, was wir übersehen haben. Auch wenn wir in diesem Augenblick nicht daran denken ... In stillen Stunden kehren diese Tage zu uns zurück.«

Für einen Moment herrschte nachdenkliches Schweigen im Raum.

»Wilderich hat recht«, sagte Mommsen schließlich. »Unser Denken gehört aber nicht der Zukunft, sondern dem Jetzt. Was können wir machen?«

»Den *richtigen* Erichsen warnen«, sagte Große Jäger.

»Und eine Strategie entwickeln, wie wir offensiv die nächsten potenziellen Opfer in Sicherheit bringen können«, fügte Hilke Hauck an.

»Man könnte die Vorgehensweise des Täters der Presse vortragen«, schlug Hundt vor. »Damit würden wir die Menschen erreichen. Und dem narzisstischen Verbrecher signalisieren, dass wir sein perfides Spiel durchschaut haben. Wir würden ihm die Grundlage seiner Taten entziehen.«

Mommsen nagte an der Unterlippe. »Das ist eine denkbare Vorgehensweise. Wir würden die Menschen warnen. Hört der Täter dann auf? Oder ändert er die Spielregeln? Wir würden unter diesen Umständen wieder neu beginnen müssen. Im Augenblick sieht es so aus, als hätten wir eine erste Spur.«

Sie sahen sich abwechselnd an. Hinter den Stirnen arbeitete es fieberhaft.

»Nicht nur das«, sagte Große Jäger schließlich. »Wenn wir coram publico eine Warnung veröffentlichen, könnte das eine

Panik auslösen. Die Geschehnisse in unserem kleinen und friedlichen Husum füllen schon jetzt die Nachrichten, nicht nur in Deutschland. Wir müssten die Information detailliert herausgeben. Wir dürfen die Presse nicht unterschätzen. Blätter wie das, für das Dittert schreibt, würden sich selbst auf die Spurensuche begeben, die möglicherweise künftig ins Visier des Dämons genommenen Menschen aufsuchen und sich nach ihrem Befinden und ihren Ängsten erkundigen. Ich sehe schon die Schlagzeile vor mir.« Große Jäger malte mit den Händen weiträumig in der Luft herum. »›Fiete Piepenbrink: Wie fühlt man sich, wenn man bald tot ist?‹«

Hundt sah ihn mit großen Augen an. »Wieso Piepenbrink? Der Name passt doch nicht ins Schema.«

Große Jäger verdrehte kunstvoll die Augen.

»Wilderich hat nur ein Beispiel genannt«, sagte Mommsen.

»Ja – aber ich verstehe ›Piepenbrink‹ nicht.«

»Mensch, Hundt«, begehrte Große Jäger auf. »Soll ich sagen: Nachdem der Dämon das Opfer mit dem Zunamen Erichsen ermordet hat, folgen die nächsten mit den Anfangsbuchstaben ›F‹ und ›G‹, bis er schließlich Hundt*sen* als Opfer auserkoren hat.«

Hundt schüttelte leicht den Kopf. Es war ihm nicht anzusehen, ob er das Beispiel verstanden hatte.

Blöder Hund, dachte Große Jäger, hütete sich aber, es auszusprechen.

»Wir müssen uns auf jeden Fall mit Flensburg abstimmen und die Kollegen dort von unserer Theorie unterrichten. Es ist ja schließlich deren Fall«, beschloss Mommsen. »Ich würde vorschlagen, dass wir nicht an die Öffentlichkeit treten …«

»Ja – aber …«, unterbrach ihn Hundt.

Mommsen gebot ihm mit einer Handbewegung, zu schweigen. »Stattdessen sollten wir die in Frage kommenden Einwohner Husums herausfiltern und sie warnen.«

»Die werden dann aber Polizeischutz verlangen«, gab Hundt zu bedenken. »Wie sollen wir das bewerkstelligen?«

»Wir müssen alles in unserer Macht Stehende tun, um Menschenleben zu retten. Niemand darf der Gefahr ausgesetzt werden.«

»Zur Not müssen wir die Leute evakuieren«, schlug Große Jäger vor. »Oder an einem zentralen Ort unter Polizeischutz stellen.«

Sie wurden durch Cornilsen und Lena unterbrochen, die das Büro betraten.

»Wir haben es«, sagte der Kommissar.

Mommsen forderte ihn auf, zu berichten.

»Eicke Erichsen ist unser, äh …«

»Das vermutlich potenzielle Opfer«, half Große Jäger aus und erntete dafür einen dankbaren Seitenblick Cornilsens.

»Björn Erichsen, der Gärtner, ist alleinstehend, hat aber eine Freundin, die er oft übers Wochenende besucht. Er wohnt in der Netzestraße. Wir haben mit einer Nachbarin gesprochen.«

»Weshalb hat das die Streife nicht getan?«, wollte Hilke Hauck wissen.

»Das weiß ich nicht. Björn Erichsen sieht anders aus. Er trägt einen Zottelbart, hat die Frau versichert.«

»Und der andere?«, fragte Große Jäger ungeduldig.

»Eicke Erichsen. Der hat eine Eigentumswohnung in der Friedrichstraße in Rödemis. Er wurde eindeutig auf dem Bild als der Gesuchte identifiziert. ›Was wollen Sie denn von dem?‹, wurden wir gefragt. Wir mussten uns als Polizisten zu erkennen geben, sonst hätten wir keine Auskunft erhalten. Ich habe das Bild gezeigt und behauptet, es sei von einer Verkehrskontrolle aufgenommen worden. Nun wollten wir den Fahrer wegen der kleinen Ordnungswidrigkeit feststellen.«

»Und das ist niemandem aufgefallen, dass Erichsen nicht am Steuer saß?«

»Nein. An diesem Beispiel sieht man, wie genau die Leute hinsehen. Die Zeugin war erstaunt und sagte, Erichsen sei ein absolut ruhiger und zuvorkommender Mann. Er arbeite bei der Sparkasse in der Norderstraße.«

»Das ist die Uthlande-Sparkasse«, unterbrach ihn Große Jäger.

»Die Zeugin zeigte sich erstaunt. ›Den müssen Sie doch kennen. Er sitzt dort am Schalter. Extra wegen ihm haben wir unser Konto dorthin verlegt. Ein netter und hilfsbereiter Mann. Und immer korrekt. Ich kann nicht glauben, dass er zu schnell gefahren ist.‹ Wir wollten wissen, ob Erichsen Angehörige hat oder wo er sich aufhalten könnte. Die Nachbarin sagte, er sei immer zu Hause. Manchmal sei er an freien Tagen unterwegs. ›Sonst fällt ihm ja die Decke auf den Kopf. Er lebt allein. Wie gesagt: ganz ruhig. Man hört nichts von ihm. Und sieht ihn kaum. Hätten wir nur solche, wäre das hier das Paradies.‹ Sie betonte, dass Erichsen nicht einmal Frauenbesuch bekomme. ›Und Männers sind auch nicht dabei‹, hatte sie mit einem Augenzwinkern angefügt. ›Nicht dass Sie was Komisches denken.‹«

»Seit wann ist er weg?«, fragte Große Jäger.

»Das konnte die Nachbarin nicht sagen. Sie meinte, heute Morgen, als sie den Müll herausgebracht hat, habe Erichsens Wagen noch auf dem Parkplatz gestanden.«

Große Jäger atmete tief ein. »Das könnte ein gutes Zeichen sein.

Mommsen war anderer Auffassung. »Claus Claussen ist vom Mörder auch mit dem Auto zum Parkplatz Platenhörn gelockt worden.«

»Stimmt«, gab Große Jäger zu. »Wir müssen Erichsen finden.«

Darüber waren sich alle einig.

Sie kehrten in ihr eigenes Büro zurück, und Große Jäger griff zum Telefon. Er suchte eine Telefonnummer aus seinem altmodischen und zerschlissenen Lederkalender heraus und wählte eine Nummer in Wyk auf Föhr an. Dann schaltete er die Mithöreinrichtung ein. Es dauerte eine Weile, bis sich mit einem Knacken das Freizeichen meldete.

Nach einer gefühlten Ewigkeit fragte eine Frauenstimme: »Ja?«

»Frau Griepenkerl?«

»Und wer sind Sie?« Es klang misstrauisch.

»Polizei Husum. Mein Name ist Große Jäger. Ich möchte gern Ihren Mann sprechen.«

»Der ist nicht da.«

»Es ist wichtig.«

»Kann er zurückrufen?«

»Es ist wirklich von eminenter Bedeutung«, versicherte Große Jäger. »Sonst würde ich Sie nicht am Wochenende stören.«

Die Frau zögerte. Erst als er ein nachdrückliches »Bitte« anfügte, sagte sie, dass ihr Mann auf dem Golfplatz sei. Sie gab ihm auch die Mobilnummer.

»Griepenkerl. Das ist doch der Vorstand der Uthlande-Sparkasse.«

»Das ist eine kleine Sparkasse«, erklärte Große Jäger, an Lena gewandt, »die ihren Hauptsitz in Wyk auf Föhr hat. Während sich andere Geldinstitute aus der Fläche zurückziehen und ihre Zweigstellen zuhauf schließen, bleibt die Uthlande-Sparkasse ihren vorwiegend älteren Kunden treu. Sie ist hauptsächlich auf den Inseln und in den kleineren Orten aktiv.«

»Griepenkerl. Ich erinnere mich. Ein kräftig gebauter Typ mit einem großen runden Schädel und einer Halbglatze. Wir sind ihm beim Überfall und der Geiselnahme auf Nordstrand begegnet, als Christoph …« Cornilsen brach mitten im Satz ab.

Große Jäger rief die Handynummer an. Seine nicht vorhandene Geduld wurde lange auf die Probe gestellt.

»Der ist auf dem Golfplatz unterwegs. Da sind Mobiltelefone unerwünscht.«

Er wollte schon aufgeben, als sich Griepenkerl meldete. »Herr Jäger?«

»Große Jäger, Polizei Husum.«

»Meine Frau hat mich eben angerufen. Mein Telefon ist so

eingerichtet, dass mich nur ganz wenige Personen erreichen können. Fragen Sie mich nicht, wie das funktioniert. Das macht meine Enkelin.«

»Sie erinnern sich an mich?«

»Doch – ja. Oberkommissar Jäger. Sie haben damals die Ermittlungen bei der Geiselnahme auf Nordstrand geleitet, bei der einer ihrer Mitarbeiter ermordet wurde.«

Oberkommissar – *Jäger* – Ermittlungsleiter – Mitarbeiter ... Griepenkerl brachte einiges durcheinander.

»Was kann ich für Sie tun?«

»Wir müssten dringend mit einem Ihrer Angestellten sprechen. Eicke Erichsen.«

»Aus Husum? Mein Gott. Was ist mit ihm? Er ist ein zuverlässiger und untadeliger Mitarbeiter, bestimmt schon fast zwanzig Jahre bei uns. Er hat bei der Uthlande-Sparkasse gelernt und gehört seitdem zu unserer Stammbelegschaft. Ich kann mir nicht vorstellen, dass er sich etwas hat zuschulden kommen lassen.«

»Darum geht es auch nicht. Es liegt nichts gegen ihn vor. Wir müssten Herrn Erichsen nur in einer dringenden Angelegenheit als Zeugen befragen.«

»Geht es um irgendetwas, das die Belange der Bank berührt? Um einen unserer Kunden? Geldwäsche? Anderen Missbrauch unseres Angebots?«

In Griepenkerls Frage lag etwas Lauerndes.

Große Jäger versicherte, dass die Sparkasse nicht betroffen war, weder aktiv noch passiv. »Es geht um Eicke Erichsen als Person.«

Griepenkerl blieb hartnäckig. »Auch dann berührt es uns. Unsere Kunden vertrauen uns. Das ist das Pfund, mit dem wir wuchern. Wir genießen einen exzellenten Ruf. Das ist gerade heute, in einer Zeit, in der die großen Institute von einer kriminellen Handlung in die nächste stolpern und mit Milliardenstrafen belegt werden, wichtig.«

»Wir müssen Herrn Erichsen in einer dringenden Angelegenheit sprechen, in der er uns als Zeuge möglicherweise Hinweise geben kann.«

Griepenkerl schien noch nicht überzeugt.

»Wir haben ihn nicht zu Hause angetroffen. Wochenende. Wer kann uns sagen, wo wir ihn erreichen können?«

»Handy?«

»Das haben wir versucht. Immer wieder. Vergeblich.«

»Tja«, antwortete der Sparkassenvorstand. »Ich kenne bei der Größe unseres Instituts die meisten Mitarbeiter. Aber über ihre privaten Angelegenheiten in der Freizeit … Da bin ich überfragt.«

»Hat Erichsen Familie? Freunde? Ein Hobby, dem er in der Freizeit nachgeht? Eine Ferienwohnung?«

Griepenkerl lachte kurz auf. »Also, Herr Jäger, wer in Husum lebt, braucht keine Ferienwohnung. Um auf Ihre Frage zu antworten: Ich kann Ihnen in diesem Punkt nicht weiterhelfen. Vielleicht sprechen Sie mit unserer Husumer Zweigstellenleiterin, Frau Huss.«

»Ach?« Große Jäger war überrascht. »Nach Ihren lobenden Worten hatte ich vermutet, dass Erichsen diese Funktion wahrnimmt.«

»Alle Positionen in unserem Haus sind von qualifizierten Mitarbeitern besetzt, aber nicht jeder kann eine Leitungsfunktion innehaben. Ich glaube, wir haben unser Personal so eingesetzt, dass sich jeder auf seinem Platz wohlfühlt und ihn mit ganzer Kraft ausfüllt.«

Große Jäger fragte nach der Adresse der Zweigstellenleiterin und erfuhr, dass Inken Huss an der Rendantenkoppel in Hattstedt wohnte.

Auf Lenas Gesicht zeigte sich Enttäuschung, als Große Jäger ihr beschied, er werde allein mit Cornilsen fahren.

»Wir können zur Befragung der Frau nicht mit einem Großaufgebot anrücken. Das würde sie irritieren«, erklärte er. »Los, Hosenmatz. Auf geht's.«

Das Wohnhaus lag nur einen Steinwurf von der stark frequentierten Bundesstraße entfernt. Die Anfahrt erwies sich aber als kompliziert, da man die Adresse nur über verschlungene Pfade von der Rückseite erreichte. Sie zogen die Blicke des Nachbarn auf sich, als sie vor dem Haus hielten. Der bierbäuchige Mann unterbrach seine Arbeit im Vorgarten und starrte die Besucher an. Es hätte Große Jäger nicht gewundert, wenn er quer über die Straße den jüngeren Mann, der vor der gesuchten Adresse mit einem Besen den Gehweg und Rinnstein fegte, nach dem Grund des Besuchs gefragt hätte.

»Herr Huss?«, fragte Große Jäger.

Der Mann mit der sportlichen Figur und dem gepflegten Dreitagebart unterbrach seine Arbeit.

»Moldenhauer«, sagte er. »Was kann ich für Sie tun?«

Große Jäger trat näher an ihn heran. Mit einem Seitenblick auf den neugierigen Nachbarn gegenüber sagte er leise: »Polizei Husum. Wir hätten gern mit Frau Huss gesprochen.«

Ein leichtes Erschrecken blitzte in den Augen des Mannes auf. »Ist irgendetwas?«

»Es geht nur um eine Auskunft zu einem Mitarbeiter der Sparkasse.«

»Kommen Sie mit«, forderte Moldenhauer die Beamten auf und führte sie ums Haus herum zum Hintereingang. Dabei sah er zur anderen Straßenseite und grüßte freundlich: »Moin.«

»Inken?«, rief er, als sie in die Küche eintraten.

»Hier«, ertönte die Stimme einer jungen Frau. Inken Huss war schlank. Sie hatte die blonden Haare zu einem Dutt am Hinterkopf hochgebunden. Die Jeans und das Top betonten ihre Figur. Große Jäger schätzte, dass sie noch keine dreißig Jahre alt war.

»Oh«, sagte sie, als sie die Beamten erspähte. »Besuch?«

Große Jäger stellte sich und Cornilsen vor. Sie erschrak, als er »Polizei« anfügte. »Wir suchen Eicke Erichsen. Nur als Zeugen«, ergänzte er.

»Ist etwas mit ihm?«, wollte Inken Huss wissen.

»Wir suchen ihn nur in einer wichtigen Angelegenheit. Gegen ihn selbst liegt nichts vor.«

Inken Huss fuhr sich mit der Zunge über die Lippen. »Wir arbeiten zusammen. Das ist alles.«

»Sie sind seine Vorgesetzte?«

»Wir sind ein kleines Team«, antwortete sie ausweichend.

»Sie wirken noch sehr jung. Erichsen ist älter.«

»Das spielt keine Rolle.«

»Kompliment«, meinte Große Jäger. »Wenn man den Arbeitstag zusammen verbringt, fällt auch einmal ein privates Wort. Wo könnte sich Erichsen aufhalten?«

»Das weiß ich nicht. Wir gehen in der Mittagspause schon mal zusammen zum Essen oder sitzen auf ein Eis am Hafen. Aber privat haben wir eigentlich keinen Kontakt. Nicht wahr, Dennis?«

Moldenhauer nickte zustimmend.

»Hat er Angehörige? Freunde?«

»Angehörige – darüber kann ich nichts sagen. Seine Eltern leben nicht mehr. Geschwister? Nie etwas davon gehört. Ich glaube, es gibt Cousin und Cousine, aber die leben wohl im Süden.«

»Welche Hobbys hat Herr Erichsen? Angeln? Segeln?«

Sie lachte kurz auf. »Eicke? Nee. Er spielt Schach im Verein. Ich glaube, er ist gar nicht schlecht.«

»Hat er eine Freundin? Oder einen Freund?«

»Häh? Sie meinen, ob Eicke schwul ist? Bestimmt nicht. Ich glaube, er interessiert sich für gar nichts.«

»So etwas gibt es nicht«, behauptete Große Jäger.

»Klar fällt im Betrieb auch einmal ein privates Wort. Ich erzähle schon mal, dass ich mit Dennis abends unterwegs war, zum Beispiel beim Husumer Honky-Tonk-Kneipenfestival, beim Fischmarkt oder Hafenfest. Was auch immer. Eicke erzählt nie etwas. Doch – warten Sie mal. Ich glaube, er geht manchmal zu den Konzerten des Landessymphonieorchesters ins Nordsee Congress Centrum.«

»Allein?«

Sie zuckte mit den Schultern. »Keine Ahnung.«

»Wo könnte er sich noch aufhalten?«

»Ich weiß es wirklich nicht«, betonte sie mit Nachdruck. »Sagen Sie mir endlich, was hier los ist.«

»Wissen eventuell andere Mitarbeiter aus Ihrem Team, wo Erichsen sein könnte?«

Sie legte den Zeigefinger an die Nasenspitze. »Eigentlich nicht. Verena, meine Stellvertreterin …«

»Ich dachte, das ist Erichsen«, warf Große Jäger ein.

»Nein. Wieso? Also – Verena hat wenig Kontakt zu ihm. Und Urte arbeitet nur Teilzeit.«

»Sind nur Frauen in der Zweigstelle?«

»Wenn Sie von Eicke absehen – ja.«

Große Jäger bedankte sich. Die Polizisten ließen ein ihnen ratlos nachblickendes Paar zurück.

Sie wurden auf der Dienststelle erwartet und berichteten. Dann suchte Cornilsen eine Kontaktperson vom Schachverein heraus und fragte, ob an diesem Wochenende ein Turnier stattfinden würde, an dem Eicke Erichsen teilnahm.

»Eicke ist immer dabei, wenn wir Turniere spielen. Er ist einer unserer Besten. Er könnte es weit bringen, wenn er nicht so ungeduldig wäre. Seine Spielanlagen sind brillant. An diesem Wochenende? Nein. Da ist nichts«, erklärte der hilfsbereite Mann. Er wusste auch, dass Eicke Erichsen trotz seiner Vorliebe für Schach außerhalb des Vereins keine anderen Termine für diesen Sport wahrnahm.

»Also ist er nicht in Sachen Schach unterwegs. Und andere Hobbys hat er offenbar nicht. Wo kann er stecken? Wir suchen seine Wohnung auf.«

»Ja – aber …«, protestierte Cornilsen.

»Da ist Gefahr im Verzug. Wer weiß, ob er nicht dort liegt und Hilfe benötigt.«

Der südliche Stadtteil Rödemis wurde vom Zentrum durch die Eisenbahn getrennt. Er bildete ein eigenes Biotop. Wer nicht durch den endlos langen, dunklen und heruntergekommenen Fußgängertunnel nach Rödemis gehen wollte, musste die Strecke durch die Bahnunterführung nehmen und bog dann in die Friedrichstraße ein, die sich leicht bergauf schlängelte. Ein Stück weiter führte die Straße durch ein kleines Waldgebiet. Hier lag die Zufahrt zur Wohnanlage Rödemishof. Ein schmaler Weg, der zwischen den hohen Bäumen hindurchführte, rief den Eindruck hervor, auf ein verborgenes Schloss zuzufahren. Stattdessen öffnete sich der Weg und gab den Blick auf eine idyllische Wohnanlage frei.

»Man glaubt nicht, dass es in Husum so ein ruhiges und dennoch sehr zentrales Wohnen gibt«, merkte Große Jäger an und staunte über die sorgsam gepflegten Grünanlagen vor dem Gebäudekomplex.

Der Nachbar, bei dem sie klingelten, um ins Haus zu gelangen, zeigte sich nicht erfreut. »Wenn Sie zu Herrn Erichsen wollen und er nicht öffnet, wird er nicht da sein«, meinte er brummig und musterte die beiden Polizisten kritisch. »Man hört heutzutage allerlei von zwielichtigen Gestalten, die mit fadenscheinigen Begründungen krumme Dinger drehen.«

Während er sprach, wanderte sein Blick abschätzend an Große Jäger auf und ab. Cornilsen hatte nur eine kurze Musterung gegolten.

»Ist Herr Erichsen denn verreist?«, wollte Große Jäger wissen.

»Das werde ich Ihnen gerade auf die Nase binden. Und nun ist es besser, Sie gehen wieder.«

»Wir sind von der Polizei«, erklärte der Hauptkommissar und zeigte dem Mann den Dienstausweis.

Der warf nur einen kurzen Blick darauf. »Das kann man fälschen. Heute ist es – angeblich – die Polizei, morgen sind es die Stadtwerke. Nee. Das läuft nicht mit mir. Also! Verlassen Sie das Haus.«

»Wir haben uns ordnungsgemäß legitimiert. Es ist gut, dass Sie skeptisch sind. Bewahren Sie sich Ihr Misstrauen.«

Dann ließen sie den Mann stehen und suchten die Wohnungstür Erichsens. Auch auf das erneute Klingeln rührte sich nichts. Der Mitbewohner auf der Etage war auch nicht anwesend.

»Sieh dir doch einmal die Etage darüber an«, empfahl Große Jäger.

Cornilsen verstand. Langsam stieg er die Treppe empor, zählte dort bis zehn und kehrte zurück.

»Wo warst du?«, fragte Große Jäger vorwurfsvoll. »Hast du nicht gesehen, dass die Wohnungstür nur angelehnt war?«

Im kleinen Flur fand sich die Garderobe. Eine Wolljacke hing dort, sauber auf einem Bügel aufgezogen. Sie diente bei anderen Witterungen als jetzt bei Hoch Janne. Auch der Regenschirm passte nicht zur momentanen Wetterlage.

Die ganze Wohnung machte einen gepflegten und aufgeräumten Eindruck. Nirgendwo lag etwas herum. Staub war gewischt, die Böden waren gesaugt oder dort, wo Fliesen lagen, gefeudelt. Im Bad waren die Handtücher akkurat über die Haltestange gelegt.

»Das ist fast steril«, merkte Große Jäger an und sah in den Spiegelschrank. »Erichsen ist geplant abwesend«, stellte er fest. »Der Rasierapparat fehlt, das Ladekabel dazu. Herrenduft, Rasiergel, Deostick, Zahnpasta … Wenn ich mir den Rest der Wohnung ansehe, würde ich diese Utensilien hier erwarten. Gut, er hat eine elektrische Zahnbürste. Die würde ich auch nicht mitnehmen. Nein, Hosenmatz. Der Herr ist gezielt verreist.«

Cornilsen hatte die Küche kontrolliert. »Dagegen spricht aber, dass er Lebensmittel eingelagert hat, die man bei einer Reise nicht dort liegen lässt. Butter, angebrochener Käse, Wurstaufschnitt. Eine halb geleerte Flasche Husumer Mineralwasser.«

Große Jäger hob den Zeigefinger. »Denk einmal nach, Hosenmatz.«

»Na ja«, meinte Cornilsen. »Wir sprechen nicht von einer

längeren Reise. Dagegen sprechen nicht nur die Lebensmittel, sondern auch die Tatsache, dass er seiner Chefin Inken Huss erzählt hätte, dass er länger Urlaub hat.«

»Also ist Erichsen auf einem Wochenendtrip.«

»Aber wohin? Oder hat ihn der Dämon aus dem Haus gelockt, wie es ihm bei den anderen Opfern offenbar auch gelungen ist?«

»Das ist die Frage. Noch können wir keine Entwarnung geben. Es geht um ein Menschenleben, das möglicherweise gefährdet ist. Ich stöbere ungern in Erichsens Sachen, aber wir sollten einen Hinweis finden, wo er sich aufhalten könnte.«

Während des Gesprächs waren sie durch die Räume gegangen und in einem Raum, der anscheinend als Arbeitszimmer benutzt wurde, stehen geblieben. Mit spitzen Fingern sichteten sie die ordentlich abgelegten Papiere und den in einem Fach sortierten Posteingang. Nichts ließ auf Erichsens Aufenthaltsort schließen.

»Ob wir in sein Notebook sehen?«, schlug Cornilsen vor.

Große Jäger hatte schon jetzt ein schlechtes Gewissen. Einerseits war er beruhigt, dass sie Erichsen nicht tot vorgefunden hatten. Das wäre die schlimmste Situation gewesen. Andererseits hielten sie sich halblegal in der Wohnung auf. Das deutsche Recht legte großen Wert auf seine Unverletzbarkeit. Ob Erichsen, wenn er hoffentlich gesund und unbeschadet wieder auftauchte, Verständnis für die aus Sorge um ihn gestartete Aktion zeigen würde? Er könnte Große Jäger und Cornilsen große Schwierigkeiten bereiten.

»Was ist nun mit dem Notebook?«, drängelte Cornilsen.

»Ich denke nach.«

»Funktioniert das in deinem Alter mechanisch? Ich meine, rasten da kleine Rädchen ein und spulen ein analoges Programm ab?«, lästerte Cornilsen.

»Ja«, bestätigte Große Jäger. »Aber der deutsche Maschinenbau war immer zuverlässig und präzise. Besonders der westfälische. Da gab es keine Programmfehler.«

Cornilsen wedelte mit der Hand in der Luft herum. »Und? Was ist bei dem Prozess herausgekommen?«

»Hast du irgendwo einen Hinweis auf eine zweite Person gefunden? Eine Freundin? Von mir aus auch auf einen Freund?«

»Nur das Schachbrett mit einer offenen Partie.«

»Das war nicht die Frage. Erichsen ist Enddreißiger. Hier ist alles sauber und aufgeräumt. Es wirkt steril. Nichts deutet darauf hin, dass hier gelebt wird.«

»Bist du Hobbyphilosoph?«, lästerte Cornilsen.

»Ich gebe ein Bier aus, wenn du auf dem Notebook etwas findest.«

»Es darf auch eine Cola sein«, erwiderte Cornilsen und schaltete das Gerät an. »Holla«, sagte er. »Wir haben Glück. Das ist nicht passwortgesichert. Ganz schön leichtsinnig. Was haben wir denn da?«, murmelte er leise für sich. »Ich sehe mir einmal das Postfach an. Er benutzt … er benutzt …«, überbrückte er die Phase des Suchens. »Ah. Outlook. Der Mann ist in jeder Hinsicht konservativ. Ich nehme an, er kennt das Programm aus seinem beruflichen Umfeld. Mir soll es recht sein. So.«

»Was heißt ›so‹?«, fragte Große Jäger ungeduldig.

»Deutschland ist kommunikatives Entwicklungsland. Für dich zur Erklärung. Jemand schreibt eine E-Mail. Die wird mittels Strom zu einer Poststelle übertragen. Dort nimmt sie ein Mitarbeiter, der das Morsealphabet kennt, auf und leitet die Nachricht mit einer Brieftaube weiter.«

»Bei uns an der Küste setzt man witterungsbedingt Briefmöwen ein«, unterbrach ihn Große Jäger. »Nun komm zur Sache.«

»Ich wollte damit nur erklären, weshalb es so lange dauert, bis die neuen Mails nachgeladen sind. Was haben wir da?« Cornilsen beugte sich vor. »Nicht viel. Herbert, so nennt sich der Absender, schreibt nur zwei Zeichen im Betreff: ›La4‹.«

»Ich verstehe«, sagte Große Jäger. »Erichsen spielt Fernschach. Das ist der Zug seines Gegners.«

»Sonst ist nicht viel. Jedenfalls hat Erichsen den Rechner

nicht benutzt, um zu chatten. Da sind erstaunlich wenige Bewegungen in seinem Postfach. Fast ni…« Cornilsen brach ab und stieß einen leisen Pfiff aus. »Das hier.«

»Was hast du gefunden?«

»Einen Hinweis auf eine Partnerbörse im Internet.«

»Donnerlüttchen. Also will der einsame Sparkassenmensch doch nicht so solitär leben? Ich verstehe, dass er darüber nicht sprechen wollte. Vielleicht ist er übers Wochenende zu … Kannst du Näheres herausfinden?«

»Moment«, bremste Cornilsen Große Jägers Euphorie. Er gab etwas auf der Tastatur ein und hatte nach kurzem Suchen die »Internette Partnerbörse« gefunden.

»Von der habe ich noch nie etwas gehört«, sagte Große Jäger. »Mir ist nur das Ding bekannt, das in der Werbung verspricht, alle elf Sekunden wird dort jemand unglücklich.«

»Das ist immer noch besser als jene dubiosen Einrichtungen, bei denen alle elf Sekunden jemand betrogen wird.«

»Du kennst dich ja gut aus.«

»Allgemeinbildung«, erwiderte Cornilsen. Dem folgte ein »Schiet«.

»Was ist?«

»Den Zugang zur Partnerbörse hat Erichsen mit einem Passwort gesichert.«

»Notiere dir die Parameter, und wir versuchen es von der Dienststelle aus.«

Sie waren im Aufbruch begriffen, als es an der Haustür klingelte. Große Jäger öffnete.

»Habe ich mir denken können«, sagte ein Uniformierter. »Unser Küsten-Columbo.«

»Wo kommt ihr her?«

»Ein Nachbar hat uns informiert, dass hier zwei dubiose Gestalten herumlungern. Da wollten wir nach dem Rechten sehen.«

Die beiden Beamten verabschiedeten sich mit einem breiten

Grinsen. Cornilsen und Große Jäger versuchten, die Wohnung wieder so herzurichten, dass ihr Besuch möglichst nicht auffiel. Dann verschloss Große Jäger die Tür fachgerecht. Auf dem Treppenabsatz trafen sie den Nachbarn.

»Danke für Ihre Aufmerksamkeit. Wir haben mit der Polizei verabredet, dass wir uns selbst einliefern. Das machen wir jetzt auch. Ganovenehre«, fügte er an.

Auf dem Parkplatz vor dem Haus hielten sie Ausschau nach dem dunkelblauen Seat Ibiza, der auf Erichsen zugelassen war. »Der Mann ist mit seinem Auto weggefahren.«

Sie kehrten zur Dienststelle zurück und schrieben das Auto zur Fahndung aus. Große Jäger sprach mit Mommsen und bat den Kriminalrat, die Zustimmung für die Durchleuchtung von Erichsens Kontaktdaten auf dem Handy und in den sozialen Netzwerken einzuholen.

»Wir haben doch nichts auf dem Notebook gefunden«, hatte Große Jäger Cornilsen erklärt.

»Stimmt, aber wir wissen nicht, ob er solche Dinge nicht über sein Smartphone laufen ließ. Ein Notebook ist Technik von gestern. Vielleicht hat er seine Kontakte aus der Partnerbörse über WhatsApp oder so gepflegt.«

Große Jäger nickte. »Wie gut, dass wir ein Team sind.« Als ihn der Kommissar fragend ansah, ergänzte er: »Manchmal weißt auch du etwas. *Manchmal!*«

»Ohne mich würdest du noch im Steinzeitalter leben.«

Große Jäger grinste. »Während wir schwer gearbeitet haben … Ob Lena auch produktiv war?«

Die Psychologin war nicht untätig gewesen. »Ich habe noch einmal den Gedanken verfolgt, dass wir es mit einem Täter mit einer narzisstischen Persönlichkeitsstörung zu tun haben.«

»Das mag sein – oder nicht«, fiel ihr Große Jäger ins Wort. »Uns wäre mehr damit gedient, wenn du uns seine Adresse nennen könntest.«

Lena zeigte auf Cornilsen. »Fürs Zaubern ist er zuständig.

Ich will helfen, den Kreis der Täter einzugrenzen. Wie viele Nordfriesen gibt es?«

»Etwas mehr als einhundertsechzigtausend.«

»Wenn ihr das aufteilt, bleibt ein Drittel Jugendliche und Senioren. Ein zweites Drittel sind die Frauen. Ihr habt also eine Auswahl unter rund dreiundfünfzigtausend potenziellen Tätern.«

»Halt«, sagte Große Jäger. »Davon können wir die rund zweihundertsechzig nordfriesischen Polizisten abziehen.«

»Wollen wir ernsthaft miteinander sprechen?«, fragte Lena. »Patienten mit einer solchen Diagnose gelten als schwierige Mitmenschen. Und als unbeliebte Patienten. Wir können den Fokus also auf diesen Personenkreis richten. Publikumslieblinge und Strahlemänner scheiden aus. Der Umgang mit den Betroffenen leidet unter anderem darunter, dass sie ständig Aufmerksamkeit und Bewunderung einfordern.«

»Das entspricht dem Bild, das wir uns vom Dämon machen«, fuhr Cornilsen dazwischen. »Er will uns, die Polizei, vorführen, uns unsere Ohnmacht demonstrieren.«

»Akzeptieren sie auch Erfolge anderer?«, wollte Große Jäger wissen.

»Nein. Anderen lassen sie keine Anerkennung zukommen. Das steigert eher noch ihre Persönlichkeitsstörung.«

»Überzogener Neid?«

Lena wiegte den Kopf. »So kann man es nicht direkt nennen. Sie wollen selbst im Mittelpunkt stehen. Deshalb sprechen wir ja auch vom Narzissmus. Dieser Begriff steht im weitesten Sinne für die Selbstverliebtheit und Selbstbewunderung eines Menschen, der sich als wichtig und wertvoll einschätzt, der seine Umgebung und Mitmenschen zu überragen glaubt. Narzissten wollen stets im Mittelpunkt stehen. Sie können sich nicht in die Gefühle und Bedürfnisse anderer hineindenken, sondern nehmen diese nur wahr, wenn sie der Erreichung eigener Ziele dienen.«

»Was heißt das?«, fragte Große Jäger.

»Dem Narzissten ist das Wohlergehen eines anderen Menschen völlig egal. Es interessiert ihn nicht. Oder nur dann, wenn es ihm zugutekommt. Zum Beispiel, wenn ein anderer leiden muss, damit seinem Anliegen Aufmerksamkeit geschenkt wird, damit er im Scheinwerferstrahl steht.«

»Das passt ja auf das Bild des Täters, das wir uns vorstellen«, staunte Große Jäger. »Bist du ein kluges Mädchen und hast es dir aus dem, was du hier gehört und gesehen hast, zusammengebaut?«

»Das habe ich mir mühsam an der Uni erarbeitet. Wenn du mich früher zu Wort kommen ließest, hätte ich es dir auch schon gestern erzählt.«

»Das Ganze klingt logisch und ist ein guter Ansatzpunkt für unsere Ermittlungen. Wir können unseren Blickwinkel auf Leute richten, auf die die von Lena genannten Kriterien zutreffen. Das macht es aber nur bedingt einfacher.« Cornilsen fuhr sich mit der gespreizten Hand durch die wuscheligen Haare. »Es gibt schließlich kein Register, in dem solche Leute aufgeführt sind. Und einen Suchalgorithmus für das allgegenwärtige Internet vermissen wir ebenfalls.«

»Siehste«, meinte Große Jäger. »Hier schlägt die menschliche immer noch die künstliche Intelligenz.«

Lena räusperte sich. »Trotzdem ist euer Gedanke gut. Ich könnte mich hinsetzen und versuchen, begrenzt auf Nordfriesland, die sozialen Netzwerke zu durchsuchen. Vielleicht hat dort jemand seine Duftmarken abgesetzt, sich in der Selbstüberschätzung geübt und vage Andeutungen für sein Tun hinterlassen.«

»Eine gute Idee«, sagte Große Jäger anerkennend.

Er selbst versuchte, noch einmal die Daten der Opfer, die Auffindesituation, die Art der Ermordung und den Ort, an dem das Bild des jeweiligen Opfers an einer Kirche angeschlagen wurde, zu analysieren. Er hatte sich kleine, verschiedenfarbige Kärtchen gemacht und schob diese zu unterschiedlichen Konstellationen zusammen.

Cornilsen warf zwischendurch einen Blick zu ihm herüber und hatte angemerkt, dass er Große Jäger noch nie so geduldig gesehen habe. Der Hauptkommissar hatte nicht geantwortet und weiter Pärchen, Blöcke, Reihen und Fronten gebildet. Er war unzufrieden. Einen Zusammenhang, Gemeinsamkeiten oder Verbindungen konnte er nicht erkennen.

»Das macht alles keinen Sinn. Es ist unlogisch, wenn man vom aufsteigenden Alphabet der Opfer bei den Zunamen und dem ›-sen‹ absieht. Die einzigen weiteren Gemeinsamkeiten sind die Bilder an den Kirchentüren. Und auch dort weicht der Dämon von seiner alten Linie ab. Die neuen Bilder waren nicht mehr auf Eiderstedt platziert.«

Als er immer noch unzufrieden zwei Stunden später nach Garding aufbrach, ließ er Cornilsen und Lena auf der Dienststelle zurück. Die beiden waren mit Feuereifer bei der Durchforstung des Internets.

SIEBEN

Große Jäger hatte versucht, den Sonnabendabend und den Sonntag ohne Gedanken an die Ermittlungsarbeit zu verbringen. Es war ihm nicht gelungen. Heidi Krempl zeigte Verständnis dafür. Ihren Sohn Moritz musste er mehrfach in die Schranken weisen. Zu groß war Moritz' Neugier. Immer wieder bedrängte er Große Jäger mit Fragen und bohrte nach. Auch der Hinweis, dass Moritz von seiner Mutter wisse, dass es ein Berufsgeheimnis gebe, hinderte den jungen Mann nicht daran, auf allen zur Verfügung stehenden Kanälen nach Neuigkeiten über den »Friesenkiller« zu suchen.

Moritz' offen zur Schau gestellte Enttäuschung beruhigte Große Jäger. Es war ein gutes Zeichen, wenn der Dämon sich nicht meldete. Im Stillen hoffte er, dass der über die Medien verbreitete Fahndungsdruck den Täter vorsichtiger werden ließ. Trotzdem sollten sie versuchen, möglichst keine Erkenntnisse an die Presse zu geben. Der Täter könnte sonst dazu übergehen, seine Strategie zu ändern.

Vorgestern, nachdem er sich auf den Weg nach Garding gemacht hatte, und auch am Sonntag hatte Große Jäger mehrfach mit Cornilsen telefoniert. Der junge Kollege hatte seine Enttäuschung gar nicht verbergen wollen. Weder er noch Lena waren auf Spuren oder Hinweise gestoßen.

In der Nacht zum Sonntag hatte sich Hoch Janne verabschiedet. Ihm war Tief Ariane gefolgt. Es hatte den ganzen Sonntag über die Region beherrscht. Typisch Frau, hatte er gedacht. Am Wochenende, wenn die Menschen freihaben, vergällt ihnen Ariane mit Regen den Tag.

»Der blöde Trump hat doch recht«, hatte Moritz behauptet und auf die regennasse Fensterscheibe gezeigt. »Ist das Scheißwetter da draußen die Erderwärmung?«

Große Jäger hatte sich zurückgezogen. Die anschließende

Diskussion zwischen Mutter und Sohn hätte ihn gestört. Es klang fast versöhnlich, als Moritz sagte: »Mich tangiert das nicht. Egal was für 'n Wetter ist. Solange wir Netz haben, ist alles okay.«

Die Fahrt nach Husum hatte ein paar Minuten länger gedauert. Regen erwies sich immer wieder als Störfaktor für den Verkehrsfluss.

Der Dienst begann mit einer Besprechung, in der natürlich der Fall im Mittelpunkt stand. Mommsen lagen Informationen aus Flensburg vor. Die Mitarbeiter der Bezirkskriminalinspektion hatten am Wochenende nicht geruht und mit Unterstützung des LKA Erichsens Telefondaten und die sozialen Netzwerke durchforstet. Die Anrufliste hatte keine neuen Erkenntnisse gebracht.

»Was ist mit WhatsApp?«, wollte Große Jäger wissen.

»Erichsen benutzt Threema«, erwiderte Mommsen.

»Was ist das?«

Der Kriminalrat zeigte auf Cornilsen. »Bitte.«

»Das ist ein Instant-Messaging-Dienst für Smartphones und Tablets. Er ist kostenpflichtig, das heißt, es wird einmalig eine Lizenzgebühr erhoben.«

»Was ist der Vorteil gegenüber WhatsApp?«

»Es ist ein Schweizer Produkt. Die Sicherheits- und Datenschutzmechanismen unterliegen dem dortigen Recht. Außerdem läuft das Ganze über Schweizer Server.«

»Also lesen weder Onkel Sam noch Onkel Donald mit?«

Cornilsen bestätigte es.

Große Jäger zog die Stirn kraus. »Wenn die Amis mit ihren Abhörohren außen vor sind, bringt es uns auch keine neuen Erkenntnisse.«

»Im Prinzip nicht. Wir haben aber zwei kurze unverschlüsselte Nachrichten gefunden. Es geht um ›Blümchen‹. Mit ein wenig Phantasie könnte man vermuten, dass eine Frau dahintersteckt. Vielleicht hat er die bei der Partnerbörse im Internet kennengelernt.«

»Dann müssen wir versuchen, deren Identität aufzudecken.«

»Daran arbeitet das LKA.«

»Das kann ewig dauern«, sagte Große Jäger enttäuscht.

Es hielt ihn nicht am Schreibtisch. Obwohl es nur etwa fünfhundert Meter bis zur Norderstraße waren, nutzte er das Auto und verwünschte alle Husumer, die Gäste der Stadt und – sicherheitshalber – die Bewohner der nördlichen Halbkugel, da ihm niemand einen Parkplatz vor der Zweigstelle der Uthlande-Sparkasse frei gehalten hatte. Er bugsierte seinen Smart »hochkant« zwischen zwei andere Fahrzeugen und betrat die Räume der Sparkasse. Hinterm Tresen stand eine rotblonde Frau und sah ihm entgegen.

»Moin. Polizei Husum. Ist Frau Huss im Hause?«

»Moment«, bat die Angestellte und öffnete eine Tür mit Milchglas, ohne ihn dabei aus den Augen zu lassen. »Inken. Kommst du bitte mal?«

Die Zweigstellenleiterin, die der Angestellten folgte, erkannte ihn wieder. »Ach, Sie sind es. Moin.« Zu ihrer Kollegin gewandt, ergänzte sie: »Ist in Ordnung, Verena.«

Große Jäger sah sich um. »Eicke Erichsen ist nicht zur Arbeit erschienen?«

»Sie suchen ihn immer noch? Das ist merkwürdig. Er hat mich heute Morgen zu Hause angerufen. Daniel, mein Freund, hat das Gespräch entgegengenommen. Es war ein Anruf mit unterdrückter Rufnummer. Eicke hat sich gemeldet – sagt Daniel. Die Stimme war belegt. Man konnte ihn kaum verstehen. Eicke sagte, er sei krank und wolle sich entschuldigen.«

»Sonst nichts?«

»Nein. Das war alles.«

»Wann kommt er zurück?«

»Mehr hat er nicht gesagt«, erwiderte Inken Huss ungeduldig. »Das Ganze nimmt merkwürdige Formen an. Muss ich mir Gedanken machen? Was läuft dort? Sollte ich vorsichtshalber mit unserer Zentrale in Wyk sprechen?«

»Ich kann Ihnen versichern, dass es keinen Verdacht gegen Herrn Erichsen gibt«, sagte Große Jäger. »Ich kann Ihnen leider keine Auskunft erteilen, aber Herr Erichsen hat sich nichts zuschulden kommen lassen.« Ganz im Gegenteil, fügte er im Geiste hinzu. »Falls er sich wieder bei Ihnen meldet, informieren Sie mich bitte umgehend. Oder richten Sie Ihrem Kollegen aus, er soll uns anrufen.«

Unter den Blicken der beiden Sparkassenfrauen verließ er das Institut und kehrte zur Poggenburgstraße zurück.

Cornilsen saß mit vor Eifer gerötetem Gesicht am Rechner. »Es könnte etwas werden«, murmelte er und zuckte kurz zusammen, als er sich auf die Zunge biss.

»Lass mich nicht dumm bleiben«, bat Große Jäger. Aber Cornilsen schwieg.

»Mats hat einen Faden aufgenommen, den er verfolgt«, erklärte Lena, die still danebensaß.

»In welcher Hinsicht?« Große Jäger hasste es, wenn er warten musste. Ungeduld war eine seiner schlechten Eigenschaften.

»Er ist Blümchen auf der Spur.«

»Blümchen – die kurze Nachricht auf Threema?«

»Genau die. Ich habe auch den Überblick verloren. Mats hat mit Dr. Lüders vom LKA gesprochen.«

»Der ist beim Polizeilichen Staatsschutz. Die haben mit unserem Fall nichts zu tun.«

»Das ist richtig. Trotzdem hat Dr. Lüders auf dem kurzen Dienstweg geholfen. Das LKA hat sich bei der Suche nach der Identität Blümchens eingeschaltet. Es ging um einen Kontakt zum Schweizer Anbieter des Threema-Messaging-Dienstes. Die haben sich unter Hinweis auf den Datenschutz geweigert, Blümchens Klarnamen preiszugeben. Wir hatten aber die Idee, auf der ›Internetten Partnerbörse‹ nach Blümchen zu suchen.«

»Und?«

»Treffer. Die Frau hat dort annonciert. Wir haben ihre Kurzbeschreibung, ihre Selbsteinschätzung und ihren Steckbrief. Und ein Bild.«

»Und der Klarname?«

Lena zeigte auf Cornilsen. »Daran arbeitet er noch.«

»Wie beschreibt sich Blümchen?«

Lena lachte leise. »Weiblich, anschmiegsam, tierlieb, blond, vielseitig interessiert. Sie mag anscheinend alles. Von der Rockmusik bis zum Konzert, von der Literatur bis zum romantischen Mondscheinspaziergang. Das ist Marketing à la Internet. Offen für alles und jeden.«

»Und auf einen solchen Text fällt der solide Sparkassenangestellte Erichsen herein?«

»Wer weiß, wie der sich als Supermann in der Partnerbörse verkauft hat.«

»Nach allem, was wir wissen, ist er eher der Typ gutbürgerlicher Buchhalter.«

»Das wird er aber kaum in seinem Profil geschrieben haben«, sagte Lena lachend.

Sie schwiegen eine Weile und ließen Cornilsen Ruhe für seine Suche.

»Da.« Der Kommissar hüpfte vor Begeisterung in die Höhe. »Blümchen heißt Martina.«

»Wie viele Martinas mag es zwischen Mailand und dem Nordkap geben?«, lästerte Große Jäger.

»Nicht allzu viele, die mit Zunamen Brüggenhenrich heißen.«

»Bist du dir sicher?«

»Absolute Sicherheit gibt es nicht. Immerhin ist es ein Anfang.«

Große Jäger hob beide Hände in die Höhe. »Ich nehme an, du hast einen Suchweg eingeschlagen, der allen Datenschützern der Republik graue Haare verschaffen würde.«

»Na ja. Das LKA hat mich ein wenig unterstützt. Lassen wir die Einzelheiten. Es hat auch nur geklappt, weil es hier um ein Menschenleben geht.«

Große Jäger widersprach ihm nicht.

»Martina Brüggenhenrich. Und weiter?«

»Da müssen wir einen anderen Weg nehmen, um das herauszufinden.«

»Wie gut, dass es das deutsche Meldewesen und die preußische Gründlichkeit gibt«, stellte Große Jäger fest.

Der Rest war Routine. Fünf Minuten später wussten sie, dass die Frau am Klingenberg in Quickborn wohnte. Martina Brüggenhenrich war zweiundvierzig Jahre alt, geschieden, bisher nicht straffällig geworden. Sie war ein unbeschriebenes Blatt.

Einen Festnetzanschluss hatte die Frau nicht. Auf ihrem Handy meldete sich gleich die Mobilbox.

»Führt uns das weiter?«, fragte Lena skeptisch.

»Partnerbörse – einsam – übers Wochenende verschwinden, ohne jemandem etwas davon zu erzählen ... Welche Schlussfolgerungen könnte man daraus ziehen?«

»Ein junges Glück«, riet Lena. »Und da die traute Zweisamkeit so schön ist, versucht man, die Trennung hinauszuzögern. Da stört der Arbeitsbeginn am Montagmorgen. Also meldet man sich krank.«

»Passt alles«, sagte Große Jäger.

»Das hat uns aber nicht zu interessieren«, blieb Lena hartnäckig.

Cornilsen übernahm es, zu antworten. »Vergiss bitte nicht, dass Erichsen als nächstes Opfer auf der Liste steht. Wenn er Glück hat, sucht ihn der Dämon vergeblich. Wir wissen nicht, wie der Täter gestrickt ist. Gibt er auf und wählt das nächste Opfer? Oder ist er Perfektionist und arbeitet strikt seine Liste ab? Die Frage müsstest du beantworten, Lena.«

»Unter der Voraussetzung, dass wir es mit einer Person mit einer narzisstischen Persönlichkeitsstörung zu tun haben, könnten wir vermuten, dass er sich unter Beweis stellen möchte. Würde er zum nächsten potenziellen Opfer übergehen, wäre das ein Versagen. Er würde etwas von dem Nimbus der Unfehlbarkeit verlieren.«

»Deshalb müssen wir Erichsen warnen.«

»Quickborn hat eine Polizeistation. Wir könnten um Amtshilfe bitten, damit die Kollegen dort vorbeifahren.«

»Nein«, entschied Große Jäger. »Das übernehmen wir selbst.«

»Ich komme mit«, beschloss Lena selbstbewusst.

Es störte sie auch nicht, dass sie sich in den Fond des Opel Astra quälen musste. Cornilsen hatte das Lenkrad übernommen. Aufgrund seiner Körpergröße blieb hinter dem Fahrersitz wenig Platz. Auch Große Jäger ließ wenig Raum hinter sich übrig. Immerhin schlief er nicht an Husums Stadtgrenze ein.

Sie machten einen Umweg und suchten Erichsens Wohnung auf. Große Jäger ging allein ins Haus, um das Notebook zurückzubringen.

Lena führte kein Protokoll, wie viele Rindviecher, Hornochsen, Chaoten, Penner und Schlimmeres ihnen unterwegs begegneten. Große Jäger musste Biologie studiert haben. Und anderes.

Sie kamen gut voran und verließen in Pinneberg-Nord die Autobahn. Cornilsen fuhr verhalten Richtung Quickborn. Er hatte unliebsame Erinnerungen an die »Rotlichtbestrahlung« in diesem Straßenabschnitt. Das Navi leitete sie noch vor dem Erreichen des Ortszentrums auf Höhe der Feuerwache links ab. Beim Seniorenheim folgten sie der Straße halb rechts, an gepflegten Einfamilienhäusern vorbei bis zu einem rot geklinkerten Mehrfamilienhaus.

Auf dem Parkplatz stand der dunkelblaue Seat Ibiza mit dem nordfriesischen Kennzeichen.

»Treffer«, konstatierte Große Jäger knapp.

Sie stiegen aus und bauten sich vor dem Hauseingang auf. Ihr Klingeln blieb unbeachtet. Cornilsen trat ein paar Schritte zurück und blickte auf das Haus.

»Da ist jemand«, stellte er fest. »Die Gardine bewegt sich.«

»Wenn es ein Liebesnest ist, wollen die beiden nicht gestört werden«, meinte Lena.

»Ich bin pietätlos«, stellte Große Jäger fest und legte seinen

Zeigefinger auf den Klingelknopf. Nach unendlich lang erscheinender Zeit knackte es in der Gegensprechanlage. Unterbrochen durch ein Räuspern meldete sich eine männliche Stimme.

»Ja?«

»Herr Erichsen. Polizei Husum. Würden Sie bitte öffnen?«

»Polizei?«

Die Frage war eher rhetorisch. Große Jäger kannte den erstaunten Unterton, wenn die Polizei unerwartet vor der Tür stand.

»Ja. Wir kommen direkt aus Ihrer Heimat. Es ist wichtig. Würden Sie bitte öffnen?«

Der Türsummer ertönte, und im Erdgeschoss erwartete sie ein Mann mit einem leichten Hang zum Übergewicht. Die mittelblonden Haare waren schon relativ licht. Eine fleischige Nase und Pausbäckchen verliehen Erichsen das Aussehen eines ... eines ... Große Jäger unterdrückte ein Lächeln. Das Aussehen eines biederen Bankbeamten. So hatten seine Großeltern die Beschäftigten der Geldinstitute genannt, als die Banken noch ein Hort der Seriosität und nicht in für den Normalbürger undurchsichtige Geschäfte verwickelt waren.

Erichsen trug ein akkurat gebügeltes Sporthemd und eine graue Stoffhose. Der Mann war bürgerlich bis zum Exzess. Nicht einmal eine Jeans zieht er an, dachte Große Jäger.

»Wir haben dringend mit Ihnen zu reden«, sagte er.

»Darf ich Ihren Dienstausweis sehen?«, bat Erichsen, nahm das Dokument in die Hand und studierte es sorgfältig.

Bei diesem Blick würde ich bei ihm keinen Überziehungskredit bekommen, überlegte Große Jäger.

Erichsen ließ die drei Husumer in die Wohnung, blieb jedoch im Wohnungsflur stehen.

»Sie haben sich bei Frau Huss krankgemeldet?«

Der Mann hüstelte verlegen. »Deshalb kommt die Polizei?« Es sollte wie ein Scherz klingen.

»Weshalb haben Sie sich über das Wochenende hinaus hier versteckt?«

»Versteckt? Ich verstehe nicht ...«

»Herr Erichsen. Griepenkerl und Inken Huss schildern Sie als zuverlässigen Mitarbeiter. So einer bleibt nicht einfach der Arbeit fern.«

»Ich ... ich ... wie haben Sie mich überhaupt gefunden? Niemand weiß von ... von ...«

»Martina Brüggenhenrich? Wo ist die Dame?« Große Jäger sah an Erichsen vorbei den Flur entlang.

»Sie arbeitet.«

Die Antwort bestärkte Große Jäger in seiner Vermutung. Erichsen hatte nicht das Wohlfühlwochenende ausdehnen wollen.

»Sie lesen Zeitung? Hören Radio? Sehen fern?«

»Ja. Alles.«

»Dann haben Sie auch die Berichte über das, was die Menschen in Husum und Umgebung derzeit aufwühlt, mitbekommen.«

»Natürlich«, antwortete Erichsen.

»Und die Geheimnisse um die Bilder, die an Kirchentüren platziert wurden?«

Der Mann nickte stumm. Er schlug die Augen nieder und wich dem Blick des Hauptkommissars aus.

»Wussten Sie, welches das neueste Bild des Täters war?«

»Das ist im Netz allgegenwärtig.«

»Sie haben sich erkannt.«

»Ja«, wisperte der Mann.

»Weshalb sind Sie nicht zur Polizei gekommen?«

Erichsen schluckte. »Die Zeitungen waren voll von den Berichten über die bisherigen Opfer. Sie haben niemandem helfen können. Alle sind tot. Deshalb habe ich es vorgezogen, mich zu verstecken.«

»Wir hätten Möglichkeiten gefunden, Sie zu schützen.«

»Das glaube ich nicht. Gibt es schon Hinweise auf den Täter?«

»Über Interna können wir nicht sprechen.«

Erichsen nickte bedächtig. »Verstehe.« Plötzlich schien ihm etwas einzufallen. »Wie haben Sie mich hier gefunden?«, wiederholte er seine Frage, die unbeantwortet geblieben war.

Große Jäger hatte gehofft, der Mann sei abgelenkt worden und habe die Frage vergessen.

»Polizeiarbeit«, antwortete er ausweichend.

»Niemand weiß von Martina. Es gibt gute Gründe, in einer Kleinstadt wie Husum Privates unter dem Teppich zu halten. Durch meine Tätigkeit bei der Sparkasse kennen mich viele Leute.«

»Es ist doch nichts Verwerfliches daran, eine Beziehung zu einem anderen Menschen zu unterhalten.«

»Die Leute zerreißen sich gern das Maul. Ich mag das nicht. Der Job in der Zweigstelle am Tresen … Das ist das eine. Alles andere ist Privatsache.«

»Immerhin stehen Sie manchmal als Schachspieler im Licht der Öffentlichkeit.«

»Das wissen Sie? Schach ist eine Randsportart, die kaum wahrgenommen wird.« Er zögerte. »Sie haben viele Informationen über mich zusammengetragen.«

»Wir haben Sie fieberhaft gesucht. Deshalb haben wir auch mit Griepenkerl und Frau Huss gesprochen. Keine Sorge«, versicherte Große Jäger, »wir haben stets betont, dass wir Sie nur als Zeugen suchen und Sie nicht verdächtigt werden.«

Erichsen nagte an der Unterlippe. »Das ist mir aber unangenehm. In meinem Beruf ist ein untadeliger Ruf von Bedeutung.«

»Den haben wir gewahrt.«

»Müssen Sie etwas von Martina … ich meine, von Frau Brüggenhenrich erzählen?«

Große Jäger schüttelte den Kopf. »Das ist Ihre Privatsache. Ebenso Ihre angebliche Krankmeldung. Es ist nur unsere Aufgabe, Sie zu warnen. Wollen Sie sich nicht unserem Schutz anvertrauen?«

»Wie soll das geschehen?«

Darauf hatte Große Jäger auch keine schlüssige Antwort.

»Fühlen Sie sich hier sicher?«

Erichsen wirkte unschlüssig. »Ich weiß es nicht. Wie soll ich das beurteilen?«

»Gut. Bleiben Sie im Haus. Meiden Sie Örtlichkeiten, die menschenleer sind. Das gilt räumlich wie zeitlich. Eine sonst belebte Fußgängerzone ist um Mitternacht kein guter Platz. Melden Sie jede Auffälligkeit sofort der Polizei. Wir werden auch noch mit den Kollegen der hiesigen Polizeistation sprechen. Ich glaube nicht, dass der mutmaßliche Täter Ihren Aufenthaltsort ausfindig machen kann. Trotzdem sollten Sie auf der Hut sein. Das gilt auch für Alltagssituationen wie Pizzalieferant, Stromableser, Paketbote. Trauen Sie niemandem.«

Ein gequältes Lächeln erschien auf Erichsens Antlitz. »Sie haben mich doch auch aus der Reserve gelockt.«

»Das war auch gut so. Fortan halten Sie sich zurück. In jeder Hinsicht.«

Ein leichtes Beben durchfuhr Erichsen. »Wann ist der Spuk vorbei? Wann kann ich wieder in mein eigenes Leben zurück?«

»Sie hören von uns«, wich Große Jäger aus.

Was hätte er Erichsen antworten sollen? Zum ersten Mal in diesem Fall spürte der Hauptkommissar ein wenig Erleichterung. Immerhin war es ihnen gelungen, ein potenzielles Opfer des Dämons zu warnen. Hoffentlich.

»Danke«, sagte Erichsen leise, als die Beamten Richtung Husum aufbrachen.

Die ersten Kilometer der Rückfahrt verliefen schweigend, bis Cornilsen sagte: »Wenn alle Gefährdeten so wachsam wären wie Erichsen, hätte der Dämon es schwerer.«

»Oder er würde seine Vorgehensweise ändern«, erwiderte Große Jäger. »Aber daran glaube ich nicht. Es gehört zu seinem Spiel, uns vorzuwarnen. Er demonstriert, dass er uns überlegen ist. ›Seht, ich gebe euch einen Tipp, und ihr versteht ihn nicht. Durch eure Schuld muss wieder ein Mensch sterben.‹«

Lena hüstelte auf der Rückbank. »Schuld oder Dummheit?«

»Du musst nicht in die gleiche Kerbe schlagen wie der Dämon«, beschwerte sich Große Jäger.

»So meine ich das nicht. Wenn der Täter, ich mag ihn nicht Dämon nennen, wirklich von seiner Überheblichkeit gesteuert wird, von dem Glauben, besser zu sein als alle anderen, namentlich die Polizei, dann will er uns nicht die Schuld in die Schuhe schieben. Er will in aller Öffentlichkeit beweisen, dass er klüger ist.«

Große Jäger grunzte: »Wenn du es so siehst ...«

»Macht es einen Unterschied, ob wir Schuld haben oder dumm sind?«, überlegte Cornilsen laut.

»Ja«, sagte Lena. »Schuld wird in der Ethik in verschiedenen Kontexten verwendet, zum Beispiel als moralische Bewertungskategorie.«

»Das klingt mir zu theoretisch«, sagte Große Jäger. »Ob der Dämon so weit denkt?«

»Wenn er kein Psychologe ist, kaum. Deshalb meine ich ja, dass er der Polizei nicht die Schuld zuweisen will, sondern den Beweis antreten möchte, besser zu sein als der Polizeiapparat. Das macht einen großen Unterschied aus. Die Frage ist: *Glaubt* er nur, besser zu sein, oder *ist* er es?«

»Hör doch auf«, widersprach Große Jäger. »In der Geschichte hat es immer wieder Leute gegeben, die sich als Verbrechergenie empfunden haben. Für mich ist kein Mörder ein Genie, sondern ein niederträchtiger Verbrecher.«

»Die Sache mit der Niedertracht ... Ich gehe immer noch davon aus, dass der Täter krank ist.«

Große Jäger lachte bitter auf. »Ein genialer Idiot?«

»Krank sein bedeutet nicht, dass jemand ein Idiot ist. Ich würde mich dagegen verwahren, jemanden als Idioten zu bezeichnen.«

Der Hauptkommissar tippte sich an die Stirn. »Das ist es, was ich an den Psychologen nicht verstehe. Die suchen immer nach einer Erklärung, weshalb jemand zum Mörder wurde. Lauter Gutmenschen. Das liegt immer an der schlechten Kindheit. Der brutalste Killer, der Pädophile und andere erhalten irgendwann vom Gefängnispsychologen eine gute Sozialprognose und werden wieder auf die Menschheit losgelassen. Nein, Lena. Wir suchen den Dämon mit den Mitteln der Polizei.«

»Das sollt ihr auch. Deshalb könnt ihr euch aber trotzdem die Mutmaßungen zum Täterprofil anhören.«

»Ach«, stöhnte Große Jäger gespielt theatralisch auf und knuffte Cornilsen in die Seite. »Das waren noch Zeiten, als die Frauen sich noch um Kinder – Küche – Kirche kümmerten.«

»Stimmt«, bestätigte Lena. »Die Kerle zogen mit der Keule los, später mit der Streitaxt, und schlugen sich gegenseitig die Schädel ein, bis sie feststellten, dass man in die Auseinandersetzung auch Frauen und Kinder einbeziehen kann. Da war es mit der Männlichkeit vorbei.«

»Soll das eine Genderdiskussion werden?«, fragte Cornilsen.

»Nein«, antwortete Große Jäger. »Haben wir nur Glück gehabt, dass der Dämon die auserkorenen Opfer mit den Anfangsbuchstaben ›D‹ und ›E‹ nicht getötet hat? Bisher nicht?« Er gab sich selbst die Antwort. »Erichsen hat sich rechtzeitig versteckt. Es klingt makaber, aber er profitiert davon, dass die Öffentlichkeit durch die vorhergehenden Morde wachsam geworden ist. Solveig Dethlefsen hat dieser Umstand noch nicht genutzt. Für mich ist es immer noch ein Rätsel, weshalb der Dämon sie wieder laufen ließ. Ist sie nur deshalb verschont geblieben, weil sie gar nicht zu Hause war und der Dämon sie nicht greifen konnte?«

»Ihr Ehemann glaubt zumindest, dass sie bei ihrem Lover war. Dafür hat sie Prügel einstecken müssen.« Cornilsen räkelte sich hinterm Steuer.

Große Jäger drehte sich um und sah über die Schulter nach hinten. »Lena, du solltest noch einmal mit Solveig Dethlefsen sprechen. Von Frau zu Frau.«

Als aus dem Fond keine Antwort kam, sagte Cornilsen: »Sie tut das machen.«

Große Jäger drehte die Hand im Gelenk. »Na, na. Ihr seid

ja schon ein vertrautes Paar, wenn einer das Antworten für den anderen übernimmt.«

»Du und deine Phantasie … ein Fall für den Psychologen«, kommentierte Lena.

»Gott bewahre mich davor.«

»Der erste Versuch, mit Frau Dethlefsen ins Gespräch zu kommen, ist fehlgeschlagen. Ihr Mann hat mich bedroht, auch körperliche Gewalt zog er in Betracht. Was wollen wir machen, wenn er wieder so reagiert?«

»Ich gehe davon aus, dass er nicht zu Hause ist«, erklärte Große Jäger. »Außerdem war er, als ihm diese Äußerungen entfuhren, aufgebracht. Auf mich macht er nicht den Eindruck, gewalttätig zu sein.«

Als Lena sich auf den Weg zu Solveig Dethlefsen machte, hatte Große Jäger ihr noch hinterhergerufen, ob sie sich wirklich ohne Begleitung von Hosenmatz ins feindliche nordfriesische Leben traue.

Sie hatte ihm mit einem Lächeln im Gesicht den Mittelfinger gezeigt.

Lena hatte die Abzweigung Richtung Simonsberg gefunden, dann aber die Zufahrt zum Wohngebiet übersehen. Sie umrundete den Kreisverkehr, fuhr ein Stück zurück und suchte das Haus des Ehepaares.

Hier war alles friedlich, bürgerlich. Es kam ihr wie eine eigene kleine Welt vor. So etwas war ihr aus Kiel nicht geläufig. Und in ihrem Heimatdorf herrschte auch eine andere Atmosphäre. Dort kannte man sich, besonders wenn man dort aufgewachsen war, hatte Kontakt zu den anderen Teilen des Ortes und zu den Nachbardörfern. Hier wirkte alles isoliert. Man saß mit seinem Leben auf einem Präsentierteller. Wer versuchte, sich dem zu entziehen, galt vermutlich als Sonderling. Man musste schon hartgesotten sein, um das durchzustehen. Andererseits bot die überschaubare Siedlung ein eigenes soziales Mikroklima. Man achtete aufeinander, half sich und ließ niemanden allein.

Solveig Dethlefsen schien gegenwärtig nicht an nachbarschaftlicher Kommunikation interessiert zu sein. Die Vorhänge waren zugezogen. Das Haus wirkte verlassen.

Lena klopfte gegen die Haustür und versuchte es an mehreren Fensterscheiben. Sie überlegte, wie sie ihr Scheitern den beiden Männern erklären sollte, als sie eine Bewegung hinter der Gardine wahrnahm.

»Frau Dethlefsen«, rief sie halblaut. »Lassen Sie uns noch einmal miteinander reden. Nur mal so. Ich verstehe Ihre Situation. Gerade deshalb ist es wichtig, dass Sie einen Ansprechpartner finden. Eine Ansprechpartnerin«, setzte sie hinzu.

In Zeitlupe wurde die Gardine einen Spalt geöffnet, und die Frau lugte hindurch. Lena faltete die Hände. »Bitte«, sagte sie mit spitzen Lippen.

Die Gardine fiel wieder zurück. Wenig später öffnete Solveig Dethlefsen die Haustür. Angstvoll sah sie nach links und rechts, um sich zu vergewissern, dass keiner der Nachbarn sie beobachtete.

Lena sah sich in ihrer Einschätzung der Atmosphäre in dieser Siedlung bestätigt.

Solveig Dethlefsen sah erbärmlich aus. Sie hatte auf die Körperpflege verzichtet. Die Haare hingen ihr strähnig herab, das Gesicht wies blaue Flecken auf, die Augen waren rot verquollen. Die Kleidung hatte sie übergeworfen, ohne sie zu ordnen. Lena hätte sich nicht gewundert, wenn sie Alkohol gerochen hätte. Doch Solveig Dethlefsen war nüchtern. Die Frau ging stumm in die Küche voraus und setzte sich auf einen schlichten Stuhl an einem kleinen Tisch, der Platz für zwei bot. Eine halb volle Tasse Kaffee stand dort. Auf einem Frühstücksbrettchen lagen zwei Zwiebacke. Unangerührt.

Lena berührte leicht die Schulter der Frau, bevor sie auf dem zweiten Stuhl Platz nahm.

»Es ist unfassbar, was derzeit in Husum vor sich geht«, begann sie vorsichtig. »Über die betroffenen Familien ist viel Leid gekommen. Wer soll da die richtigen tröstenden Worte finden?

Jeder Mensch reagiert anders. Es ist schlimm, wenn im eigenen Umfeld ein Toter zu beklagen ist. Wenn man aber unvermittelt von einem Gewaltakt betroffen ist, reicht das eigene Verständnis nicht aus. Da tut es gut, wenn man sich jemandem anvertrauen kann. Der Weiße Ring ist eine solche Institution, die professionell Opfern und deren Angehörigen hilft. Sie sollten sich vertrauensvoll an ihn wenden. Soll ich einen Gesprächstermin für Sie arrangieren?«

Solveig Dethlefsen sah Lena an, ohne sie wahrzunehmen. Es schien, als würde der Blick durch sie hindurchgehen.

Lena ließ ihr Zeit.

»Haben Sie sich Ihrem Mann anvertraut?«, fragte sie nach längerem Schweigen.

Die Frau schüttelte unmerklich den Kopf.

»Es geht hier nicht um individuelle Moralvorstellungen oder Fragen, die nur Sie als Ehepaar betreffen. Von Ihrer Mithilfe hängt unter Umständen ein Menschenleben ab. Oder gar mehrere.«

»Ich verstehe nicht«, stammelte Solveig Dethlefsen.

»Sie haben von dem gehört«, sagte Lena, ohne den Begriff »Mörder« oder »Täter« zu verwenden, »der in den Medien verdächtigt wird, in Husum und Umgebung mehrere Morde begangen zu haben.«

Die Frau nickte schwach. »Davon reden alle.«

»Die Zeitungen vermuten, dass der Täter ein bestimmtes Muster verfolgt.« Lena schob die Medien in den Vordergrund. Sie wollte die Polizei möglichst heraushalten und es neutral klingen lassen. Würde sie Solveig Dethlefsen gezielt darauf hinweisen, dass ihr Name auch auf der »Todesliste« stand, könnte das bei der Frau einen Schock auslösen. Es schien so, dass Solveig Dethlefsen sich im Unterschied zu Eicke Erichsen nicht der Gefahr bewusst war, in der sie geschwebt hatte. Oder noch immer schwebte?

»Wenn jemand ohne Vorankündigung verschwindet und dann wiederauftaucht, klingt es zunächst einmal rätselhaft. Liegt eine Entführung vor, handelt es sich um ein Offizialdelikt. Das sind Straftaten, die von der Polizei von Amts wegen verfolgt werden.« Lena sprach von der »Polizei« und nicht der Staatsanwaltschaft, um es der Frau, die anderen Gedanken nachhing, nicht zu kompliziert darzustellen. »Wenn Ihr Nachbar Sie beleidigt und zu Ihnen ›blöde Kuh‹ sagt, wird das nur verfolgt, wenn Sie eine Anzeige erstatten. Bei einer Entführung setzen die Ermittlungen automatisch ein.«

»Und wenn ich das nicht will?« Lena vernahm eine Spur Trotz in der Stimme ihres Gegenübers.

»Die Polizei muss den Fall verfolgen. Das sieht das Gesetz vor.«

»Aber doch nicht gegen meinen Willen.«

Lena legte Solveig Dethlefsen vertraulich die Hand auf den Unterarm.

»Es könnte sein, dass der Entführer sein Opfer bedroht und eingeschüchtert hat und deshalb nicht will, dass die Polizei ermittelt. Der Täter käme dann ungeschoren davon. Finden Sie das gerecht?«

»Nein, natürlich nicht«, wisperte die Frau. »Aber bei mir … das war etwas anderes.«

»Ich weiß«, behauptete Lena. »Es fällt Ihnen schwer, darüber zu sprechen. Sie sind nicht entführt worden.«

Solveig Dethlefsen nickte kaum merklich, dann schüttelte sie sachte den Kopf.

»Sie können Ihr Geheimnis nicht teilen.«

Jetzt war das Nicken eindeutiger.

»Da Sie wussten, dass Ihr Mann in Gelting auf Montage war, haben Sie die Gelegenheit genutzt.«

»Ich … ich … Das habe ich noch nie gemacht.«

»Das war doch kein One-Night-Stand«, behauptete Lena.

»Also … Ich habe den Mann schon öfter getroffen. Wissen Sie, Hinnerk ist kein schlechter Mensch. Er ist ungemein fleißig. Darunter leidet aber unsere Ehe. Was nützt mir ein Mann, der nie da ist, keine Zeit für mich hat? Wir unternehmen nichts mehr. Wenn er müde von der Arbeit nach Hause kommt, ist er kaum ansprechbar. Ich verstehe, dass er sich aufreibt. Er macht das auch für mich. Aber er hat nicht einmal am Wochenende Zeit für uns. Dann stürzt er sich in die Papierarbeit. Buchhaltung. Rechnungen, Angebote bearbeiten. Ich helfe im Büro mit und versuche, ihm einiges abzunehmen. Aber Hinnerk ist Pedant. Er muss grundsätzlich alles nacharbeiten. Da bleibt keine Zeit mehr zum Leben. Schon gar nicht für ein gemeinsames.«

»Alles, was Sie mir erzählen, ich meine das Persönliche, bleibt unter uns«, versicherte Lena. »Ich komme zwar von der Polizei, bin aber Psychologin.«

»Ja – aber, Sie sagten doch, dass Sie wissen müssen, ob ich entführt wurde.«

»Uns interessiert nur, dass Sie *nicht* entführt wurden und wir keinen Täter suchen müssen. Ihren, ähm … Partner haben wir nicht auf der Rechnung. Weder er noch Sie haben sich einer strafbaren Handlung schuldig gemacht.«

Solveig Dethlefsen atmete erleichtert aus. »Ich habe ein schlechtes Gewissen gegenüber Hinnerk. Aber wir leben nur einmal. Und ich nehme ihm doch nichts weg. Da ist doch nichts.« Sie fuhr sich mit der Hand durchs Gesicht. »Schon lange nicht mehr. Richard – das ist doch nur, um einmal abzuschalten. Um …«

»Sie müssen keine Erklärung abgeben.«

»Es hat sich einfach so ergeben, ungeplant und ungewollt.«

»Alles ist gut.«

»Unser Mitarbeiter Charalampos …«

»Sie meinen Koulouris.«

»Ja. Der muss etwas ahnen, obwohl Richard und ich immer sehr vorsichtig waren. Chara schleicht schon lange um mich herum. Ich fürchte, er will etwas von mir und glaubt, ich bin eine leichte Beute für ihn.«

»Hat er eine entsprechende Andeutung gemacht?«

»Bisher noch nicht.«

»Falls das kommen sollte, sprechen Sie mich an. Ich werde ihn mir vorknöpfen«, versprach Lena.

»Und es wird nichts an die große Glocke gehängt?«

»Nein, und ich verstehe jetzt, dass Sie eine ärztliche Untersuchung nach Ihrer Rückkehr abgelehnt haben.«

»Ja – da hätte man doch festgestellt, dass ich ...«

»Es ist gut, Frau Dethlefsen. Sie müssen sich nicht rechtfertigen. Versuchen Sie, mit Ihrem Mann zu sprechen. Ich wünsche Ihnen viel Glück und alles Gute.«

Lena stand auf und drückte der Frau fest die Hand, bevor sie zur Poggenburgstraße zurückkehrte.

Dort wurde sie sehnsüchtig erwartet. Lena berichtete von ihrem Besuch bei Solveig Dethlefsen.

Große Jäger grinste. »Lassen wir alle moralischen Bewertungen außen vor. Wer hätte gedacht, dass Fremdgehen Leben retten kann?«

»Manchmal schafft es auch neues Leben«, flocht Cornilsen ein. »Ausgehend von einer Besenkammer. Boris Becker. Franz Beckenbauer. Und der Bayernhorst.«

»Ich freue mich, dass Solveig Dethlefsen davongekommen ist«, sagte Große Jäger entspannt. »Die Frage ist allerdings, ob der Dämon bei seinem Hang, perfekt zu sein, sich damit zufriedengibt oder ob er einen neuen Versuch startet. Man könnte es doch so sehen, dass er in diesem Fall versagt hat. Lena?« Er sah die Psychologin an.

»Ich bin kein Hellseher. Hier eine Prognose abzugeben ist schwierig. Wie denkt der Täter?«

»Du erzählst uns die ganze Zeit, dass er eine narzisstische Persönlichkeitsstörung hat.«

»Davon können wir mit ziemlicher Sicherheit ausgehen. Es bleibt – wie immer – ein Restzweifel. Aber nicht jedes Krankheitsbild zeigt sich uniform. Bei einer Erkältung niest der Erste dreimal, der Zweite hat Fieber, und Männer erleiden im Allgemeinen einen lebensgefährlichen Schnupfen.«

»Hö, hö«, dröhnte Große Jäger.

»Ich wollte damit nur sagen, dass Krankheitsverläufe unterschiedliche Ausprägungen haben können. Fühlt sich der Täter unwohl, weil er seiner Linie, allen anderen überlegen zu sein, nicht folgen konnte, weil es einen Knick in seiner Erfolgsspur gibt? Erfolgsspur ist seine Interpretation. Oder ist er so schlau, dass er den Umstand, dass ihm Solveig Dethlefsen und Eicke Erichsen entwischt sind, akzeptiert und nicht als eigenes Versagen ansieht?«

»Von dieser Einschätzung hängt unter Umständen Leben ab«, sagte Große Jäger ernst.

»Ich weiß«, erwiderte Lena mit leiser Stimme. »Es belastet mich auch, aber mehr kann ich seriöserweise nicht dazu sagen.«

»Wir sind in der Pflicht, Menschen zu warnen und zu schützen. Ich werde mit dem Chef reden«, entschloss sich Große Jäger.

Cornilsen stand auf.

»Nein«, wehrte der Hauptkommissar ab. »Das regeln wir unter vier Augen.«

Mommsen saß in seinem Büro und telefonierte, als Große Jäger ihn aufsuchte. Er bedeutete ihm, Platz zu nehmen, und schloss das Telefonat ab.

»Wilderich. Was gibt es Neues?«

Große Jäger berichtete und trug die Überlegungen zur Sicherheit der beiden Personen vor, die mit Fotos an Kirchentüren gebrandmarkt waren.

Mommsen hörte zu, ohne Große Jäger zu unterbrechen. Er lehnte sich zurück und schloss die Augen. Man kannte ihn als hervorragenden Analytiker, der nicht nur gut über die Geschehnisse informiert war, sondern aufmerksam zuhörte, daraus seine Schlüsse zog und sie zur Grundlage seiner Entscheidungen machte. Sie mussten nicht über ihre Gedanken und Befürchtungen, Zweifel und Sorgen sprechen. Das funktionierte ohne Worte.

Seit Mommsen als junger Kommissar zu ihnen auf die Dienststelle gekommen war und er und Christoph sich des »Kindes«, wie Große Jäger ihn damals genannt hatte, angenommen hatten, war Harm Mommsen zu einer gestandenen Führungspersönlichkeit gereift. »Persönlichkeit« durfte man wörtlich nehmen. Mommsen wurde von allen anerkannt und respektiert. Selbst Große Jäger, der sich zunächst standhaft geweigert hatte, ihn intern »Chef« zu nennen, weil dieser Begriff für ihn ausschließlich Christoph vorbehalten war, ließ die Vokabel mittlerweile ohne Probleme über seine Lippen gleiten.

Jetzt sah er in das übermüdete Gesicht Mommsens. Zu Christophs Zeiten war Große Jäger froh gewesen, dass es jemanden gab, der in schwierigen Situationen einen klaren Kopf behielt und die Verantwortung übernahm. Inzwischen war er selbst an und mit seinen Aufgaben gewachsen.

Doch heute versteckte er sich gern hinter Mommsen.

»Das muss Flensburg entscheiden«, sagte Mommsen. »Wir können uns aber nicht aus der Verantwortung stehlen und sollten einen Vorschlag unterbreiten.«

Große Jäger bewegte beide Handflächen ein wenig auf und ab, als würde er etwas abwiegen.

»Das ist die Krux. Ich wäre ruhiger, wenn ich Solveig Dethlefsen in Sicherheit wüsste. Es wäre hilfreich, wenn sie sich vorübergehend wie Erichsen an einen sicheren Ort zurückziehen könnte.«

»Habt ihr mit der Frau gesprochen? Hätte sie eine solche Möglichkeit?«

»Nein. Wir wollten keine Ängste schüren.«

»Das ist richtig. Aber ihr habt selbst festgestellt, dass keiner abschätzen kann, ob der Täter nicht versuchen wird, die ursprünglich geplanten Morde noch durchzuführen.«

»Tja.« Große Jäger zog die Stirn kraus. »Wir dürfen aber auch die Zukunft nicht außer Acht lassen. Wenn sie sich zurückziehen würde, hätte das Konsequenzen für ihre Ehe, die ohnehin belastet ist. Ihr Mann könnte es als Flucht vor der

Beziehung ansehen, als erweitertes Schuldeingeständnis. Wir wissen nicht, wie er gestrickt ist. Ist er nachtragend und hält ihr das jahrzehntelang vor?«

»Wie sollen wir das gewichten gegen die Gefahr für Leib und Leben der Frau?«, warf Mommsen ein.

»Du bist lange genug in Husum, um die Eigenheiten der Menschen zu kennen«, fuhr Große Jäger fort. »Die Siedlung, in der die Dethlefsens leben, ist eine kleine in sich abgeschlossene Welt. Den Bewohnern entgeht nichts. Wir wissen nicht, ob sie etwas von Solveig Dethlefsens Abwesenheit mitbekommen haben und über den Grund spekulieren. Käme etwas ans Licht, würde das Ehepaar für lange Zeit ins Gerede kommen.«

»Welche Entscheidung soll man treffen?«, fragte Mommsen. »Es ist schwierig.« Er gab sich einen Ruck. »Ich werde mit Flensburg sprechen. Uns bleibt aber noch eine andere Frage. Wenn Frau Dethlefsen und Herr Erichsen für den Täter außer Reichweite sind … schaffen wir damit Druck, dass er sich das nächste Opfer sucht?«

Große Jäger raufte sich die Haare. »Ich fürchte, Harm, was wir auch machen … es ist verkehrt. Oder besser: unzureichend. Natürlich müssen wir auch an die Fortsetzung dieser unheimlichen Mordserie denken. Es gibt nur eine Möglichkeit, dieses Drama zu beenden. Wir müssen den Dämon stellen.«

»Wenn wir ehrlich sind, Wilderich, übersteigt das unsere Möglichkeiten. Unter Flensburgs Führung arbeitet ein ganzer Stab an der Aufklärung der Verbrechen.«

»Deshalb sind wir aber nicht aus der Verantwortung entlassen«, sagte Große Jäger matt.

Mommsen nickte versonnen.

Es vergingen endlose Stunden des Wartens. Vielleicht würden ihnen gewisse Medien unterstellen, sie seien untätig. Doch das traf nicht zu. Die drei diskutierten vor dem Flipchart, tauschten Theorien und Hypothesen aus, erörterten immer wieder die gleichen Gedanken, versuchten, sich in die Lage des Täters zu versetzen, und Große Jäger akzeptierte sogar Lenas Vorschlag, es mit Rollenspielen zu versuchen. Ihm war jedes Mittel recht, wenn es sie nur weiterführen würde.

Der Durchbruch blieb aus. Zu fortgeschrittener Stunde beschlossen sie, Feierabend zu machen. Große Jäger forderte Cornilsen auf, ihn umgehend zu informieren, falls sich in der Nacht neue Entwicklungen ergeben sollten.

Mit einer enormen inneren Anspannung machte er sich auf den Weg nach Garding. Er wusste, dass es erneut eine unruhige Nacht werden würde. Zu tief saß die Sorge in ihm, dass der Dämon im Schutze der Dunkelheit ein weiteres Opfer auswählen würde, einen Menschen, der irgendwo im Husumer Umland in diesen Stunden noch sorglos den Abend verbrachte. Seine Gedanken kreisten aber auch um jene, in deren Herzen der Dämon Angst und Schrecken getragen hatte.

Niemand durfte sich sicher fühlen. Zumindest nicht, wenn er ins Schema passte. Aber das wusste nur die Polizei. Und der Dämon.

ACHT

War es noch dasselbe Tief oder bereits das nächste? Große Jäger hatte versäumt, die Nachrichten zu verfolgen. Zumindest die Wettervorhersage. Ihn interessierten nur die Meldungen zu den Geschehnissen in Husum und Umgebung. Von nüchternen Fakten bis zur Verbreitung von Spekulationen über Täter und Motiv war das ganze Spektrum vertreten. Wie bei Katastrophen, Attentaten oder anderen außergewöhnlichen Ereignissen traten Dutzende selbst ernannter Experten auf, erklärten den Zuschauern die Situation und hatten im Verbund mit reißerischen Moderatoren auch Lösungen parat. Große Jäger widerte es an. Seriöser Journalismus beschränkte sich auf bekannte Fakten.

Seine Gedanken kehrten kurz zum für ihn namenlosen Tief zurück, das ihn auf der Fahrt nach Husum begleitete. Er war nachts oft aufgeschreckt, hatte nur sporadisch Schlaf gefunden, aber Heidis mehrfach vorgebrachtes Angebot, ihm ein leichtes Schlafmittel zu verabreichen, abgelehnt. Er wollte bei klarem Verstand sein, wenn ihn die Nachricht erreicht hätte, dass es erneut ein Bild an einer Kirchentür gab.

Mommsen und Hundt waren in Flensburg. So fiel es Große Jäger zu, die Morgenbesprechung zu leiten. Er machte es kurz. Es gab keine Neuigkeiten. Die anderen Fälle, die auf der Kriminalpolizeistelle zu bearbeiten waren, mussten zumindest in dieser Runde zurückgestellt werden. Den Beamten der Husumer Polizei wurde in diesen Tagen viel abverlangt. Auch wenn die Suche nach dem Dämon und der Schutz der Bevölkerung vor ihm höchste Priorität hatten, ruhte das Geschäft nicht. Der Alltag forderte weiterhin die Aufmerksamkeit der Polizisten. Zusätzlich.

Gab es ein Aufatmen, dass die Nacht ruhig geblieben war? Gegen halb elf kehrte Mommsen zurück. Hundt war in der Bezirkskriminalinspektion geblieben. Der Kriminalrat berichtete, dass man in Flensburg fieberhaft arbeitete. Man hatte eine nur für diesen Fall zuständige Nachtbereitschaft arrangiert. Ein Analyseteam suchte nach Anhaltspunkten, die ein spezifisches Täterprofil ergeben könnten. In Flensburg unterstützte Professor Meinrad von Seydlitz das dortige Ermittlerteam.

Von Seydlitz galt als renommierter Wissenschaftler und war von der Universität München eingeflogen worden. Er hatte sich mit den Details, aber auch den Vermutungen vertraut gemacht und stimmte der Hypothese zu, dass es sich um einen kranken Täter handeln könnte. Dafür sprach – seiner Meinung nach –, dass der Täter keine Forderungen stellte und auch nicht auf sich als Person aufmerksam machte. Der Professor war nicht davon überzeugt, dass der Täter unter einer narzisstischen Persönlichkeitsstörung litt. Dann hätte er sich mehr gezeigt, hätte Anspruch darauf erhoben, in der Öffentlichkeit zu glänzen, als Leuchtturm – so wörtlich – dazustehen. Von Seydlitz ging davon aus, dass es sich um einen schizophrenen Täter handelte. Die gespaltene Seele würde den Täter veranlassen, Menschenleben auszulöschen.

Er verwies auf die literarische Vorlage von Robert Louis Stevenson, dessen Werk »Der seltsame Fall des Dr. Jekyll und Mr. Hyde«. Dort verwandelt sich der Wissenschaftler Dr. Jekyll in das Monster Mr. Hyde. Dieselbe Person lebt das Gute und das Böse aus. Im Unterschied zu dem fiktionalen Vorbild lebte in diesem Fall der Täter aber das Böse aufgrund einer psychischen Störung aus und wurde nicht durch eine geheimnisvolle Chemikalie getrieben. Die Tätersuche sollte sich nach Professor von Seydlitz auf eine an einer Psychose erkrankte Person konzentrieren. Aber wie könnte man den in Frage kommenden Personenkreis identifizieren? Man konnte nicht an Krankenhäuser und Ärzte herantreten und um eine Namensliste bitten. Die Flensburger Kripo hatte eine Arbeitsgruppe innerhalb der Sonderkommission gebildet, die gezielt im Rahmen der gesetzlich zulässigen Möglichkeiten nach Personen fahnden sollte, auf die diese Kriterien zutreffen könnten.

Mommsen brachte auch ein Ergebnis zu ihrer Frage mit, ob man an die Öffentlichkeit treten und die Menschen warnen sollte. Flensburg hatte sich mit Kiel abgestimmt. Man wollte den Kreis der möglichen gefährdeten Personen nicht warnen. Das würde eine Unruhe in Teilen der Bevölkerung auslösen und den Täter vom Wissensstand der Behörden in Kenntnis setzen.

»Was würde sich an seiner Motivation ändern, wenn er wüsste, dass wir über ihn informiert sind, und er tatsächlich psychisch gestört ist?«, warf Große Jäger ein. »Der bayerische Professor meint doch, es handelt sich um eine gespaltene Seele. Dann bekommt die eine Hälfte nicht mit, was die andere zur Kenntnis nimmt. Müssen wir nicht die Menschen da draußen warnen? Vor Schaden bewahren?« Er lachte bitter auf. »Vor *Schaden* bewahren. Es geht um ihr Leben.«

»Man hat sich in Kiel und Flensburg die Entscheidung nicht leicht gemacht. Es gilt aber auch, die Bevölkerung nicht zu verunsichern. Im ärgsten Fall könnte eine Massenpanik ausbrechen. Wer es sich leisten kann, flieht an einen anderen Ort. Das öffentliche Leben könnte beeinträchtigt werden. Ich möchte nicht in die Hysterie verfallen und sagen, es könnte zusammenbrechen. Nicht jeder kann sich aus der Region zurückziehen. Wer es sich nicht leisten kann, muss bleiben. Daraus könnten interessierte Kreise ableiten, dass die armen Leute sterben müssen. Ich weiß«, Mommsen unterstrich seine Worte mit ausladenden Handbewegungen, »das ist weit hergeholt. Aber bestimmte Presseorgane würden es so formulieren, manche offen, andere subtiler. Man fürchtet, dass es auch politisch ausgeschlachtet werden könnte. Man ist sich einig, dass es sich bei dieser Mordserie aber gerade nicht um ein Politikum handelt, auch nicht um einen Attentäter. Ich weiß, Wilderich, du hast einen guten Draht zum LKA und würdest es gern sehen, wenn dein Freund sich in die Ermittlungen einschalten würde.«

»Ich halte Dr. Lüders für hochkompetent. Er könnte wichtige Impulse geben.«

»Er ist beim Polizeilichen Staatsschutz. Kiel will aber ganz bewusst ein Zeichen setzen. Hier liegt ein schwieriger Fall vor, aber es handelt sich um einen gewöhnlichen Kriminellen, vielleicht auch krankhaft gestörten Täter. Das soll und muss durch die örtlichen Ermittlungsbehörden aufgeklärt werden. Natürlich unterstützt man die. Wir sehen es daran, dass man uns Frau Dietrichsen geschickt hat.«

»Das ist nicht viel«, grummelte Große Jäger und kehrte in sein Büro zurück.

Cornilsen und Lena hörten sich seinen Bericht an. Als er geendet hatte, zeigte er auf Lena, die an ihrer Unterlippe nagte. »Du bist anderer Meinung.«

»Von Seydlitz. Ich bin ihm noch nicht persönlich begegnet, habe aber von ihm gehört. Er ist kein Scharlatan, sondern eine anerkannte Koryphäe. Was gilt meine Meinung gegen seine Expertise? Nach dem, was wir bisher wissen und an Erkenntnissen gesammelt haben, glaube ich nicht an eine Schizophrenie. Für mich liegt eine narzisstische Persönlichkeitsstörung vor.«

»Seydlitz behauptet, dass es dafür an bestimmten Symptomen mangelt, zum Beispiel, weil der Dämon nicht um öffentliche Anerkennung buhlt.«

»Das macht er doch, indem er beispielsweise die Bilder an die Kirchentüren nagelt und damit sagt: ›Seht her. *Ich* bin das.‹«

»Ich will nicht in Abrede stellen, dass du tüchtig bist, Mädchen«, sagte Große Jäger. »Mich Skeptiker hast du überzeugt. Und das heißt etwas. Aber der Bayer hat allein altersbedingt mehr Erfahrung.«

»Das alles trifft zu«, erwiderte Lena. »Aber es gibt Punkte, die passen eher zu meiner Theorie.«

»Du sagst es: Theorie!«

»Mit Fakten setzt sich das Gericht auseinander. Und eure schwierige Aufgabe ist es, aus den verschiedensten Theorien die Fakten herauszufiltern.«

Große Jäger zog den Ärmel seines Holzfällerhemds ein Stück

hoch und sah auf die Uhr. »Ich gebe dir zehn Minuten, deine Ideen zu vertiefen.«

»Narzissmus ist gar nicht so selten, wie man vermuten könnte«, begann Lena. »Es gibt Anzeichen dafür, dass der Anteil der Narzissten in der Bevölkerung zunimmt. Überwiegend handelt es sich aber um subklinischen Narzissmus.«

»Was ist das?«

»Das bedeutet unterschwellig, nicht offensichtlich. Geringere Beachtung findet die pathologische Form der Persönlichkeitsstörung. Sie ist weniger verbreitet und bisher selten empirisch untersucht.«

»Das ist ein schwacher Trost, dass wir es hier mit einer nicht häufig vorkommenden Erscheinung zu tun haben«, flocht Große Jäger ein.

»Neuere Forschungsergebnisse zeigen uns, dass diese Persönlichkeitsstörung noch weitere Facetten aufweist. Während manche von einem grandiosen …«, mit einem Seitenblick auf Große Jäger ergänzte Lena, »… hohen Selbstwert ausgehen, zeigt eine Studie der Charité – Universitätsmedizin Berlin –, dass Betroffene einen niedrigeren Selbstwert als gesunde Kontrollpersonen haben.«

»Das verstehe ich nicht«, sagte Große Jäger zweifelnd. »Da ist doch ein Widerspruch.«

»Richtig«, stimmte Lena zu. »Das macht es ja so schwierig. Es tut mir leid, wenn ich euch ein wenig mit wissenschaftlichen Fakten quälen muss. Das ist für das Verständnis für den offenkundigen Widerspruch notwendig. Eine Psychiaterin, also keine Psychologin«, betonte Lena, »von der Harvard Medical School zeigt auf, dass die Betroffenen nicht nur selbstverliebt und großspurig sind …«

»Wie der Dämon, der das durch die Bilder an den Kirchentüren demonstriert. Seht her – es ist *mein* Werk.«

Lena nickte Große Jäger zu. »Die Menschen sind gleichzeitig auch unsicher, scheu, depressiv und übersensibel. Du hast es schon richtig erkannt. Das passt nicht zueinander. Ronningstam, das ist die Amerikanerin aus Harvard, schreibt dazu, dass diese Facetten der Störung den Betroffenen das Gefühl der Überlegenheit geben.«

»Das vermuten wir beim Dämon ja auch. Weiter, Mädchen«, forderte Große Jäger Lena auf.

»Diese Überlegenheit stabilisiert den Betroffenen psychisch.«

Große Jäger schlug sich mit der flachen Hand gegen die Stirn. »Das heißt, der Typ läuft da draußen herum und niemand merkt es ihm an? Es könnte jeder sein, dem wir auf der Großstraße, am Zingel oder Binnenhafen begegnen?«

»Leider ist das so. Die Forschung geht immer weiter, nicht nur auf diesem Gebiet. Die narzisstische Persönlichkeitsstörung wurde teilweise neu konzeptioniert. Man schreibt einer narzisstischen Person nicht nur grandiose Charakteristika zu, sondern geht auch davon aus, dass sie vulnerabel ist. Das bedeutet, die Betroffenen sind verwund- oder verletzbar.«

»Ist das nicht ein Ansatzpunkt für uns? Wie reagiert der Dämon, wenn wir ihm klarmachen, dass er uns nicht über ist, dass er eine Null, eine Niete, ein Nichts ist?«

Lena zog die Schultern in die Höhe. »Da bin ich überfragt. Die Forschungen hierzu stehen noch ganz am Anfang.«

»Kann es sein, dass von Seydlitz trotz seiner großen Erfahrung den Anschluss verpasst hat?«, wollte Große Jäger wissen.

»Das möchte ich weder bewerten noch kommentieren«, erwiderte Lena bescheiden.

»Gut.« Große Jäger fuhr sich mit Daumen und Zeigefinger über die Mundwinkel, eine Geste, die typisch für einen ehemaligen Ministerpräsidenten des Landes war. »Die große Mannschaft in Flensburg, ein erfahrenes Team, und die Kieler Truppe setzen auf die Expertise des weiß-blauen von Seydlitz und suchen einen vermutlich schizophrenen Täter. Dann werden wir unterbelichteten Husumer nach dem mit der narzisstischen Persönlichkeitsstörung suchen.«

»Die ganze Husumer Mannschaft?«, fragte Cornilsen.

Große Jäger nickte.

»Alle?«

»Ja. Alle drei.«

Cornilsen blies die Wangen auf und entließ die Luft laut prustend.

»Na denn dann. Tun wir das machen.«

Die drei hatten das Dienstgebäude verlassen, um im Restaurant des Textilkaufhauses einen kleinen Imbiss einzunehmen. Große Jäger hatte sich nicht durchsetzen können, als er ein Fast-Food-Restaurant vorschlug. Es kam noch schlimmer. Er musste »den ganzen Weg« von der Poggenburgstraße bis zur Fußgängerzone zu Fuß gehen.

»Das ist die größte Stadt in ganz Nordfriesland«, ächzte er.

»Du hast mein ganzes Bedauern«, tat Cornilsen mitfühlend. »Das sind glatt siebendhundertfünfzig Meter.«

»Und wir müssen in die siebte Ebene bei C.J. Schmidt.«

»Da gibt es einen Fahrstuhl.«

»Und in der Hamburgerbude ein Drive-in«, beklagte sich der Hauptkommissar.

Er überstand das Abenteuer, wie er es nannte, und wies darauf hin, dass nicht nur der Hinweg zu bewältigen sei. »Durch die Konstellation des Mondes zur Erde, den Stand der Tide und die Erdrotation ist der Rückweg um ein Vielfaches länger als der Hinweg«, behauptete Große Jäger und kniff Cornilsen in den Oberarm. »Aber so etwas verstehst du mit deinem Niebüller Abitur doch nicht.«

»Kannst du das noch ausrechnen?«, lästerte Cornilsen. »Ich hatte Mathematik als Leistungsfach und habe mitgezählt. Du hast dein Krabbenrührei mit Bratkartoffeln mit zwei Bier runtergespült.«

»Dafür bekomme ich keinen Diabetes wie du mit deiner Cola.«

»Diabetes versus Cholesterin«, erwiderte Cornilsen.

»Es macht Spaß, euch zu belauschen«, mischte sich Lena ein

und hakte sich leutselig bei den beiden Polizisten ein, nachdem sie sich zwischen sie gezwängt hatte.

Das heitere Zwischenspiel fand ein Ende, als sie zur Dienststelle zurückkehrten. Ein Kollege der Schutzpolizei fing sie im Treppenhaus ab.

»Ihr könnt fröhlich wandern gehen, während hier die Bude brennt.« Auf Nachfrage erzählte er, dass erneut ein Bild an einer Kirchentür aufgetaucht sei. »An der Tür der Kirche in Rödemis.«

»Rödemis?«, fragte Große Jäger erstaunt nach.

Der Uniformierte bestätigte es. »Wir haben die verfügbaren Streifenwagen losgeschickt. Die Meldung ist vor einer Viertelstunde hereingekommen. Ein aufmerksamer Nachbar hat die Polizei verständigt. Er hat darauf hingewiesen, dass sich eine Person auf dem Fahrrad schnell auf dem schmalen Weg an der Kirche vorbei Richtung Moltkestraße entfernt hat.«

»Danke«, sagte Große Jäger zu dem Schutzpolizisten und beeilte sich, gefolgt von Cornilsen und Lena, zum Parkplatz zu gelangen.

Nach wenigen Minuten trafen sie an der Kirche ein, die im Unterschied zu vielen historischen Gotteshäusern in der Region unauffällig und nüchtern wirkte. Die Besatzung eines Streifenwagens erwartete sie.

»Wir waren in der Nähe«, berichtete der ältere der beiden Beamten, ein Hauptkommissar, »und trafen kurz nach der Meldung ein. Der da drüben«, er zeigte auf einen Mann mit grauen Haaren, »hat uns alarmiert. Da, an der Tür, hängt noch das Bild. Wir haben es nicht angefasst.«

»Prima«, lobte Große Jäger. »Wir sollten unsere Husumer Spusi benachrichtigen.«

Seit geraumer Zeit hatte Husum eine eigene Fachkraft für die Spurensicherung in kleineren Fällen. Das hatte sich als vorteilhaft erwiesen und der Dienststelle oft geholfen. In einem

Flächenland wie Schleswig-Holstein war es bei den weiten Wegen häufig nicht möglich, die Flensburger Kollegen um Klaus Jürgensen für jeden Einbruch anzufordern.

Die drei gingen zur Kirchentür und fanden dort ein in einer Plastikhülle verpacktes Foto. Es zeigte einen älteren Mann. Das Muster entsprach der bekannten Vorgehensweise. Fast.

»Wie immer«, sagte Große Jäger. »Aber weshalb bringt der Dämon das Bild am Tag an und weicht von der bisherigen Praxis ab, das bei Dunkelheit zu machen?«

»Das spricht für Lenas Theorie«, meinte Cornilsen. »Der Typ will Aufmerksamkeit. Die ist ihm bisher nicht zuteilgeworden, jedenfalls nicht so, wie er es sich wünscht. Seine Taten werden nicht bestaunt. Ist es ein besonderer Kick für ihn, wenn er beim Anbringen des Bildes beobachtet wird? Wenn er – aus seiner Sicht – uns beweist, dass er nicht nur ungehindert morden kann, sondern uns auch noch auf solche Art und Weise an der Nase herumführt? Wenn er seine Morde unter unseren Augen ankündigt?«

»Gut möglich«, stimmte Lena zu.

»Wir müssen jetzt ganz schnell herausfinden, wer die Person auf dem Foto ist. Deshalb müssen wir uns hier kurz fassen.«

»Ich fotografiere das Bild ab«, sagte Cornilsen, während Große Jäger sich dem Zeugen zuwandte.

»Hansen«, stellte sich der Mann vor.

Große Jäger warf ihm einen Blick zu, den der Mann nicht verstand. Er hatte einen auf »-sen« endenden Zunamen. Und dieser Anfangsbuchstabe war bald an der Reihe, wenn man unterstellte, dass das Bild an der Kirchentür zu einem Namen mit dem Anfangsbuchstaben »F« gehörte.

Hansen erklärte, dass er Rentner sei und trotz des Nieselregens spazieren gegangen sei.

»Das mache ich immer. Wenn ich nicht rauskann, fühle ich mich unglücklich. Da fehlt mir etwas. Ich wohne hinten an der Kuhgräsung und komme hier regelmäßig vorbei, wenn ich meine Runde drehe. Aus der Zeitung habe ich von dem

Unheimlichen erfahren, der immer was an die Kirchentüren nagelt. Deshalb bin ich hin und entdecke das da.« Er zeigte in Richtung Kirchentür. »Ich habe sofort die Polizei angerufen. Dass da was nicht in Ordnung ist, das habe ich mir gleich gedacht.« Er zog sich mit dem Zeigefinger das rechte Augenlid hinunter.

»Sie haben die Person beobachtet?«

»Eigentlich schon«, sagte Hansen.

»Das klingt wie eine Einschränkung.«

»Er muss es gewesen sein. Ich bin mir sicher.«

»Haben Sie gesehen, wie der Mann ... es war doch ein Mann?«

»Ja, ein Mann«, bestätigte Hansen. »Also. Ich habe nicht direkt gesehen, wie er das Dings da an die Tür genagelt hat. Genau genommen an den Rahmen der Fenster daneben. An der Tür geht ja nicht. Die ist nicht aus Holz. Als ich kam, hat er sich aufs Rad geschwungen. Da drüben.« Er zeigte auf den Weg, der seitlich an der Kirche entlangführte. »Dann ist er wie der geölte Blitz weg.«

»Wie sah der Mann aus?«

»Na ja. Wie jemand aussieht.«

»Groß? Klein? Alt? Jung?«

»Mittel.« Hansen hob den Zeigefinger. »Blond war er. Und sportlich, sonst hätte er ja nicht so schnell auf dem Rad verschwinden können.«

»Können Sie ihn näher beschreiben? Brille? Andere Auffälligkeiten?«

»Nö.« Der Mann überlegte. »Ich habe ihn ja nur von hinten gesehen.«

»Und das Fahrrad?«

Hansen strahlte.

»Schwarz.«

»Herrenrad? Damenrad? Sportrad? Ein Pedelec?«

»Ein – was?«

»E-Bike.«

»Ach so. Das habe ich auch. Nein, so was war das nicht. Ein schwarzes Rad.«

»Mein uniformierter Kollege wird sich gleich Ihren Namen und Ihre Anschrift notieren«, sagte Große Jäger.

»Höre ich noch etwas von Ihnen? Ich meine, ob Sie den Kerl geschnappt haben?«

»Das steht in der Zeitung.«

»Prima. Die habe ich abonniert. Seit einer Ewigkeit. Ohne meine Husumer wäre ich unglücklich.«

Große Jäger tippte sich an den Schläfenrand. »Danke«, sagte er und drehte sich um.

Der Beamte aus dem Streifenwagen übernahm es, den Namen des Zeugen zu notieren und auf die Spurensicherung zu warten, die er einweisen wollte. Er und sein Kollege wollten sich auch umhören, ob es noch weitere Zeugen gab.

Bevor sie zur Dienststelle zurückkehrten, versuchte Große Jäger, Eicke Erichsen zu erreichen. Es meldete sich die Mobilbox. Der Hauptkommissar bat den Sparkassenangestellten um Rückruf. Lena trug er auf, Kontakt zu Solveig Dethlefsen aufzunehmen.

»Wir müssen feststellen, ob es den Personen im Alphabet vor dem neuen Opfer gut geht«, erklärte er.

Sie hatten die Poggenburgstraße erreicht, als sich Große Jägers Handy meldete. Eicke Erichsen war am Apparat.

»Sie haben versucht, mich zu erreichen? Ich gehe mit Absicht nicht ans Telefon, sondern rufe lieber zurück.«

»Das ist gut«, bestätigte Große Jäger. »Ich wollte hören, ob bei Ihnen alles in Ordnung ist? Gab es Auffälligkeiten?«

»Nein. Ich habe mich den ganzen Tag in Martina Brüggenhenrichs Wohnung aufgehalten, bin weder ans Fenster, auf die Terrasse noch auf die Straße gegangen und habe auch nicht auf das Klingeln an der Tür reagiert. Es war allerdings nur der Briefträger.«

Es rauschte und knackte in der Leitung.

»Hallo?«, rief Große Jäger mehrfach, bis er wieder Erichsens Stimme vernahm.

»Das ist das Hightechland Bundesrepublik«, stichelte Erichsen. »Wir sind hier am Stadtrand. Da ist der Netzempfang katastrophal.«

»Haben Sie einen Wasserfall in der Wohnung?«

»Weil es so rauscht? Das ist die Kieler Straße, die Bundesstraße. Ein kleines Stück weiter ist das Ortsende. Da geben die Leute vorher Gas und brausen vorbei. Deshalb fahren hier alle schneller.«

»Wir sollten morgen noch einmal miteinander sprechen«, sagte Große Jäger zum Abschied. »Wie lange wollen Sie noch in Quickborn bleiben?«

»Ich möchte so schnell wie möglich wieder nach Hause. Hat sich die Lage in Husum entspannt?«

»Dazu kann ich Ihnen morgen hoffentlich mehr sagen. Tschüss.«

Nach zwanzig Minuten kehrte Lena zurück. »Bei Solveig Dethlefsen gab es keine Auffälligkeiten. Alles ist ruhig geblieben. Offenbar auch ihr Ehemann«, fügte sie mit einem Lächeln an.

»Könnten diese beiden Meldungen ein Indiz dafür sein, dass der Dämon die Buchstaben ›D‹ wie Dethlefsen und ›E‹ wie Erichsen ausgelassen hat, nachdem er nicht unmittelbar zum erfolgreichen Abschluss seines Vorhabens gekommen ist?«, fragte Große Jäger.

Die Frage konnte niemand beantworten.

»Wir müssen mit Hochdruck versuchen, den Namen des Mannes, der auf dem neuen Foto abgebildet ist, herauszufinden. Ich habe Flensburg informiert. Die sind am Ball«, stellte der Hauptkommissar fest.

Die Kollegin von der Spurensicherung hatte sich von der Rödemiser Kirche zurückgemeldet. Das Bild werde jetzt zum Kriminaltechnischen Institut nach Kiel überstellt. Auch von der Streife gab es eine Nachricht. Man hatte im Umkreis um die Kirche drei Radfahrer angehalten und die Personalien aufgenommen.

Cornilsen ließ sich die Personalien durchgeben und prüfte die Angaben.

»Der Sechzehnjährige hat versucht, der Streife zu entkommen. Er hatte ein schlechtes Gewissen, weil er sich ohne zu fragen das Rad eines Nachbarn ausgeliehen hatte, um schnell etwas im Zentrum zu erledigen«, erklärte Cornilsen. »Den Zweiundsiebzigjährigen halte ich auch für unverdächtig. Bleibt noch einer. Kurt Michaelsen, vierunddreißig.«

Große Jäger wiederholte den Namen mehrfach. »Den kenne ich.«

»Was ist mit ihm?«, wollte Lena wissen.

»Mädchen«, antwortete Große Jäger. »Ich mache den Job schon mehr als hundert Jahre. In der Zeit habe ich alle Husumer schon zweimal verhaftet. Mindestens. Wie soll ich denn die Namen behalten, wenn auch noch tausend Auswärtige dazukommen?«

Lena lächelte. »Spätestens beim zweiten Mal solltest du den Delinquenten kennen.«

»Tühnbüdel.«

Cornilsen hatte die Zwischenzeit genutzt und im von mehreren Bundesländern, dem Bundeskriminalamt und der Bundespolizei genutzten Polizeiauskunftssystem nachgesehen.

»Michaelsen wohnt in Husum und ist vorbestraft. 2007 hat er mit anderen eine gefährliche Körperverletzung begangen. Dafür hat er achtzehn Monate bekommen, die zur Bewährung ausgesetzt wurden. Später hat man ihn zweimal wegen Wohnungseinbruch bestraft. Das zweite Mal musste er für sechzehn Monate hinter Gitter. In einem anderen Fall wurde das Verfahren eingestellt. Da hat er versucht, im Internet Waren zu verkaufen, die er gar nicht besaß.«

»Hm«, knurrte Große Jäger. »Jetzt erinnere ich mich wieder. Er hat sich dabei ziemlich dumm angestellt. Steht dort etwas über seinen beruflichen und persönlichen Werdegang?«

»Moment.« Cornilsen blätterte vor. »Schule ohne Abschluss. Keine Berufsausbildung.«

»Und sonst?«

»Nichts, was auf unseren Fall hinweisen würde.«

»Das klingt nicht nach einer narzisstischen Persönlichkeitsstörung«, meinte Lena. »Auch wenn sein Name mit ›-sen‹ endet.«

»Michaelsen ist einen Happen doof«, sagte Große Jäger. »Ich traue ihm die Tatvorbereitung und -durchführung nicht zu. Und die Endung seines Familiennamens … Das ist kein Indiz. Das trifft in Nordfriesland auf achtzig Prozent der Menschen zu.«

»Wenn wir davon ausgehen, dass wir es mit einem intellektuell begabteren Täter zu tun haben«, mischte sich Cornilsen ein, »der sich bisher zu unserem Leidwesen gut zu tarnen weiß, könnten wir davon ausgehen, dass der Dämon nicht in das Profil mit dem ›-sen‹ passt.«

»Tolle Idee. Dann müssen wir nur unter den anderen Nordfriesen suchen. Das ist ja eine überschaubare Anzahl.«

»War ja nur ein Gedanke.« Cornilsen klang fast ein wenig entschuldigend.

»Jeder Gedanke ist erlaubt, auch der abwegigste«, sagte Große Jäger. »Der Dämon denkt kraus. Da sollten wir nicht davor zurückschrecken, es ihm gleichzutun.«

Cornilsen lachte. »Krumm zu denken ist unsere Spezialität.«

Lena fiel in das Lachen ein. »Das kann ich bestätigen.«

Dann wurde Cornilsen wieder ernst. »Weshalb bekommen wir immer die unlösbaren Fälle?«

»Du musst gegen den Strom schwimmen, um zur Quelle zu kommen«, sagte Große Jäger.

»Bist du Philosoph?«, wollte Lena wissen.

»Nein, aber ein lebenserfahrener Polizist.«

»Von wem stammt diese Weisheit?«, fragte Cornilsen.

Große Jäger zuckte die Achseln. »Keine Ahnung.«

»Von Konfuzius«, erklärte Lena.

Große Jäger nickte bedächtig. »Kluges Mädchen. So! Nun wird es Zeit, dass wir den Mann finden, der auf dem nächsten Foto des Dämons abgelichtet ist.«

Die Aufgabe hatten andere bereits gelöst. Thomas Friedrichsen von der Schutzpolizei glaubte, den Mann schon öfter gesehen zu haben. Das berichtete er, als die drei ihn in der Wache der Schutzpolizei aufsuchten.

»Man trifft in Husum immer wieder dieselben Leute«, sagte Große Jäger.

»Das ist richtig«, bestätigte Friedrichsen. »Benno kennt ihn auch.«

»Benno ist ein weiterer Kollege von den Uniformierten«, erklärte Große Jäger Lena.

»Benno wohnt in der Schillerstraße. Er meint, der ältere Mann ist dort auch zu Hause. Der Meinung bin ich auch.«

»Du wohnst doch woanders«, entgegnete Große Jäger.

»Im Unterschied zu euch Schreibtischpolizisten ist ganz Husum meine Welt.«

»Prima, Thomas. Dann lass uns Leute rausschicken, die nach dem Mann suchen.«

Friedrichsen winkte ab. »Schon geschehen. Zwei Wagen sind unterwegs.«

Wie auf Kommando meldete sich eine Streife. »Wir sind fündig geworden«, kam es aus dem Lautsprecher.

»Super, Benno. Lass hören.«

»Mehrere Nachbarn haben den Mann erkannt. Er heißt Friedrich Feddersen und wohnt in einem der älteren Doppelhäuser in der Schillerstraße. Sollen wir dort vorbeifahren?«

»Macht das. Und gebt Bescheid.«

»Okay.«

Sie überbrückten die Wartezeit und fragten nach persönlichen Dingen – Familie, Hobby, Bekannte–, bis sich die Streifenwagenbesatzung erneut meldete: »Wir haben geklingelt. Niemand öffnet. Alles sieht ruhig und friedlich aus. Wir sind auch ums Haus herum. Dort sind keine Auffälligkeiten erkennbar. Und jetzt?«

»Hört euch bei den Nachbarn um. Vielleicht weiß jemand etwas. Oder hat einen Schlüssel«, mischte sich Große Jäger ein. »Wir kommen.« Er klopfte Friedrichsen auf die Schulter. »Gut gemacht.«

Cornilsen und Lena folgten ihm zum Parkplatz.

»Feddersen«, murmelte Große Jäger unterwegs. »Das passt ins Schema. Nach Erichsen folgt das ›F‹. Und ›-sen‹ stimmt auch. Der Dämon spielt weiter mit uns. Und er bleibt seiner Linie treu.« Er überließ Cornilsen das Steuer. »Hoffentlich haben wir in diesem Fall auch so viel Glück wie bei Solveig Dethlefsen und Eicke Erichsen.«

Er schlug mit der geballten linken Faust in die rechte Handfläche und unternahm gar nicht erst den Versuch, seine Anspannung zu verbergen. Es war kein Jagdfieber, sondern die große Sorge, dass ein weiteres Menschenleben zu beklagen war.

Der Streifenwagen stand vor dem Grundstück. Die beiden Beamten hatten sich in das Fahrzeuginnere zurückgezogen. Im Umkreis lugten Neugierige unverhohlen über die Hecke oder den Zaun herüber. Große Jäger hatte den Eindruck, die Hälse wurden noch länger, als das Zivilfahrzeug eintraf.

»Die recken sich alle«, stellte er bei einem Rundblick fest. »Hier ist offenbar Husums Zoo. Da stehen nur Giraffen mit langen Hälsen.«

Die Schutzpolizisten waren ausgestiegen, und Benno grüßte lässig durch das Tippen an den Mützenrand. »Der alte Mann wohnt relativ zurückgezogen. Er hat wenig Kontakt zu den Nachbarn. Das mag auch an seiner leichten Gehbehinderung liegen. Sagt er da.« Benno zeigte auf ein Nachbarhaus, auf dessen Treppenabsatz ein Mann in Bermudashorts stand und die flache Hand über die Augenbrauen gelegt hatte. Als Große Jäger weit ausladend zu ihm hinüberwinkte, machte der Nachbar eine

Verlegenheitsgeste, indem er den Kopf zwischen die Schultern einzog. Dann verschwand er ins Haus. Kurz darauf wurde die Gardine etwas zur Seite gezogen. »Man weiß nicht viel von ihm. Besuch wurde kaum beobachtet.«

»Hat er ein Auto?«

Benno nickte. »Steht dort im Carport neben dem Haus. Ein betagter Japaner. Es sieht so aus, als würde er nicht viel bewegt werden.«

»Angehörige?«

»Haben wir nicht in Erfahrung bringen können.«

Große Jäger umrundete selbst das Haus, gefolgt von Cornilsen. Lena hatte sich nicht angeschlossen. Die zugezogenen Gardinen ließen keinen Blick ins Innere zu. Lediglich die Küche konnten sie einsehen. Sie war leer.

Klingeln, Klopfen und Rufen blieben unbeantwortet.

Eine stämmige Frau im stramm sitzenden roten Pullover näherte sich ihnen.

»Ist was mit Fiete?«, fragte sie.

»Haben Sie gesehen, dass er das Haus verlassen hat?«, antwortete Große Jäger mit einer Gegenfrage.

»Er müsste da sein. Fiete hat Probleme beim Gehen. Irgendwas mit dem Knie. Verschleiß? Arthrose? Er spricht nicht drüber. Deshalb ist er auch nie weit weg. Höchstens zum Einkaufen zum Rewe im Marienhofweg. Das ist der dichteste. Spazieren ist auch nicht. Na ja. So gut wie nicht.«

Große Jäger wollte sie abwimmeln, aber die Frau zeigte auf die Seitenfront. »Komisch«, sagte sie. »Wegen seines Knies … Deshalb hat er sein Schlafzimmer von oben nach unten verlegt. Kommt nicht mehr so gut die Treppe rauf und runter. Allerdings frag ich mich, wie er das mit dem Waschen macht. Das Bad ist doch oben. Ist ja egal. Da ist noch was.« Sie zeigte erneut auf die Seitenfront. »Also. Da ist sein Schlafzimmer. Wenn er nachts nicht schlafen kann, dann macht er Licht an. Liest wohl. Ich kriege das mit, wenn ich mal wach werde und Pipi machen muss. Er ist trotz seines Knies penibel. Sieht man ja am Garten.

Picobello. Drum wunder ich mich, dass sein Licht noch brennt im Schlafzimmer. Das ist sonst nicht seine Art.«

Die beiden Beamten gingen zu der Stelle. Bei Tageslicht fiel die Beleuchtung durch den Gardinenspalt kaum auf.

»Wenn ihm man nichts passiert ist«, sagte die Nachbarin und drehte ihre Hand im Gelenk. »Man weiß ja nie.«

»Hat jemand in der Nachbarschaft einen Schlüssel?«

»Nicht dass ich wüsste.«

Große Jäger bedankte sich für die Auskunft. Dann rief er Hilke Hauck an und bat sie, einen Schlüsseldienst zu organisieren.

»Tante Hilke. Achtest du bitte darauf, dass es keiner ist, der aus Frankfurt anreist, zwei Tage dafür benötigt und hinterher über tausend Dollar abzockt?«

»Dollar?«

»Ist doch egal. Also keine Kriminellen, sondern einen örtlichen Handwerker.«

»Häh?«, fragte Cornilsen, als ihnen niemand zuhörte. »Auf diesem Gebiet hast du doch große Erfahrungen.«

Große Jäger lächelte. »Wenn du als Zauberkünstler auftrittst, freust du dich über ein zahlreiches Publikum. Das ist in diesem Fall anders.«

Ihre Geduld wurde auf eine harte Probe gestellt. Es dauerte eine Dreiviertelstunde, bis der Handwerker eintraf. Der ältere Mann in der blauen Latzhose öffnete die Haustür binnen Minuten.

»Abrechnung wie immer?«, fragte er.

Große Jäger nickte.

Dann betraten sie das Haus. Es roch ein wenig abgestanden. Die Einrichtung war altbacken. Dafür war alles sauber und in einem guten Zustand. Ihr erster Blick galt der Küche. Alles war aufgeräumt. Weder schmutziges Geschirr noch Essenreste standen herum. Auf der Resopalplatte der Arbeitsfläche stand eine kleine Dose mit Flohsamenschalen.

»Was ist das denn?«, interessierte sich Cornilsen und lachte laut. »Samen von Flöhen?«

»Das ist im Augenblick trendy«, belehrte ihn Lena.

»Wieso?«

»Das ist eine Wegerichart, deren Kapseln, wenn sie reif sind, wie Flöhe auseinanderspringen. Daher stammt der Name. Das reine Naturprodukt wird mit Flüssigkeit eingenommen, quillt im Darm auf und dient somit der Förderung der Verdauung. Manche behaupten, es reinige auch den Darm und bereite den Boden für die Ansiedlung guter Bakterien«, erklärte Große Jäger.

»Und das nehmen ältere Leute wie du ein?«, spottete Cornilsen.

»Ich habe die Weisheit von meiner Partnerin. Die ist schließlich eine erfahrene und gute Landärztin«, erwiderte Große Jäger.

Sie waren weitergegangen und sahen sich im Wohnzimmer um. Auch hier wirkte alles aufgeräumt und sauber. Auf dem mit einer weißen Häkeldecke verzierten Couchtisch lag die Fernsehbeilage der Tageszeitung. Daneben fand sich eine akkurat ausgerichtete Brille.

Cornilsen reagierte sofort. »Ich sehe in den Briefkasten«, sagte er, kehrte nach einer Minute zurück und schwenkte die Husumer Nachrichten. »Die war im Briefkasten. Weshalb hat er sie nicht herausgeholt?«

Die Antwort fanden sie in einem kleinen Zimmer im Erdgeschoss. Die Vorhänge waren zugezogen. Neben dem Kleiderschrank in Nussbaumnachbildung und dem Nachttisch befanden sich nur noch ein Stuhl und ein Bett im Raum. Die altmodische Nachttischlampe brannte. Auf dem Tischchen lag ein Buch mit einem Lesezeichen.

»›Mann in de Tünn‹ von Hermann Bärthel«, las Große Jäger vor.

Cornilsen hörte nicht zu. Gebannt starrte er auf den Mann in der groben braunen Cordhose, der mit einem farbigen Wollhemd und einem beigefarbenen Pullunder bekleidet auf dem Bett lag.

Große Jäger beugte sich über den Toten. Die lichten weißen

Haare hingen ihm über die Ohren hinab. Das Gesicht war eingefallen. Die Augen lagen tief in den Höhlen.

»Gesund war er nicht mehr«, sagte der Hauptkommissar. »Die Todesursache ist wahrscheinlich Ersticken. Dafür sprechen die Zyanose und die Dunsung des Gesichts. Ich erkenne eine Stauungsblutung in den Gesichts- und den Augenbindehäuten, aber keine äußeren Drosselmerkmale am Hals.« Er zeigte auf ein Wasserglas auf dem Nachttisch. »Das sieht merkwürdig aus.«

»Da ist etwas drin«, stellte Cornilsen fest. »Etwas Krümeliges.«

»Flohsamenschalen«, vermutete Große Jäger.

»Ob er sich daran verschluckt hat?«

»Kann man … kann man nicht in den Mund sehen?«, fragte Lena, die im Türrahmen stehen geblieben war. Sie war kalkweiß im Gesicht.

»Wir fordern die Spurensicherung an. Außerdem soll sich Dr. Hinrichsen den Toten ansehen«, beschloss Große Jäger.

»Ich kümmere mich darum«, sagte Cornilsen.

Die drei zogen sich vor das Haus zurück, um keine Spuren zu verwischen. Große Jäger entfernte sich ein Stück, um zu rauchen. Die Nachbarin folgte ihm.

»Und? Was ist? Haben Sie was gefunden?«, fragte sie neugierig.

Er schenkte ihr ein nichtssagendes Lächeln.

Kurz darauf trat Cornilsen zu ihm.

»Der Dämon hat wieder zugeschlagen«, sagte der Kommissar. »Und wieder ist es – vermutlich – eine andere Todesart.«

»Der Mörder ist von erstaunlicher Kreativität«, sagte Große Jäger. Eine Spur Resignation schwang in seiner Stimme mit. »Was treibt ihn zu diesen Morden? Nach welchen Kriterien sucht er seine Opfer aus? Wir haben uns diese Fragen oft gestellt.«

»Und immer noch keine Antwort gefunden«, ergänzte Cornilsen. »Das Unvorhersehbare scheint der Schlüssel für diese Mordserie zu sein.«

»Der Dämon ist intelligent. Er sucht sich Wege, auf die wir erst nach der Vollendung der Tat stoßen. Sieht er darin eine Befriedigung, uns über zu sein?«

»Lena hat so etwas angedeutet«, bestätigte Cornilsen. »Wir tappen im Dunkeln.«

»Der Dämon macht uns in aller Öffentlichkeit lächerlich.« Große Jäger verzog das Gesicht. »Ob er umgekehrt diese Erfahrung selbst gemacht hat? Hatte er irgendwann mit der Polizei zu tun und ist dabei zum Gespött geworden?«

»Wie sollen wir das herausfinden? Das ist kein Kriterium, nachdem wir im POLAS suchen können.«

Sie wurden durch einen Mercedes abgelenkt, der langsam die schmale Straße entlangfuhr. Ihm entstieg Dr. Hinrichsen. Friedrich Feddersen, dachte Große Jäger still. Dann folgt der Buchstabe »G«. Er sah dem Arzt entgegen. Auf ihn würden die Kriterien im übernächsten Fall zutreffen, wenn es ihnen nicht gelang, des Täters habhaft zu werden. So weit mochte Große Jäger nicht denken. Es schauderte ihn dabei.

Die Nachbarin hatte den stadtbekannten Arzt auch bemerkt. Sie steuerte die Männer an. »Steht es schlimm um Fiete? Kann ich was für ihn tun? Einkaufen oder so?«

Große Jäger zupfte Dr. Hinrichsen am Ärmel.

»Kommen Sie«, sagte er, ohne auf die Frau einzugehen, und führte ihn ins Haus.

Große Jäger hielt Abstand, als der Arzt den Toten untersuchte. Dr. Hinrichsen hatte die Angewohnheit, seine Feststellungen leise zu kommentieren.

»Erstickt«, stellte der Mediziner fest. »Hypoxisch-hyperkapnisch.«

Es war der zweite Tote, der durch Ersticken ums Leben gekommen ist, dachte Große Jäger. Bei Karin Amundsen war der Wespenstich die Ursache gewesen.

Mit spitzen Fingern untersuchte Dr. Hinrichsen vorsichtig den Hals.

»Ich finde keine Anzeichen einer Strangulation, keine Würgemale. Auf den ersten Blick deutet nichts auf Fremdeinwirkung ein.«

»Das Opfer ist älter. Zeugen sagen, er wäre auch gebrechlich gewesen. Kann es sein, dass man ihm eine Plastiktüte über den Kopf gezogen hat?«

Dr. Hinrichsen besah sich die Hände. »Es sieht nicht danach aus, als hätte er sich gewehrt. In einem solchen Fall versucht das Opfer, sich gegen die Fremdeinwirkung zur Wehr zu setzen. Es kämpft um Luft, versucht, den Gegenstand abzustreifen. Theoretisch könnte der Täter ihn zuvor gefesselt haben. Dafür gibt es aber keine Anzeichen. Oder es waren mehrere Täter. Einer hat ihn fixiert, der andere für den Sauerstoffmangel gesorgt. Auf den ersten Blick kann ich das aber nicht erkennen. Ersticken ist der Oberbegriff für alle Formen der Störung des respiratorischen Gasaustausches. Hier liegt ein äußeres Ersticken vor, das heißt, es gelangt kein Sauerstoff in die Lungenalveolen.«

Der Arzt zeigte auf den Unterleib des Toten. »Die neurologischen Folgen des Sauerstoffmangels zeigen sich im unwillkürlichen Stuhl- und Urinabgang. Ich kann hier nur eine äußere Leichenschau vornehmen. Deutlich sind petechiale Hämorrhagien in den Augenbindehäuten zu erkennen. Sie wissen, dass gerade bei dieser Todesart erst die innere Leichenschau genauere Aufschlüsse geben kann. Wenn ich mir den Mann ansehe ... ein möglicher Täter war ihm sicher körperlich überlegen. Ich halte es aber für ausgeschlossen, dass der Tod durch eine weiche Bedeckung der Atemwege eingetreten ist, eher durch ein Kissen oder Tuch. Das kann erst bei der Obduktion nachgewiesen werden. Mit ein wenig Glück.«

»Können Sie etwas zum Todeszeitpunkt sagen?«

Dr. Hinrichsen sah auf die Uhr. Dann maß er die Raum- und die Rektaltemperatur.

»Ich gehe davon aus, dass die Umgebungstemperatur konstant geblieben ist. Es entsteht eine Ungenauigkeit, weil wir das Körpergewicht nur schätzen können. Ich tippe auf etwa achtzig Kilogramm. Das ergibt laut Todeszeit-Bezugsnomogramm eine mittlere Todeszeit von etwa zweiundzwanzig Stunden.« Er richtete sich auf.

»Befinden sich Fremdkörper im Rachen?«, wollte Große Jäger wissen, obwohl ihm die Antwort bekannt war.

Der Arzt maß ihn mit einem abschätzenden Blick. »Das wird die Rechtsmedizin feststellen. Haben Sie schon einmal etwas von der Totenstarre gehört?«

»Könnte auch eine natürliche Todesursache vorliegen?«

»Möglich ist alles. Es fehlen jedenfalls alle Anzeichen einer äußeren Gewalteinwirkung.«

Mit einem kargen »Moin« verabschiedete er sich.

»Und?«, wollte Cornilsen wissen.

»Das ist einer der schwierigen Fälle, wo erst die Obduktion Aufschlüsse über die Todesursache geben kann. Nach dem bisherigen Anschein tippe ich auf Fremdeinwirkung. Dafür spricht auch das Bild, das der Dämon an der Kirchentür von Rödemis angebracht hat. Es wäre ein seltsamer Zufall, wenn Friedrich Feddersen ausgerechnet dann eines natürlichen Todes gestorben wäre.«

»Aber wie hat der Dämon es gemacht?«, fragte Cornilsen.

»Das wird uns die Rechtsmedizin erzählen.«

Sie wurden durch das Eintreffen der Flensburger Spurensicherung unterbrochen.

»Na, Klaus, irgendetwas nicht in Ordnung?«, begrüßte er den kleinen Hauptkommissar Jürgensen mit dem extrem kurzen Raspelschnitt.

»Spar dir deine Anmerkungen«, knurrte Jürgensen. »Habt ihr wieder einen schmutzigen Toten?«

»Nein. Sauber im Bett.«

Jürgensen warf einen Blick auf die Leiche. »Sauber?«

»Ach, Klaus. Der letzte Pups … Das kennt ihr doch.«

Jürgensen antwortete mit einem ausführlichen Niesanfall.

Große Jäger atmete tief durch. »Gott sei Dank. Ich war schon in Sorge um dich. Aber jetzt ist die Welt wieder ins rechte Lot gerückt.«

»Wieso bist du hier?«, wollte Jürgensen wissen.

Große Jäger zeigte stumm auf den Toten.

»Das habe ich schon verstanden«, antwortete Jürgensen. »Das ist ein Fall für Hundt. Du machst doch jetzt den Bezirksclown auf eurer Dienststelle.«

Bevor er sich wegducken konnte, fuhr ihm Große Jäger über den Kopf. »Was wäre Flensburg ohne dich?«

»Das kann ich dir nicht beantworten, aber Nordfriesland ohne dich … Das könnte sich zu einem Touristenmagneten entwickeln, wenn es hier nicht so viele Leichen gäbe.«

Jürgensen wandte sich ab und stimmte sich mit seinen Mitarbeitern über die Vorgehensweise ab, während die drei Husumer zur Dienststelle zurückkehrten.

Wer war Friedrich Feddersen? Diese Frage beschäftigte sie, nachdem sie in ihrem Büro angekommen waren und Lena sie mit Kaffee versorgt hatte, den sie bei Hilke Hauck beschafft hatte.

»Einundsiebzig«, sagte Cornilsen, nachdem er sich eine Weile um die Sammlung der Daten des Mannes bemüht hatte. »Laut Meldedaten in Husum geboren und nie weggezogen. Er war nie verheiratet gewesen. Laut Melderegister hat bis vor drei Jahren eine Franziska Kopecki bei ihm gewohnt, siebenundsechzig. Die ist jetzt in der Rungholtstraße gemeldet. Viel mehr ist über Feddersen nicht vermerkt.«

»Keine Angehörigen?«

»Nicht eingetragen.«

»Was hat er beruflich gemacht?«

Cornilsen zuckte mit den Schultern. »Das weiß ich nicht.« Er hob zum Zeichen des Bedauerns die Hand. »Bob Andrews wäre das nicht passiert.«

»Bob … wer?«, fragte Große Jäger.

Lena lachte. »Hast du noch nie etwas von den drei Fragezeichen gehört? Die sind Kult.«

»Wir haben ein Fragezeichen, und das ist riesengroß«, sagte Große Jäger.

»›Die drei Fragezeichen‹ sind eine Hörspielserie, deren Mentor kein Geringerer als Alfred Hitchcock war. Da gibt es Justus Jonas, den ersten Detektiv, Peter Shaw, den zweiten, und eben Bob Andrews, der für Recherchen und Archiv zuständig ist.«

»Fürs Archiv werden wir drei bald zuständig sein, wenn es uns nicht gelingt, den Dämon zur Strecke zu bringen«, murrte Große Jäger. Nachdenklich fügte er an: »Das würde mir nichts ausmachen, wenn es uns dafür gelänge, Menschenleben zu retten.«

Lena sah die beiden Männer fragend an.

»Besuchen wir Franziska Kopecki«, erklärte Cornilsen.

»Hosenmatz, du wirst immer besser«, lobte ihn Große Jäger.

Die Rungholtstraße konnte nur von Süden befahren werden. Am Ende der Sackgasse führte ein schmaler Fußweg zur Schleswiger Chaussee und zum Ostfriedhof. Die enge Straße wurde von Einfamilienhäusern gesäumt. Am Wendehammer stand eines von zwei dreiflügeligen Hochhäusern.

»Was für Husum mit sieben Etagen ein Wolkenkratzer ist«, meinte Große Jäger, »gilt in Frankfurt als niedriger Flachbau.«

»Güneş/Kopecki«, stand auf dem Klingelschild. Der arg in Mitleidenschaft gezogene Fahrstuhl beförderte sie in die vierte Etage. Sie verließen das zentrale Treppenhaus und traten auf einen offenen Laubengang, von dem die Wohnungen abgingen. Dort erwartete sie ein Mann mit zerfurchtem Gesicht und Schnauzbart. Er hatte dunkle Haare und tiefschwarze Augen. In der Hand hielt er eine brennende Zigarette. Der Mann sah ihnen fragend entgegen.

»Herr Güneş? Polizei. Wir hätten gern mit Frau Kopecki gesprochen.«

»Polizei?«, fragte er und bediente sich einer harten Aussprache.

Große Jäger bestätigte es.

»Was will die Polizei?«

»Wir haben ein paar Fragen an Frau Kopecki.«

Es entspann sich eine längere Diskussion, bis Güneş einlenkte und seine Lebenspartnerin an die Tür holte. Franziska Kopecki hatte eine Figur, die an zahlreichen Stellen unvorteilhaft Kopeckis offensichtliche Vorliebe für Nahrhaftes zutage treten ließ. Die nachlässig zusammengestellte Kleidung unterstrich dieses Bild. Der letzte Friseurbesuch schien auch schon eine Weile zurückzuliegen. Davon zeugten die nachwachsenden grauen Stellen der blondierten Haare. Überdies teilte sie das Vergnügen ihres Partners: Auch sie erschien mit einer brennenden Zigarette an der Haustür.

»Ja?«, fragte sie mit einer tiefen Stimme, die an eine Barfrau in einer verruchten Kaschemme in alten Kinoklassikern erinnerte.

»Es geht um Friedrich Feddersen«, begann Große Jäger.

»Was ist mit dem?«, fiel sie ihm ins Wort. »Mit dem habe ich nichts mehr am Hut.«

»Wir möchten gern ein paar Auskünfte zu Herrn Feddersen von Ihnen.«

»Hat er was ausgefressen? Kann ich mir bei dem Langweiler gar nicht vorstellen.« Sie schaffte es, gleichzeitig zu rauchen und zu reden. Dabei kniff sie die Augen zusammen, weil ihr der Qualm hineindrängte.

»Herr Feddersen ist tot.«

»Was? Wieso das?« Jetzt war doch eine Spur Erschrecken erkennbar. »Aber wieso kommen Sie dann zu mir? Wie haben Sie mich überhaupt gefunden?«

»Es gibt keine Angehörigen. Deshalb suchen wir Zeugen, die uns etwas über den Mann erzählen können.«

»Über Friedrich? Und dann ich?«

»Er hat sehr zurückgezogen gelebt. Wir möchten etwas über seine Gewohnheiten erfahren. Hatte er Freunde? Bekannte? Wie hat er seinen Lebensunterhalt bestritten?«

Sie kratzte sich nachdenklich durch den dünnen Pullover hindurch das Dekolleté.

»Was soll ich dazu sagen?«

»Wollen Sie nicht reinkommen?«, schlug Güneş vor und

ging ins Wohnzimmer voran. Überall in der Wohnung waberte blauer Dunst. Rauchschwaden hingen in der Luft. Selbst dem bekennenden Raucher Große Jäger war das zu viel. Cornilsen versuchte vergeblich, den Hustenreiz zu unterdrücken, während Lena konsequent beschloss, die Räume nicht zu betreten, und im Flur stehen blieb.

Auf dem Esstisch standen gleich mehrere überquellende Aschenbecher. Güneş zeigte auf zwei gepolsterte Stühle, die mit Flecken übersät waren.

»Friedrich«, begann Franziska Kopecki, »ist ein ruhiger Kerl. Aber pedantisch. Bei dem musste alles an seinem Platz sein. Und das hier«, dabei hob sie die Hand mit der glimmenden Zigarette, »ging schon gar nicht. Der war so was von intolerant ... Für jede Zigarette musste ich nach draußen. Da holt man sich ja den Tod bei.«

»Dafür sorgt schon der Nikotingenuss«, mischte sich Cornilsen ein.

Ein verachtungsvoller Blick der Frau traf ihn, der besagte, dass das möglicherweise zutreffend sein konnte, aber sie selbst und Güneş immun waren. Manche Intensivraucher verwiesen zu diesem Zweck gern auf Altkanzler Helmut Schmidt.

»Fiete war ja kein schlechter Kerl. Früher hat er auch gequalmt. Dann hat ihm aber wer einen Floh ins Ohr gesetzt von wegen Gesundheit und so. Dann war er richtig obstinatsch, wenn jemand auch nur in seinem Dunstkreis eine Zigarette angezündet hat. Trifft man oft bei ehemaligen Rauchern, nicht?«

»Ist Ihre Beziehung nur am Rauchen gescheitert?«

»Nö, da kam viel zusammen. Nicht nur das Rauchen.« Es war nicht gespielt, dass sie die Bemerkung durch einen Hustenfall unterstrich. »Auch anderes. Zum Beispiel Fernsehen. Fiete musste immer Fußball gucken. Das ist nun gar nicht mein Ding.« Sie stieß Güneş mit dem Ellenbogen in die Seite. »Fikret guckt auch Fußball. Aber wir haben zwei Fernseher. Da stört mich das nicht.«

»Was hat Herr Feddersen beruflich gemacht?«

»Der? Er war Rentner.«

»Vorher.«

»Ach so. Fiete war Fliesenleger. Deshalb auch die Sache mit seinem Knie.«

»Gibt es Angehörige?«

»Nicht dass ich wüsste. Darüber haben wir nie gesprochen. Oder meinen Sie Kinder und so?« Sie schüttelte den Kopf. »Nö. Er war ja nie verheiratet. Und seine früheren Frauen … Ich glaube, da war nicht viel. Von einer weiß ich. Trude. Aber die ist schon lange tot.«

»Welchen Umgang hat er gepflegt?«

»Das verstehe ich nicht.«

»Hatte er Freunde? Bekam er regelmäßig Besuch?«

»Eigentlich nicht. Früher besuchte ihn manchmal … oh, wie hieß er noch gleich?« Sie kratzte sich nachdenklich den Hinterkopf. »Ja, richtig. Reinhard. Das war wohl ein Arbeitskollege. Aber der ist dann ins Altersheim gekommen, seitdem war nichts mehr. Und mit Nachbarn und so … Das war nicht Fietes Sache. Ich sagte ja schon: Er war ein Langweiler. Ein bisschen zu ruhig. Man ist ja noch nicht jenseits von Gut und Böse. Ruhe haben wir später auf dem Friedhof. Aber bis dahin …«

Große Jäger hakte nicht nach, was Frau Kopecki noch alles erleben wollte. Sie sah ihn lange und nachdenklich an.

»Ist eigentlich ganz schön blöde, was?«, stellte sie dann fest. »Rutscht sein Leben auf Knien herum. Und kein Aas sagt Danke. Und wenn du dann kaputt bist, war's das. Eigentlich tut er mir leid, der Fiete. Sitzt zu Hause in seiner Bude, und das war's.« Plötzlich schien ihr etwas einzufallen. »Sagen Sie mal … Fiete ist tot. Schade um ihn. War ja eigentlich kein schlechter Mensch. Nee, wirklich nicht. Hat niemandem was getan. Aber weshalb kommt die Polizei zu mir und will was über ihn wissen?«

»Wir suchen nach Menschen, die ihm nahestanden. Angehörige.«

»Sagte ich schon. Da ist nix.« Es blitzte in ihren Augen. Dann rieb sie Daumen und Zeigefinger gegeneinander. »Geht es um die Erbschaft? Na, kann nicht viel sein. Er hatte nur seine Rente. Großes Sparen, das war nicht drin. Nur eine kleine Reserve. Aber«, fiel ihr plötzlich ein, »das Haus. Wenn man das verkauft, da müsste man noch was für kriegen. Husum ist ein teures Pflaster geworden. Also. Ich habe ja mit ihm zusammengelebt. Und wir sind nicht im Streit auseinander. Ich bin sozusagen seine letzte … seine letzte … Wie man das auch immer nennt. Fällt mir da nicht die Erbschaft zu? Kommen Sie deshalb?«

»Das ist nicht unsere Aufgabe.«

»Was denn? Langsam fang ich an, mich zu wundern. Woran ist er gestorben? Sein Bein war ja marode. Aber daran geht man nicht kaputt.«

»War Herr Feddersen krank?«

»Was man so mit den Jahren kriegt. Zwickt hier ein bisschen, da ein bisschen. Aber was Ernsthaftes? Glaube nicht.«

»Wir haben bei ihm Flohsamenschalen gefunden.«

»Ach so. Das nehme ich auch. Ist gut für die Verdauung. Ist ja 'ne Lappalie. Weil Fiete nicht so gut zu Fuß war, hat das auch mit seiner Verdauung nicht so gut geklappt. Da hat ihm mal jemand was von diesem Zeug erzählt. In echt. Das hilft wirklich. Schmeckt nicht so berauschend, aber was soll's?«

Große Jäger stand auf. »Danke für die Auskunft.«

»Gern doch.« Sie zupfte an seinem Ärmel. »Und wegen der Erbschaft … Wenn Sie da was hören, melden Sie sich ruhig. Wir sind ja alle nicht auf Rosen gebettet.«

Als sie wieder ins Freie traten, rieb sich Cornilsen die Augen. »Mein Gott. Wie kann man das in dieser Luft aushalten?« Er schnupperte an seiner Kleidung. »Den Gestank bekommt man nicht wieder raus. Gibt es eigentlich einen Haushaltstitel, der das ersetzt?«

»Das gehört zum Beruf dazu«, tröstete ihn Große Jäger.

Lena zog die Nase kraus. »Ihr stinkt, als wärt ihr eine Woche in der übelsten Hafenspelunke gewesen.«

»Schlimmer«, behauptete Cornilsen und war erstaunt darüber, dass Große Jäger noch einmal Feddersens Wohnung aufsuchen wollte.

Klaus Jürgensen teilte diese Überraschung. Er mokierte sich über den Geruch und behauptete, damit würden die Beamten alle Spuren »erschlagen«.

»Wir wollen nur einen Blick auf die Kontoauszüge werfen«, erklärte Große Jäger. »Wir haben mit jemandem gesprochen, der begierig darauf war, das Erbe anzutreten.«

Auch in diesem Bereich begegneten sie der Ordnungsliebe des Toten. In einer Schublade fanden sie sauber auf Heftstreifen gezogen die Auszüge zweier Konten.

»Wovon hat er gelebt?«, staunte Große Jäger. »Die Rente ist dürftig. Und das zweite ist ein Sparkonto. Mit den rund siebentausend Euro kommt man nicht weit. Er war sicher nicht der Lieblingskunde der Uthlande-Sparkasse.«

»Uthlande-Sparkasse? Da arbeitet doch Erichsen«, stellte Lena fest.

»Stimmt«, erwiderte Cornilsen. »Aber irgendwo muss ein älterer Mensch ja sein Konto haben. Wir haben weder einen Computer noch ein Notebook gefunden. Ich möchte wetten, Feddersen hat kein Onlinebanking gemacht, sondern das Geld brav am Schalter abgehoben und dafür viel Gebühren entrichten müssen. Man mag nicht darüber nachdenken, dass die, die nicht mehr so fit sind, auch noch dafür bestraft werden.«

»Habt ihr sonst etwas gefunden?«, wollte Große Jäger von Jürgensen wissen.

»Nicht viel. Raub scheint es nicht gewesen zu sein. Im Küchenschrank lag ein kleines Geldbündel. Zweihundert Euro in unterschiedlicher Stückelung. In den Schränken gab es keine Auffälligkeiten. Der Mann muss ein ganz normales ruhiges Leben geführt haben. Nichtraucher. Im Schrank stand eine angebrochene Flasche Korn. Drei kleine Flaschen Bier. Das war alles, wenn man vom Röhrenfernseher absieht. Eines ist aber merkwürdig. In der Küche stand doch der Behälter mit den Flohsamenschalen. Es sieht so aus, als wenn er regelmäßig davon etwas genommen hätte.«

Große Jäger bestätigte das und berichtete von Franziska Kopeckis Aussage.

»Das mag zutreffend sein. Ich meine, gehört zu haben, dass man das Zeug in Flüssigkeit rührt und dann schnell austrinken muss, weil es sonst zu einer Art Brei aufquillt.«

»Ja – und?«

»Das Wasserglas am Bett – es sieht so aus, als habe der Mann darin seine Ration Flohsamenschalen aufgelöst.«

»Was ist das Besondere daran?«, fragte Große Jäger ungeduldig.

Jürgensen fuhr sich mit der Hand über den fast kahlen Schädel. »Erkläre mir bitte, weshalb Feddersen das Glas austrinkt und es anschließend sauber abwischt. Wir haben keine Fingerabdrücke gefunden. Weder von ihm noch von anderen.«

»Jemand anders hat das Glas in der Hand gehalten.«

»Dann findet den«, schlug Jürgensen vor.

Mit dieser neuen Erkenntnis traten sie die Rückfahrt zur Dienststelle an. Dort erwogen sie zahlreiche Theorien, die aber sogleich wieder verworfen wurden. Der Dämon hatte viele Gesichter. Er war ein Phantom. Aber jedes Gesicht wies eine Gemeinsamkeit auf: Es war die hässliche Fratze des Todes.

Dieses Bild ließ Große Jäger nicht los, als er Feierabend machte und nach Garding fuhr. Heidi kam relativ spät. Sie hatte noch Hausbesuche vorgenommen. Das war das Los einer Landärztin, der in einer unterversorgten Region das Wohl der Patienten am Herzen lag.

NEUN

Zu dieser Jahreszeit wurde es, wenn der Himmel nicht bedeckt war, auch in Nordfriesland nicht ganz dunkel. Ein letzter Schimmer Helligkeit zeichnete sich am Horizont ab, und die lange Dämmerungsphase begann schon mitten in der Nacht.

Große Jäger hatte keinen ruhigen und erholsamen Schlaf gefunden. Der Gedanke, dass möglicherweise ein weiteres Opfer zu beklagen sein könnte, hatte ihn immer wieder hochschrecken lassen. Es tröstete ihn auch nicht, dass zahlreiche andere Polizeibeamte in der Region, aber auch andere Verantwortungsträger von den gleichen Sorgen geplagt wurden, ganz zu schweigen vom Kummer der Angehörigen der Opfer. Wie mochte der Dämon die Nächte verbringen? Fand er ruhigen und erholsamen Schlaf, aalte er sich wonnig in dem Gefühl, den Ermittlern überlegen zu sein? Oder drängte ihn eine diabolische Kraft, neue Verbrechen zu begehen? Befriedigte es ihn, der Polizei voraus- oder gar davonzueilen? Oder lag er wach und zermarterte sich das Gehirn, mit welchem neuen Coup er die Menschen in Nordfriesland schockieren könnte? Plagten ihn Gewissensbisse, oder trieb ihn eine unbändige Mordlust? Welches Motiv trieb ihn an?

Es waren viele Fragen, die Große Jäger beschäftigten. Er würde erst wieder zur Ruhe kommen, wenn sie den Dämon gefasst hatten und Menschen, deren Zunamen mit »-sen« endeten, wieder ruhig schlafen konnten. Diese Namensendung war in Nordfriesland nichts Exotisches. Er musste sich nur in seinem persönlichen Umfeld umsehen. Lena Dietrichsen. Mats Cornilsen. Harm Mommsen. Und viele andere tausend.

Er unterließ es, seine Gedanken, aber auch Befürchtungen in der Morgenbesprechung vorzutragen. Die Kollegen sahen ähnlich aus wie er. Übermüdet. Blass. Mit Ringen unter den Augen. Niemand musste ihnen erklären, dass vom Erfolg ihrer Arbeit Menschenleben abhingen.

In der Sache gab es keine wesentlichen Neuigkeiten. Mommsen trug das erste Ergebnis der Spurensicherung vor. Jürgensen und sein Team hatten bei Feddersen nichts gefunden, was sie weiterbrachte. Nach der Entdeckung mit dem Glas hatten die Spurensicherer ihr Augenmerk auf die Türklinken und die Armaturen in Bad und Küche gelegt. Leider vergeblich. Auch diese waren sorgfältig abgewischt worden.

Im Anschluss an die Besprechung wollte Große Jäger die Husumer Zweigstelle der Uthlande-Sparkasse anrufen und sich nach Eicke Erichsen erkundigen. Er entschloss sich kurzfristig, direkt dorthin zu fahren. Wer glaubte, Husum sei eine schlafende Kleinstadt, irrte. Am frühen Vormittag pulsierte das urbane Leben rund um den Marktplatz. Morgen, am Donnerstag, würde es noch lebhafter werden, wenn rund um die Tine und in den Nebenstraßen die Marktbeschicker ihre Stände aufbauten.

Große Jäger hoffte auf Fortuna, als er seinen Smart in einer Lücke nahe der Sparkassenzweigstelle abstellte. Leider kannten die Mitarbeiter der Verkehrsüberwachung des Ordnungsamtes alle Stellen, an denen man kurz seinen Wagen parken konnte. Im Unterschied zu vielen anderen Kommunen gab es im vom Tourismus abhängigen Husum keine »Brötchentaste« an der Parkuhr. Und das Angebot des freien Parkens war eine Initiative der Kaufleute und nicht der Stadt.

Große Jäger betrat die Sparkasse und war erstaunt über die auch hier herrschende Geschäftigkeit. Während zahlreiche andere Geldinstitute ihr Filialnetz ausdünnten, setzte die Uthlande-Sparkasse auf Service und bot damit ein Angebot für ältere Menschen. Auch Friedrich Feddersen hatte seine Konten bei diesem Institut geführt.

Hinterm Tresen standen Eicke Erichsen und die Mitarbeiterin, die Inken Huss Verena genannt hatte. Erichsen sah kurz auf, nickte in Große Jägers Richtung und wandte sich dann wieder dem Kunden zu. Nachdem er auch den zweiten abgefertigt hatte, fand er Zeit, mit dem Hauptkommissar zu sprechen. Die

Zweigstellenleiterin hatte Große Jäger ebenfalls bemerkt und trat zu ihnen. Sie begrüßten sich gegenseitig mit einem »Moin«.

»Seit wann sind Sie wieder hier?«, wollte Große Jäger wissen.

Erichsen warf seiner Vorgesetzten einen Seitenblick zu. »Ich habe mit Inken, also mit Frau Huss, gesprochen und ihr den Grund für meine Abwesenheit erklärt. Es war eine Kurzschlussreaktion«, sagte er entschuldigend.

»Alles in Ordnung«, erwiderte Frau Huss. »Das war vernünftig, Eicke. Jeder bei uns hat Verständnis dafür.« Sie schüttelte sich kurz. »Man mag nicht daran denken, dass jemand von uns betroffen sein könnte. Wenn du noch etwas mehr Zeit brauchst ... Wir finden eine Lösung.«

»Ich komme schon zurecht.« Erichsen unterdrückte ein Gähnen. »Entschuldigung, aber ich habe schlecht geschlafen. So etwas geht nicht spurlos an einem vorüber.«

Willkommen im Club, dachte Große Jäger im Stillen. »Sie sind gestern gekommen?«

Erichsen schüttelte den Kopf. »Nein, ich bin heute Morgen in Quickborn losgefahren, dafür aber extra früh aufgestanden. Ich wollte rechtzeitig zum Dienstbeginn hier sein.«

»Haben Sie eine Möglichkeit, bei einem Angehörigen oder Bekannten vorübergehend unterzukommen?«

»Meine Wohnung ist sicher. Ich werde in der nächsten Zeit nichts unternehmen und mich nur hier und zu Hause aufhalten.«

Große Jäger äußerte die Vermutung, dass die Gefahr wahrscheinlich für ihn nicht mehr gegeben sei.

»Seien Sie aber trotzdem vorsichtig. Meiden Sie alles Unbekannte, auch wenn es Ihnen noch so harmlos erscheint.«

»Ich überlege, ob ich für die nächsten Tage noch zwischen Quickborn und Husum pendele. Martina, also Frau Brüggenhenrich, würde es keine Umstände bereiten.«

Große Jäger trug ihm auf, sich beim kleinsten Verdacht sofort an die nächste Polizeidienststelle zu wenden.

Erichsen lachte leise. »Unser Beruf birgt ja auch ein kleines Risiko«, scherzte er. »Einige Kollegen haben schon Überfälle über sich ergehen lassen müssen. Zum Glück kommt so etwas nur noch selten vor. Wir in dieser Filiale sind bisher davon verschont geblieben.«

Es ist wirklich selten geworden, dachte Große Jäger. Und ausgerechnet Christoph wurde ein Opfer solcher Gewalt.

Dann kehrte er zur Dienststelle zurück. Sie sprachen gerade zu dritt über die Gefahren, denen Polizisten in ihrem Beruf ausgesetzt sind, als sich das Telefon meldete. Cornilsen übernahm das Gespräch. Er lauschte einen kurzen Moment, und dann unterbrach er den Teilnehmer.

»Ich reiche den Hörer weiter.« Gleichzeitig raunte er: »Dr. Diether. Für dich.«

»Der Leichenfledderer?«, fragte Große Jäger und nahm das Gespräch an.

»Das habe ich gehört«, sagte der Rechtsmediziner. »Wenn wir Sie nicht unterstützen würden, wären Sie blind wie ein Maulwurf. Nicht nur das. Außer Erdhaufen würde nichts von Ihrer Arbeit künden.«

»Gäbe es uns nicht, müssten Sie als Arzt arbeiten. Die armen Patienten.«

»Wenn Sie so über uns denken, können Sie sich den Obduktionsbericht durchlesen. Das hilft aber nicht weiter. Sie verstehen es ja nicht.«

»Dann machen Sie einen dummen Menschen schlau.«

»Er ist erstickt. Friedrich Feddersen. Der Tod ist durch Sauerstoffmangel eingetreten, durch eine Blockade der Sauerstoffzufuhr, wodurch die Behinderung der CO_2-Abatmung im Organismus verursacht wurde. Dabei passiert im Körper Folgendes …«, setzte der Mediziner an.

Große Jäger unterbrach ihn. »Sorry, Dr. Diether, aber ich habe vorhin die Bedienungsanleitung der neuen Kaffeemaschine gelesen. Jetzt ist meine Aufnahmekapazität für heute erschöpft. Weshalb ist er erstickt? Wir haben keine äußeren Strangulationsmerkmale festgestellt.«

»Vermutlich war es ein Unfall«, behauptete Dr. Diether.

»Das bestreiten wir.«

»Häh?« Der Rechtsmediziner war überrascht. »Das erklären Sie mir bitte.«

Große Jäger berichtete vom Foto an der Rödemiser Kirchentür und dem von Fingerabdrücken gereinigten Wasserglas.

Dr. Diether stieß einen Überraschungspfiff aus. »Donnerwetter. Dann haben Sie es mit einem überaus intelligenten Täter zu tun. Wie kommt man auf die Idee, dem Opfer Flohsamenschalen einzutrichtern?«

»Tja«, sagte Große Jäger gedehnt. »Jetzt hat der Dämon einen Fehler gemacht. Hätte er auf dem Wasserglas nicht die Fingerabdrücke beseitigt, würden wir uns nicht darüber wundern.«

»Und wenn man die Abdrücke des Täters extrahiert hätte?«

»Die sind mit Sicherheit nicht in unserer Datei. Wir hätten uns auch gewundert, aber anders.«

»Nun ist es gleich, ob Sie sich so oder anders wundern.«

»Wir haben jetzt aber den Beweis vorliegen, dass es sich um Mord handelt.«

»Na ja – Beweis«, schränkte Dr. Diether ein. »Darüber dürfen sich die Juristen streiten.«

»Jedenfalls bringt es uns weiter. Aber Sie wollten noch etwas zu den Flohsamenschalen und der tödlichen Wirkung erzählen.«

»Die Flosa-Schalen werden in ein Glas Wasser gegeben und umgerührt. Sie quellen dann auf. Ihre Wirkung beruht darauf, dass sie im Verdauungstrakt weiter aufquellen, Flüssigkeit aufnehmen und, da sie vom Körper nicht verdaut werden, durch den ganzen Verdauungskanal wandern. Ich will Ihnen ein Beispiel nennen. Wenn Sie ein Bleirohr nehmen und es biegen wollen, entsteht ein Knick, und die Stelle wird unpassierbar. Der kluge Klempner füllt es deshalb mit Sand und biegt es dann. So entsteht eine schöne Rundung, und Sie lassen den Füllsand wieder herausrieseln. So funktionieren Flohsamenschalen.«

»Aha. Und was hat das mit unserem Toten zu tun?«

»Hören Sie mir nicht zu? Wenn ich Sie eines Tages obduziere, werde ich mir auch Ihre Ohren genau ansehen.«

»Wie wollen Sie mich aufschneiden, wenn ich zuvor Ihren Mörder suchen muss? Sie, Ihre Art und Ihr Beruf … Sie sind ein potenziell Gefährdeter.«

»Sie sagten es eben. Ich bin ein professioneller Aufschneider. In jeder Hinsicht. Wenn Sie die Flohsamenschalen in Wasser gerührt haben, sollten Sie die Mischung kurzfristig einnehmen. Sie quillt auf. Danach ist sie nur schwer zu schlucken. Im schlimmsten Fall kann es dazu kommen, dass der sich weiter aufquellende Brei die Atemwege verschließt. Deshalb soll man sie nicht bei Schluckstörungen oder anderen Hals- oder Rachenproblemen einnehmen und anschließend ausreichend trinken, mindestens ein volles Wasserglas. Das Zeug sollte nie trocken eingenommen werden, da Rachen, Atemwege oder Speiseröhre blockiert werden können. Dann droht Erstickungsgefahr.«

»Und das ist hier geschehen?«

»Ja. Ich habe Spuren des Breis im Rachen und in der Luftröhre gefunden.«

»Weshalb hat Feddersen die Anmischung nicht hinuntergeschluckt?«, fragte Große Jäger, mehr zu sich selbst gewandt.

»Hat er wohl. Aber nicht innerhalb der empfohlenen Zeitspanne. Und wenn Sie statt der korrekten Menge mehr Flosa in das Glas geben und der Brei von sich aus schon dicker ist, kann die hier eingetretene Reaktion erfolgen. Der Täter hat es angerührt und ihm gereicht. Feddersen hat es arglos getrunken. Er musste nicht gezwungen werden. Der Vorgang war ihm vertraut.«

»Daraus können wir ableiten, dass er den Täter kannte und keinen Argwohn hegte. Weil der Dämon das Glas führte und den Inhalt dem Opfer einflößte, musste er auch das Glas abwischen, um keine Spuren zu hinterlassen.«

»Nun kann es doch nicht mehr so schwer sein, den Täter zu überführen, nachdem ich Ihnen alle Fakten geliefert habe«, sagte Dr. Diether und verabschiedete sich.

»Interessant«, murmelte Große Jäger mehrfach hintereinander. »Franziska Kopecki hat uns beiläufig von Feddersens Verdauungsproblemen berichtet. Mit solchen Beschwerden geht man nicht hausieren. Seine Gehbehinderung war allen bekannt. Aber diese Geschichte … Da muss jemand sehr vertraut mit ihm gewesen sein. Wir haben den ersten Hinweis, dass sich Opfer und Täter kannten. In allen anderen Fällen schien es so, als handelte es sich um Zufallsopfer. Dagegen spricht … Na, Hosenmatz?«

»Der Dämon hat seine Opfer zuvor fotografiert und kannte ihren Wohn- oder Arbeitsort sowie ihre Lebensgewohnheiten. Der Schüler Jan Behrendsen hat mit ihm getrunken, Karin Amundsen sofort ihr Frühstück unterbrochen, und Claus Claussen ist dem Täter bis zum Parkplatz Platenhörn entgegengefahren, wo er erschlagen wurde.«

Große Jäger legte seine Hände seitlich gegen die Schläfen. »Was haben wir übersehen, als wir nach Gemeinsamkeiten gesucht haben?«

Cornilsen schwieg.

»Es muss aber welche geben«, meinte Lena.

»Gut. Dann lasst uns von vorn beginnen.«

Niemand protestierte.

Lena besorgte wortlos Kaffee. Selbst Cornilsen trank das schwarze Gebräu und ließ von seiner geliebten Cola ab. Hilke Hauck wunderte sich zunächst darüber, kümmerte sich dann aber um den Nachschub. Sie organisierte auch Kekse und ein paar belegte Brötchen, als sich die Arbeit in die Länge zog.

Sie wälzten die Protokolle, sahen ihre eigenen Notizen durch, suchten im Internet, in den sozialen Medien, in Foren, verglichen Aussagen von Zeugen und Anhörungen von Angehörigen, Nachbarn und anderen Personen, trugen Hobbys und Mitgliedschaften zusammen, notierten Verbindungen auf dem Flipchart und hofften, doch noch einen Zusammenhang zwischen Opfern und Betroffenen zu finden. Es gab nur die Verbindung über die Namensendung »-sen«, das aufsteigende Alphabet der Zunamen und dass die Betroffenen in Husum wohnten.

»Das stimmt nicht«, warf Cornilsen ein. »Claussen wohnte in

Simonsberg. Können wir damit ausschließen, dass der Wohnort ein Kriterium ist?«

»Claussen hat in Husum gearbeitet. Er hatte also einen engen Bezug zur Stadt. Und Simonsberg liegt in Husums Dunstkreis. Für mich sieht es so aus, als würde mit Claussen die Serie, die wir unterstellen, nicht unterbrochen.«

Dann vertieften sie sich wieder in die Unterlagen. Cornilsen und Lena schreckten auf, als Große Jäger wütend mit der Faust auf die Tischplatte schlug und laut rief: »Das ist doch zum Mäusemelken. Es muss doch einen Ansatzpunkt geben. Wir nennen die Bestie Dämon, nicht Phantom. Niemand ist unsichtbar.« Er stand auf, und als ihn die fragenden Blicke der beiden anderen trafen, ergänzte er: »Ich gehe Dampf ablassen. Und das ist wörtlich zu nehmen.«

Große Jäger hatte nur wenige Züge am Hintereingang des Polizeigebäudes inhaliert, als Cornilsen auftauchte und aufgeregt sagte: »Ein weiteres Bild ist aufgetaucht.«

»Wo?«

»In Schobüll.«

»Im Kirchlein am Meer? Es ist schon Tradition, dass dort Ludwig Güttler und Friedrich Kircheis einmal jährlich Barockwerke spielen.«

»Du interessierst dich für klassische Musik?«

»Ich weiß«, antwortete Große Jäger. »Du möchtest jetzt gern wissen, in welcher Band die beiden auftreten. Spaß beiseite.« Er zog hastig an seiner Zigarette, als müsse er aus Zeitmangel den Glimmstängel in einem Zug inhalieren. »Wieder das bekannte Muster?«

»Dieses Mal ist es ein jüngerer Mann. Sein Foto wurde an der Tür des Kirchleins am Meer, wie du sagtest, angeschlagen. Ein Tourist aus Marl hat es entdeckt. Er kannte die Berichterstattung aus der Zeitung, hat gut reagiert und mit dem Handy die Polizei angerufen.«

»Wo ist das Bild?«

»Auf der Wache. Die Streife hat die Auffindesituation vor Ort mit Fotos dokumentiert und das Objekt sichergestellt. Die Kollegen haben dazu Handschuhe angezogen, um keine Spuren zu verwischen. Sollen wir Klaus Jürgensen alarmieren?«

»Nein«, entschied Große Jäger. »Das bringt uns nichts. Die Kirche ist ein Kleinod und wird gern von Urlaubern besucht. Wir wissen, dass der Dämon vorsichtig zu Werke geht. Wir würden nicht fündig werden.«

»Könnte man es uns nicht als Nachlässigkeit ankreiden?«, wandte Cornilsen ein.

»Bestimmte Medien halten uns Unfähigkeit vor, weil wir den Dämon bis heute nicht gefasst haben. Klaus Jürgensen ist heute mit dem Tatort Feddersen beschäftigt. Wenn wir wissen, dass wir in Schobüll nichts erreichen, wäre das eine Art unnötige Beschäftigungstherapie.«

Ohne Cornilsens Antwort abzuwarten, ging Große Jäger zur Wache der Schutzpolizei im Erdgeschoss voraus und ließ sich das Bild zeigen. In einer Klarsichtfolie war das per Drucker erstellte Foto eines jüngeren Mannes eingepackt.

»Ich habe schon veranlasst, dass eine Kopie …«

»Kopie?«, fragte Große Jäger.

Der Uniformierte beschwichtigte ihn. »Ich habe es mit dem Handy abfotografiert.«

Große Jäger lobte den Beamten für die Umsicht.

»Mein Foto, also das abfotografierte, kursiert unter den Kollegen. Sonst beginnt wieder die bekannte Sisyphusarbeit.«

»Das Prozedere ist uns mittlerweile geläufig. Aber die Zeit drängt. Ich mag nicht daran denken, was ist, wenn wir erneut zu spät kommen.« Trotz aller Professionalität und Erfahrung konnte sich Große Jäger nicht des flauen Gefühls im Magen erwehren. Dieser Fall und seine Begleitumstände gingen an die Substanz. Jedes gegen Leib und Leben eines Menschen gerichtete Verbrechen berührte die beteiligten Polizisten. In diesem Fall war es ein Wettlauf mit der Zeit, denn es galt, ein bedrohtes Leben zu retten.

Lena war Große Jäger gefolgt und hatte sich still dazugestellt.

Das Funkgerät knatterte.

»Ja?«, fragte der Diensthabende.

»Ulf hier. Das Bild, das du rumgeschickt hast … Bengt glaubt, der Mann darauf hat Ähnlichkeit mit einem Lehrer seiner Tochter.«

»Lass hören, Ulf. Wie heißt der?«

»Das weiß Bengt nicht. Du weißt, wie es bei uns Polizisten ist. Schichtdienst. Da bleibt viel an der Ehefrau hängen. Bengt telefoniert gerade mit seiner Frau. Wenn wir wiss… Moment. Er ist fertig.« Der Ton wurde leiser. Sie bekamen den Dialog zwischen den beiden Streifenbeamten mit.

Dann meldete sich Ulf wieder. »Seine Frau hat das Bild nicht gesehen. Aber der Beschreibung nach könnte es ein Lehrer der Hermann-Tast sein.«

»Hermann-Tast?«, flüsterte Lena fragend in die Runde.

»Das humanistische Gymnasium Hermann-Tast-Schule«, erläuterte ihr Große Jäger, »ist nach dem Reformator und Theologen Hermann Tast benannt. Früher hieß die Schule Husumer Gelehrtenschule und war bis in die siebziger Jahre im Alten Gymnasium untergebracht.«

»Altes Gymnasium? Das ist heute ein Sternehotel?«

Sie wurden durch den Wachhabenden unterbrochen. »Bengts Frau sagt, es könnte sich um Herrn Gerritsen handeln. Den Vornamen kennt sie leider nicht. Er unterrichtet Mathe, Physik und Sport.«

Große Jäger pfiff leise durch die Zähne. »Die Schule ist Bundessieger bei ›Jugend forscht‹ gewesen und mehrfach für die besonderen Leistungen in den MINT-Fächern, also Mathematik, Informatik, Naturwissenschaft und Technik, ausgezeichnet worden. Wenn Gerritsen die Fächer unterrichtet, muss er ein kluges Kerlchen sein.«

»Hoffentlich ist er so schlau, dass er dem Dämon nicht ins Netz geht«, merkte Cornilsen an.

»Los«, befahl Große Jäger. »Wir müssen Gerritsen finden.«

Sie eilten in ihr Büro. Es dauerte nur Sekunden, bis Cornilsen das Ergebnis vorliegen hatte.

»Sönke Gerritsen, vierunddreißig. Er wohnt ›Hinter der Neustadt‹.«

»Häh?«, fragte Lena.

»Das ist ein Straßenname«, erläuterte Cornilsen.

»Komische Namen gibt es hier in Husum«, sagte Lena. »Den toten Jungen hat man doch am Totengang gefunden.«

»Das ist ein Steinwurf von Gerritsens Wohnung entfernt. ›Hinter der Neustadt‹ ist der Name des zweiten Teils der Straße. Direkt neben dem Westfriedhof.«

»Los«, drängte Große Jäger erneut. »Kein Palaver jetzt. Wir haben es eilig.«

Sie liefen zum Auto und nutzten das mobile Blaulicht, um zum Ziel zu gelangen. Hinter dem Begriff »Neustadt« verbargen sich in Husum neben einem Lebensgefühl und einem Stadtbezirk auch Straßenzüge. Man unterschied die Untere Neustadt, die mit kleinen reizvollen Geschäften ein Magnet für viele Passanten war, und die Obere Neustadt. Parallel dazu verlief die Straße »Hinter der Neustadt«, die ein buntes Konglomerat von Häusern und Grundstücken bot. Gewerbe mit Fassaden, denen etwas Farbe guttun würden, wechselten mit modernen Wohnhäusern ab.

Man hätte es als eine eigenwillige Form von Urbanität beschreiben können. Die Anlage, in der sich Gerritsens Wohnung befand, war in U-Form gebaut. Davor waren Parkmöglichkeiten für die Bewohner geschaffen worden. Große Jäger stellte den Dienstwagen auf einem für die Anlieger reservierten Parkplatz ab.

Statt dass ein Summer ertönte, der ihnen die Tür öffnen sollte, erschien ein hochgewachsener Mann mit einer sportlichen Figur. Er war braun gebrannt. Das harmonierte mit den blonden Haaren, die sich auch auf den bloßen Oberarmen zeigten. Er trug ein unifarbenes Shirt und eine fast weiße Cargohose, die bis knapp über die Knie reichte. Darunter waren muskulöse Waden zu sehen. Die in die Haare geschobene Sonnenbrille war wohl eher ein modisches Accessoire. Er sah die beiden Beamten und Lena fragend mit hochgezogener Augenbraue an.

»Polizei Husum«, sagte Große Jäger. »Herr Gerritsen?«

»Polizei?« Der junge Mann unterließ es, zu bestätigen, dass er der Angefragte sei.

Große Jäger hielt ihm den Dienstausweis hin. »Reicht das? Oder wollen Sie die Legitimation meiner Kollegen auch sehen?«

Gerritsen winkte ab. Stattdessen fragte er ein weiteres Mal: »Polizei?«

»Erschrecken Sie bitte nicht. Wir kennen diese Reaktion von unbescholtenen Bürgern.«

Gerritsen war offensichtlich der Gesuchte. Ihr Gegenüber entsprach dem Foto, das der Dämon an der Schobüller Kirche angebracht hatte. Große Jäger erklärte kurz den Grund ihres Besuchs.

»Natürlich habe ich davon gehört«, sagte Gerritsen. »Ganz Nordfriesland spricht von diesen Taten.« Er fuhr sich mit der Zunge über die Lippen. »Aber dass man selbst betroffen sein könnte – wer ahnt so etwas?« Er trat zur Seite. »Kommen Sie doch herein«, forderte er die Beamten auf und ging in die erste Etage voraus.

Die Wohnung war hell und freundlich. Die Einrichtung war minimalistisch modern und bestand aus Chrom, Glas und weißem Holz. Es waren einzelne Elemente, keine konventionellen Schränke oder Anrichten. Alles war schnörkellos. Große Jäger fiel auf, dass es keine schmückenden Teile gab. Lediglich kräftig bunte Bilder im Stil von Andy Warhol und Fotografien von Colaflaschen in allen Lagen und Schattierungen schmückten die Wände.

»Setzen Sie sich«, forderte Gerritsen die drei auf und nahm selbst an dem Tisch mit der Glasplatte Platz, die auf zwei Holzböcken ruhte. Er legte die Unterarme auf die Tischkante und faltete die sorgfältig manikürten Hände.

»Ich bin mit den sozialen Netzwerken bestens vertraut. Wer

mit jungen Menschen arbeitet, muss sich da auskennen. Ohne geht heute nichts mehr. Stundenpläne, aktuelle Änderungen, Hausaufgaben … all das läuft übers Netz. Zwangsläufig habe ich damit zu tun. Deshalb weiß ich auch, dass in früheren Fällen dieser Mordserie das Internet eine Rolle spielte. Ich war heute Nachmittag außer Haus.« Ihm schien plötzlich bewusst zu werden, dass er betroffen war. »Ist … ist ein Bild von mir im Netz?«

Große Jäger beruhigte ihn. »Ein aufmerksamer Kirchenbesucher hat das Bild entdeckt, bevor es veröffentlicht werden konnte, und die Polizei verständigt.«

Gerritsen atmete tief durch. »Und jetzt?«

»Werden Sie als Lehrer gelegentlich gemobbt?«, mischte sich Lena ein.

Er wandte sich ihr zu. »Husum ist in dieser Hinsicht ein ruhiges Pflaster. Hier gibt es keine Problembezirke oder -schulen. Es kann mal vorkommen, dass ein Schüler sauer ist oder witzig erscheinen will und etwas postet. Das ist die Ausnahme. Ich verstehe aber Ihre Frage nicht. Sie glauben doch nicht, dass dahinter ein ausufernder Schülerstreich steckt?«

»Das ist mit Sicherheit nicht der Fall.«

»Was denn?«

»Wir sind in den Ermittlungen.«

»Sie müssen aber doch Anhaltspunkte haben, konkrete Hinweise. Ich kann mir nicht vorstellen, dass Sie komplett im Dunkeln tappen.«

»Sie verstehen, dass wir darüber nicht sprechen können.«

»Schon. Aber ich bin Betroffener. Ich habe ein Anrecht auf die Information«, blieb Gerritsen hartnäckig. »Wie haben Sie mich so schnell ausfindig gemacht?«

»Polizeiarbeit«, wich Große Jäger aus.

»Entschuldigung, aber das ist mir ein wenig zu schwammig.«

»Wir können zu laufenden Ermittlungen keine Auskünfte geben.«

»Ich muss doch wissen, was auf mich zukommt. Bin ich gefährdet? Und wenn ja, wie ernst?«

»Nach unseren bisherigen Erkenntnissen ist Vorsicht geboten. Wenn Sie nicht alltägliche Situationen meiden, auf Besonderheiten achten und sich von risikobehafteten Dingen zunächst fernhalten, dürfte das Gefährdungspotenzial gering sein.«

Gerritsen lachte bitter auf. »Das ist es, was ich meine. Sie erzählen mir Wischiwaschi. Welche nicht alltäglichen Situationen? Welche Besonderheiten? Was verstehen Sie unter ›risikobehafteten Dingen‹?«

»Wir können Ihnen leider keinen Katalog präsentieren.«

»Sie begnügen sich mit Allgemeinplätzen. Dann gehen Sie nach Hause, legen sich mit einem ruhigen Gewissen schlafen und fragen sich am nächsten Tag, ob der Bedrohte noch lebt. Ist das so?«

Vieles davon traf zu, aber nicht das ruhige Gewissen und der Schlaf. Den fanden weder Große Jäger noch seine Kollegen. Und auch die Kolleginnen nicht, schob er im Geiste nach.

»Ich werde mich auch ohne Hilfe zu schützen wissen«, behauptete der Mann jetzt selbstbewusst.

Große Jäger nannte die Namen der anderen Opfer. Bei jedem flackerte unmerklich Gerritsens Augenlid. Er verneinte aber, die Namen zu kennen.

»Sie kommen viel herum«, sagte Große Jäger.

»Das ist relativ. Wir haben etwa tausendzweihundert Schüler bei uns. Ich kenne nicht alle mit Namen, aber viele. Und die Namen, die Sie genannt haben, sind die nordfriesischen Meyers, Schmidts und Schulzes.«

»Sind Sie in Vereinen? Welche Hobbys haben Sie?«

Gerritsen lachte laut auf. »Das geht jetzt aber zu weit. Das klingt fast wie ein Verhör. Sind Polizisten so einseitig im Denken? Ich bin der Bedrohte, nicht der Täter.«

»Um die Gefährdung einschätzen zu können, stellen wir die Fragen.«

Gerritsen beugte sich vor. »Ich bin Sportlehrer. Das ist aber nicht das einzige Motiv, mich fit zu halten. Heute Nachmittag habe ich eine Runde gedreht. Schobüll – über den Damm nach

Nordstrand. Dort habe ich eine Schleife gezogen und bin wieder zurück.«

»Das ist ein ordentliches Stück.«

»Es geht so«, wiegelte Gerritsen ab. »Bummelige sechzig Kilometer.«

»Ist das Ihre Stammstrecke?«

»Das wäre langweilig. Ich fahre um den Porrenkoog, den Beltringharder und andere Routen.«

»Auch durch Husum?«

»Ungern. Die Stadt ist nicht fahrradfreundlich angelegt.«

»Also meiden Sie Husum.«

»Nicht grundsätzlich.«

»Rödemis?«

»Streife ich gelegentlich.«

»Und Eiderstedt?«

»Ein reizvolles Radrevier. Aber weshalb fragen Sie das so gezielt? Es geht um meine Sicherheit.«

»Achten Sie auf ungewöhnliche Dinge um sich herum. Wenn Sie sich unsicher fühlen, nehmen Sie sich eine Auszeit für ein paar Tage.«

Wieder war das höhnische Lachen zu hören. »Wenn das so einfach wäre. Ich gehe zu meinem Direktor und sage, dass er eine Weile ohne meine Anwesenheit den Schulbetrieb aufrechterhalten soll. Weshalb machen Sie nicht Ihre Arbeit und stellen diesen Wahnsinnigen? Was läuft hinter den Kulissen? Ist er zu clever für Sie?«

Große Jäger maß den Mann mit einem langen stummen Blick und registrierte, dass auch Lena stutzig geworden war.

»Wenn Ihnen etwas auffällt, wenden Sie sich umgehend an die Polizei. Jederzeit. Tag und Nacht. Lieber einmal zu viel als zu wenig«, riet Große Jäger dem Lehrer und stand auf.

»Weshalb ausgerechnet ich?«, wollte Gerritsen beim Abschied wissen.

»Wir sind schon ein gutes Stück vorangekommen, indem wir Sie gewarnt haben.«

»Das ist doch lächerlich. Durch das Bild an der Kirchentür in Rödemis hatten Sie alle Hinweise.«

»Melden Sie sich bei uns«, sagte Große Jäger und ging, gefolgt von Cornilsen und Lena.

»Woher wusste er von der Kirchentür?«, fragte Cornilsen auf dem Weg zum Auto.

»Eine gute Frage. Diese Information ist aber von den vorherigen Fällen an die Presse durchgesickert. Außerdem stand es im Netz.«

»Du hast nicht ohne Grund nach seinen Radexkursionen gefragt?«, bohrte Cornilsen nach.

Große Jäger blieb vor dem Dienstwagen stehen und zündete sich eine Zigarette an.

»Mir haben die Zwischentöne nicht gefallen. Gerritsen ist ein intelligenter Mensch. Er unterrichtet nicht nur Volkstanz oder gibt Nähkurse. Ich verstehe, wenn jemand die Frage nach dem Warum stellt. Weshalb ausgerechnet er? Dieses Phänomen trifft man auch oft bei Menschen, die mit der Diagnose Krebs konfrontiert werden.« Er sah Lena an. »Antworten darauf zu finden fällt in dein Metier. Mich stört, dass er die Polizei für unfähig hält. Als ich auf die nicht veröffentlichten Ermittlungsergebnisse verwies, hat er hartnäckig nachgebohrt. Außerdem glaubt er, sich selbst schützen zu können. Passt solch übersteigertes Selbstbewusstsein nicht in das Bild des Narzissmus?«

»Ob man das …« und »Indirekt hat er gesagt, die Polizei ist zu dumm …«, setzten Lena und Cornilsen gleichzeitig an. Cornilsen zeigte auf Lena. »Mach du.«

»Die Symptome sind nicht immer schwarz oder weiß. Das habe ich schon einmal erklärt. Der Mann zeigte sich sehr selbstbewusst, es grenzte schon an Überheblichkeit. Aus dem kurzen Dialog kann man aber keine Diagnose ableiten.«

»Wenn du das nicht kannst – wie sollen wir das einschätzen?«, unterbrach Große Jäger Lena.

»Gerritsen unterrichtet Mathematik. Da ist es einfach. Es gibt immer nur eine Lösung.«

»Das ist nicht zutreffend«, unterbrach Große Jäger sie erneut. »Die Wurzel aus vier kann zwei oder minus zwei sein.«

»Du willst mich nicht verstehen«, sagte Lena ärgerlich. »Es gab schon Ansätze, dass Gerritsen sich gegenüber anderen überlegen fühlt. Ich kann mir vorstellen, dass er das auch herausstellt. Es ist eine sehr freie Interpretation, aber zwischen den Tönen hat er durchklingen lassen, dass *er* weiter wäre als der Polizeiapparat.«

»So?«, mischte sich Cornilsen mit spitzem Ton ein. »Das habe ich nicht gehört.«

»Du bist Polizist, nicht Psychologe.«

»Stößt du jetzt ins gleiche Horn wie Gerritsen? Zur Polizei geht, wer für andere Aufgaben zu dumm ist?«

»Mats! Ich verstehe deine Gedanken nicht.« Lena hatte die Augen leicht zusammengekniffen, als würde sie in die Sonne blinzeln.

»Hört auf«, fuhr Große Jäger dazwischen. »Die Nerven liegen bei allen blank. Es führt uns nicht weiter, wenn wir uns gegenseitig anmachen. Lasst uns unsere Kräfte bündeln. Wir haben alle drei den Eindruck, dass Gerritsen uns unterschwellig für minderbemittelt hält. Er ist klüger. Glaubt er jedenfalls. Ist das richtig?«

Der Hauptkommissar sah nacheinander Lena und Cornilsen an. Beide nickten.

»So hat Lena uns die narzisstische Persönlichkeitsstörung geschildert. Zutreffend?« Er hob die Hand. »Wir sind in der Theorie.«

»Ja, schon. Aber …«

»Nicht verkomplizieren«, mahnte Große Jäger. »Wenn wir uns ein Modell des Dämons konstruieren würden, könnten wir einige Eigenschaften Gerritsens dafür ausborgen?«

»Ausborgen oder verwenden?«, hakte Cornilsen nach.

»Mit Fakten sind wir bisher nicht weitergekommen. Oft hilft

mein Bauchgefühl.« Dabei strich Große Jäger sich über den Schmerbauch. »Pater Brown verwandte oft die Redewendung ›Lasst uns kriminalisieren‹.«

»Wer ist Pater Brown?«, wollte Cornilsen wissen.

Große Jäger tippte sich an die Stirn. »Döspaddel. Wir sollten also auch Meinungen und Ansichten einfließen lassen. Das entspricht Lenas Wissenschaft. Gut.«

Cornilsen sah ihn ratlos an. »Ich bin noch nicht bei euch. Gerritsen ist vermutlich das nächste Opfer. Auch wenn er selbstbewusst bis überheblich erscheint, gilt er nicht als verdächtig.«

»Er unterscheidet sich aber von den anderen Opfern durch seine nassforsche Art. Und er behauptet, sich nicht zu fürchten. Die anderen Opfer waren alle hilf- oder arglos. Ältere Leute. Schüler. Oder vertrauensselig wie Claus Claussen.«

»Eicke Erichsen passt nicht in die Reihe«, protestierte Cornilsen.

»Nein. Aber er hatte Angst, als ihm bewusst wurde, dass ihn der Dämon ausgeguckt hat.«

Lena meldete sich zu Wort. »Wir kennen das von Serientätern. Die erste Straftat kostet noch Überwindung. Der Täter muss eine Hemmschwelle überwinden. Bei Sexualstraftaten sehen wir, dass er einen immer größeren Kick braucht, um befriedigt zu sein. Ist ihm zuerst nur daran gelegen, sein Opfer zu missbrauchen und es durch die Tat zu demütigen, Herrschaft auszuüben, muss der Adrenalinspiegel bei den nächsten Taten erhöht werden. Um es deutlich zu formulieren: Stoppt man ihn nicht, findet der Täter erst dann seine Befriedigung, wenn er sein letztes Opfer im gläsernen Fahrstuhl eines voll besetzten Kaufhauses vergewaltigt.«

»Das ist sehr drastisch formuliert«, meinte Große Jäger. »Aber es erklärt die Verhaltensweise des Dämons. Ist er frustriert, dass die dumme Polizei ihm immer noch nicht auf die Spur gekommen ist? Glaubt er, die Anlage seiner Taten ist so intellektuell, dass er das Niveau senken muss, sonst finden wir ihn nie? Wir sind schon lange der Überzeugung, dass er mit uns spielt, uns demonstriert, dass weder wir noch andere ihm gewachsen sind.«

»Und solche Anzeichen willst du bei Gerritsen registriert haben?«

Große Jäger zeigte stumm auf Lena.

»Er ist der Erste, der sich so gibt«, bestätigte die Psychologin. »Wenn er mit uns spielt, könnte es eine weitere Variante sein, dass er sich selbst als Opfer ausgibt. Er meint, dass dieser Gedanke so genial ist, dass wir dann noch weiter im Nichts herumstochern.«

Cornilsen schüttelte für sich selbst den Kopf. »Man muss schon Große Jäger heißen, um solche krausen Gedanken zu hegen. Das ist ja dreimal um die Ecke gedacht. Es gibt aber dennoch einen Widerspruch. Mit einer solchen Konstruktion, er selbst als vermeintliches Opfer, würde er uns noch weiter in die Irre leiten, wenn wir darauf eingingen. Das passt nicht zu Lenas Ausführungen, dass sich der Täter den letzten Kick im gläsernen Fahrstuhl holen möchte.«

»Lena hat auch gesagt, dass es nicht nur Schwarz und Weiß gibt.«

»Aha.«

»Wir sollten uns mit Sönke Gerritsen befassen. Wer ist der Mann?«

»Ich versuche, die Fakten zusammenzutragen«, sagte Cornilsen.

Nach zwanzig Minuten hatten sie eine Reihe von Informationen gesammelt.

Sönke Gerritsen war vierunddreißig Jahre alt, ledig und in Husum geboren. Dort hatte er Abitur gemacht und anschließend an der Christian-Albrechts-Universität zu Kiel Mathematik und Physik studiert.

»Weshalb wird man dann Lehrer?«, warf Große Jäger ein.

»Das liegt offenbar in der Familie«, erklärte Cornilsen. »Er hat auch Sport studiert. Sein Vater hat promoviert und es zum Direktor eines großen Kieler Gymnasiums gebracht. Der ältere Bruder ist an der Uni in Münster tätig. Auch er ist Mathematiker. Aber nicht irgendeiner. Ich habe im Internet Berichte über ihn gefunden. Er ist Europameister im Rechnen. Wenn ich es richtig verstanden habe, werden den Kandidaten dort Aufgaben gestellt, die wir auch nicht mit dem Taschenrechner lösen können. Die machen es im Kopf.«

»Eine Familie von Hochbegabten«, sagte Große Jäger. »Hast du etwas über den Dackel der Familie gefunden?«

»Häh?«

»Wenn der genauso begabt ist wie der Rest, kann der Geige spielen. Mindestens.«

»Sönke Gerritsen scheint bei den Schülern beliebt zu sein, obwohl er Mathe unterrichtet.«

»Dann tritt er nur Polizisten nassforsch entgegen?«

»Nicht ganz. Mittlerweile gibt es auch Eltern, die im Netz spazieren gehen. Wenn man sucht, findet man auch deren Kommentare zum Thema Schule. Gerritsen wird dort öfter als arrogant beschrieben. Es sieht so aus, als wäre sein Auftreten uns gegenüber kein Einzelfall.«

Große Jäger verstellte die Stimme. »Wo kämen wir denn hin, wenn Vater Chefarzt oder Rechtsanwalt meint, mir die Welt erklären zu müssen? Ich kann mich doch nicht mit jedem Dahergelaufenen absabbeln. Ich bin schließlich Sönke Gerritsen.« Er sah Lena an. »Was meinst du dazu, min Deern?«

Lena wiegte den Kopf. »Wenn Gerritsen als das nächste Opfer auserkoren ist, hat der Dämon die Hürden hochgelegt. Würde es hier nicht um Menschenleben gehen, könnte das ein interessanter Zweikampf werden.«

»Und wenn, nur mal angenommen, Gerritsen doppeltes Spiel treibt, wäre das Spiegelfechterei«, sagte Große Jäger. »Ich würde sonst etwas dafür geben, um in seinen Kopf sehen zu können. Es ist so, als spielt jemand mit sich selbst Schach und ist gespannt, wer gewinnt. Wir haben von Lena gelernt, dass die Leute mit einer narzisstischen Persönlichkeitsstörung durchaus zwei unterschiedliche Seelen haben können.«

»Das ist etwas anderes als Schizophrenie«, warf Lena ein.

»Das meine ich auch nicht.«

Cornilsen lehnte sich zurück. »Das soll Flensburg entschieden. Wir sind raus.«

Große Jäger schüttelte energisch den Kopf. »Wir werden uns hüten, etwas von unserer Theorie nach außen dringen zu lassen.«

Die beiden anderen sahen ihn fragend an.

»Man würde uns alle drei zum Psychiater schicken. Wir haben einen Verdächtigen, der sich selbst zum nächsten Opfer macht.« Dabei streckte Große Jäger den Daumen in die Höhe. »Beweise haben wir keine. Wie sollen wir unsere Theorie untermauern?« Jetzt zeigte der Zeigefinger in die Höhe. »Ich steuere mein Bauchgefühl bei, und Hosenmatz sagt, Gerritsen ist verdächtig, weil er ein kluges Kerlchen ist und arrogant auftritt.« Es folgten Finger drei und vier. »Wir müssen die Sache selbst in die Hand nehmen.«

»Tun wir das machen«, stimmte Cornilsen zu. »Ich werde mich an Gerritsens Fersen heften.«

»Gut. Hast du ein Rennrad?«

»Ich kenne jemand, der es mir leihen kann.«

»Wir sollten auch versuchen, ein Foto von Gerritsen zu schießen. Das ist nicht ganz legal, aber wir können es Zeugen vorlegen.«

»Zum Beispiel dem aus Rödemis, der den Radfahrer an der Kirche dort gesehen hat.«

»Uns läuft die Zeit davon. Bevor wir an das Bild kommen, nehmen wir das Foto, das der Dämon an der Schobüller Kirchentür angebracht hat.«

»Dann mache ich mich auf den Weg und fahre zu dem Zeugen. Vielleicht erkennt er den Mann wieder.«

»Ich werde morgen die Schule aufsuchen und mich nach Gerritsen erkundigen«, sagte Große Jäger und wartete im Büro, bis Cornilsen nach zwei Stunden zurückkehrte.

Der Kommissar war enttäuscht. »Der Zeuge hat alles bestätigt. Er hat auf dem Foto von Gerritsen den Radfahrer wiedererkannt, der vor ihm von der Kirche geflohen ist. Hundertprozentig. Dann aber hat er gesagt, er habe ihn nur von hinten gesehen, würde sich das Bild aber gern noch einmal ansehen. Dazu müsse er sich aber seine Brille holen. Ja – das war der Mann. Bestimmt. Doch – sicher. Der Radfahrer sah so ähnlich aus. Vielleicht etwas kleiner.«

Sie beschlossen, Feierabend zu machen.

Große Jäger suchte allerdings die Kneipen in der Oberen Neustadt auf. Gerritsen wohnte in der Parallelstraße. Die Schüler hatten im Netz bestätigt, dass er okay sei. Der Mann schien einen guten Draht zu den jungen Leuten zu haben. Dann wäre es ihm sicher nicht schwergefallen, diesen auch zum zweiten Opfer, Jan Behrendsen, herzustellen. Als Lehrer wusste er, wie er Jugendliche anzusprechen und zu animieren hatte. Außerdem wohnte er in direkter Nachbarschaft zum Fundort der Leiche des Jungen. Wenn Jan Behrendsen sich in Gerritsens Wohnung zu Tode getrunken hatte, wäre es denkbar, dass der Lehrer den Toten auf dem nahen Spielplatz entsorgt hatte. Gerritsen war sportlich durchtrainiert. Es wäre ihm möglich gewesen, den Leichnam zu transportieren. Sogar ohne Auto.

Große Jäger zog durch sein angestammtes und vertrautes Kneipenrevier. Hier kannte man ihn. Er war sich sicher, dass man ihn nicht belügen würde. Seine Frage nach dem »Nachbarn« Gerritsen – er beschränkte sich darauf, das Bild zu zeigen, und verschwieg den Namen – war allerdings nicht von Erfolg gekrönt. Nach zahlreichen Bieren setzte er sich ins Auto und steuerte seine Husumer Wohnung an. Bis Garding wollte er es in diesem Zustand nicht mehr riskieren.

ZEHN

Große Jäger hatte die Hermann-Tast-Schule zu Fuß aufgesucht. Es waren nur wenige Schritte von der Poggenburgstraße am Bahnhof entlang bis zu dem weitläufigen Areal. Dort war gerade Pause. Auf dem Schulhof herrschte ein Gewusel, das mit den Fußgängerzonen der Metropolen zur Weihnachtszeit locker mithalten konnte. Nur die Lautstärke überschritt jeden Grenzwert. Natürlich gaben die jüngeren Schüler ihrem Bewegungsdrang nach. Aber musste das mit Schreien einhergehen?

Mit Hilfe von Schülern und Lehrern fand Große Jäger den Weg zum Schulsekretariat. Selbst hier herrschte reger Andrang. Ihn hätte es nicht verwundert, wenn es einen Zettelautomaten zur Regulierung des Ansturms gegeben hätte.

Die freundliche Mitarbeiterin bat ihn in das Büro der stellvertretenden Schulleiterin. Femke Iversen musterte ihn kritisch. Erst nachdem er seinen Ausweis präsentiert hatte, bat sie ihn, Platz zu nehmen. Sie stand noch einmal auf, um die Tür zum Flur zu schließen.

»Es geht lebhaft zu bei Ihnen«, sagte Große Jäger.

»Das ist unser Alltag. Die Kinder sind nicht nur bei den Freitagsdemos laut.« Sie lächelte. Dabei zeichneten sich ein paar Grübchen auf ihren Wangen ab. Dann wurde sie ernst. »Geht es um einen Schüler, wenn die Polizei, sogar die Kripo, uns aufsucht?«

Große Jäger beschwichtigte sie. Sein Besuch sei vertraulich. Es gehe weder um ein Vergehen noch um einen Verdacht, sondern ausschließlich um eine Prävention. Auf seine Nachfrage bestätigte Frau Iversen, dass sie – selbstverständlich – von den Ereignissen in Husum gehört habe.

»Wer nicht? Da spricht die ganze Stadt von. Es ist Thema weit über Husum hinaus.« Erneut präsentierte sie ihr Grübchenlächeln. »Wir alle hätten uns gewünscht, dass die mediale Aufmerksamkeit, die Husum derzeit genießt, einer anderen Quelle entspringen würde. Aber was hat unsere Schule damit zu tun?«

»Wir gehen einem vagen – ich betone ausdrücklich, vagen! – Verdacht nach.«

»Also doch.«

»Nein! Es wäre denkbar, eventuell, vielleicht, dass ein Mitglied des Lehrerkollegiums als mögliches Opfer in Frage kommen könnte.«

»Können Sie das auch präziser, ohne Adverbien und Konjunktiv, ausdrücken?«

Femke Iversen – Große Jägers Gedanken waren kurz abgeschweift. Vom Zunamen her würde sie in die unheimliche Reihe passen.

»Es gibt Hinweise, dass der Täter sein Augenmerk auf einen Lehrer der Schule gerichtet hat.«

»Wo ist das Problem? Ziehen Sie den Täter aus dem Verkehr.«

»Wir haben Indikationen, die auf ihn hinweisen. Leider fehlt das Namensschild daran.«

Femke Inversen legte die manikürten Fingerspitzen zu einem Dach zusammen. »Welcher Kollege ist involviert?«

»Wie gesagt: Es ist eine reine Prävention. Sönke Gerritsen.«

»Sönke? Herr Gerritsen? Wie kommen Sie ausgerechnet auf den?« Frau Iversen stand die Überraschung ins Gesicht geschrieben.

»Wir haben schon mit ihm gesprochen. Eine eloquente Persönlichkeit.«

»Hm. Was wollen Sie damit ausdrücken?«

»Herr Gerritsen schien nicht sehr beeindruckt zu sein.«

»Das wundert mich nicht. Er ist sehr selbstbewusst. Das liegt aber auch an seinen Fähigkeiten. Neben seinem zweifellos vorhandenen Ehrgeiz, der ja eine leistungssteigernde Triebfeder sein kann, verfügt er über eine fundierte Ausbildung in Mangelfächern und über einen scharfen Verstand. Es gibt Menschen, die sich ein breit gestreutes Allgemeinwissen angelesen haben. Das hat er auch. Aber Sönke analysiert die Situation zusätzlich messerscharf und antwortet mit dem Intellekt, nicht mit Retortenwissen oder Phrasen.«

»Das billigen wir ihm gern zu. Es geht aber darum, ihn hinsichtlich möglicher Gefahren zu sensibilisieren.«

»Er ist zudem sportlich sehr aktiv, körperlich fit. Wenn also jemand einen Anschlag auf ihn plant, muss er sich schon einer Langstreckenwaffe bedienen. Sonst wüsste Sönke sich bestimmt zur Wehr zu setzen und ließe niemanden in seine unmittelbare Nähe.«

»Ich weiß. Er fährt ausdauernd Rad.«

»Nicht nur das. *Mens sana in corpore sano.* In einem gesunden Körper wohnt ein gesunder Geist«, übersetzte sie. »Bei Sönke kommt alles zusammen. Er ist in der Leichtathletik ebenso fit wie im Geräteturnen, schwimmt, spielt Hand- und Fußball, Golf und so weiter.«

»Ein fehlerloser Lehrer«, stellte Große Jäger fest.

»Die Schüler akzeptieren ihn. Nicht nur das. Er ist sehr beliebt, weil er auf sie eingeht, sie mitreißen kann. Ich habe ihn schon einmal darauf hingewiesen, dass ein wenig mehr Distanz seiner Beliebtheit nicht abträglich wäre.«

»Dann haben Sie keine Sorgen, zumindest nicht mit diesem Lehrer, hinsichtlich Mobbing im Netz.« Große Jäger unterließ es, von »Erpressung« zu sprechen.

»Nicht mit dem Kollegen Gerritsen. Das wüssten wir. So etwas bleibt selten unter der Decke. Diese Leute suchen ja das Publikum.«

»Deshalb suchen wir das Gespräch mit Ihnen. Wir wollen uns ein Bild machen, ob es eine Gefahrenlage gibt. Nach Ihren Schilderungen besteht kein Grund, dieses anzunehmen.«

Femke Iversen spitzte die Lippen.

»Sönke weiß, wie gut er ist. Das lässt er bisweilen andere spüren. Wenn jemand meint, mit ihm diskutieren zu müssen, kann er sehr verletzend sein. Er mag es nicht, wenn Eltern widersprechen oder ihn belehren wollen. Er reagiert dann überzogen arrogant. Im Kollegium weiß man darum. Es gab schon ein paar Beschwerden. Die waren aber nicht so schwerwiegend, dass seitens der Schule Maßnahmen ergriffen werden mussten. Wir sind froh, einen so qualifizierten Lehrer für die MINT-Fächer zu haben.«

»Danke. Ich habe noch eine letzte Bitte: Könnten Sie mir von den Druckern, die Sie haben, jeweils folgendes Foto ausdrucken?«

»Gibt es einen Grund dafür?«

»Ja.«

Frau Iversen schaute ihn lange an und erwartete offenbar eine Erklärung, bis sie schließlich einsah, dass diese nicht erfolgen würde. »Normalerweise berechnen wir Fremdkopien. Unser Budget für Betriebsmittel ist knapp bemessen.«

»Einverstanden. Lassen Sie es uns eskalieren. Sie melden es dem Bildungsministerium, und die sollen sich auf dem kurzen Dienstweg die Auslagen vom Innenminister zurückholen. Ein Land, das sieben Milliarden für die Pleitebank HSH ausgibt, wird sich die paar Pfennige noch leisten können.«

»Pfennige?« Frau Iversen zog eine Augenbraue in die Höhe.

»Ich glaube, Sie korrigieren die Arbeiten Ihrer Schüler sehr exakt«, erwiderte Große Jäger. »Ich gehe davon aus, dass der Inhalt unseres Gesprächs vertraulich bleibt, auch gegenüber Herrn Gerritsen.«

»Das beruht auf Gegenseitigkeit«, erwiderte Frau Iversen und reichte ihm die schlanke Hand zum Abschied. Dann begleitete sie ihn ins Vorzimmer und bat eine ältere grauhaarige Frau, das Ausdrucken der Bilder zu übernehmen. »Frau Hansen kümmert sich darum.«

Hansen. Han-sen. Gibt es überhaupt jemanden in Nordfriesland, dessen Name nicht auf »-sen« endet?, überlegte er. Doch. Große Jäger. Große Jägersen würde ungewöhnlich klingen. Er lächelte vergnügt in sich hinein. Hundt passte auch nicht. Aber *der* nahm in jeder Hinsicht eine Sonderstellung ein.

Frau Hansen brachte ihm die Handvoll Kopien. Dann machte er sich auf den Rückweg zum Polizeigebäude. Dort übergab er sie Cornilsen.

»Die müssen zum KTI. Dort soll man feststellen, ob unter den Ausdrucken eine Kopie ist, die technische Ähnlichkeiten mit den Bildern an den Kirchentüren aufweist.«

»Du verfolgst hartnäckig die Spur Gerritsen«, stellte Cornilsen fest.

»Wir haben keine bessere.«

Sie sahen erstaunt auf, als die Tür ohne Anklopfen aufgerissen wurde und Gerritsen in den Raum stürmte. Er baute sich vor Große Jägers Schreibtisch auf.

»Das geht zu weit«, rief er lautstark und stemmte die Fäuste in die Hüften. »Zuerst behelligen Sie mich mit Ihren unsubstanziierten Behauptungen, dann beschatten Sie mich.«

»Nun mal langsam«, sagte Große Jäger und bewegte die Hände auf und ab, als würde er die Emotionen dämpfen wollen. »Wir sorgen uns um Ihre Sicherheit.«

»Ich habe Sie nicht beauftragt.« Gerritsen zeigte mit ausgestrecktem Arm zum Fenster hinaus. »Wie viele Tote hat es bisher gegeben? Haben Sie die auch alle beschützt? Danke. Ich sorge selbst für mich. Da weiß ich mich in Sicherheit.« Seine Hand wanderte zu Cornilsen. »Er da hat mir heute Morgen aufgelauert. Schlecht getarnt. Dann hat er versucht, mir mit dem Rad zu folgen. Die Polizei ist nicht nur dumm, sondern auch schlecht in Form. Wo ist er geblieben? Das ist aber nicht genug. Sie kreuzen in meiner Schule auf und stellen dumme Fragen.«

Hatte Femke Iversen trotz Große Jägers Bitte von seinem Besuch erzählt?

»Wir haben die Sicherheitslage an Ihrem Arbeitsplatz sondiert«, behauptete Große Jäger. »Die Schulleitung war uns dabei behilflich.«

»Sie erzählen Bullshit.«

Große Jäger stand auf. »Jetzt reicht es mir! Wir lassen uns durch einen Streifenwagen zur Schule bringen und machen eine Gegenüberstellung. Dann wird Ihnen Frau Iversen berichten, worüber wir gesprochen haben.«

»Blasen Sie sich nicht so auf«, wich Gerritsen aus. »Machen

Sie einen weiten Bogen um mich. Unsere Familie ist einflussreicher, als Sie denken.«

»Herr Gerritsen«, schlug Große Jäger einen versöhnlichen Ton an. »Die Husumer Mordserie ist ein besonderes Ereignis, das andere Maßnahmen als bei sonstigen Straftaten erfordert. Ich versichere Ihnen, wir sind dichter am Ball, als Sie glauben.«

»Das sind hohle Phrasen. Füttern Sie diese mit Fakten an.«

»Wir können unsere Ermittlungsergebnisse nicht mit jedem teilen.«

»Bin ich jeder?« Gerritsen war laut geworden.

Junge, dachte Große Jäger, das ist ein Fehler, den du begehst. Kindermund behauptet: Wer schreit, hat unrecht. Du verlierst die Contenance. Da nützen dir auch deine Fähigkeiten nichts mehr, die du dir so gern selbst zuschreibst. Demonstrativ besah sich Große Jäger seine Fingernägel mit den Trauerrändern. Dann strich er sich mit der Hand über die fleckige Lederweste, bis sein Zeigefinger am Einschussloch hängen blieb. Aus zusammengekniffenen Augen beobachtete er Gerritsen. Der zog ein Augenlid in die Höhe. Nicht nur das. Auch der rechte Mundwinkel wanderte leicht nach oben. Ob Lena das auch beobachtet hatte? Es war ein sichtbarer Ausdruck der Geringschätzung. Gerritsen demonstrierte durch seine Körperhaltung, dass er sich den anwesenden Beamten überlegen fühlte.

»Sie sind ein Bürger wie jeder andere«, antwortete Große Jäger nach einer längeren Pause. »Wir machen keine Unterschiede.«

»Dann stecken Sie doch alle Menschen in eine blaue Einheitsuniform wie damals die Chinesen. Das hat schon bei Mao nicht geklappt.«

»Artikel drei des Grundgesetzes«, zitierte Große Jäger. »Alle Menschen sind gleich.«

»Nicht einmal das können Sie«, fluchte Gerritsen. »Dort heißt es: ›Alle Menschen sind *vor dem Gesetz* gleich.‹ Jedes Individuum ist anders.« Er ließ seinen Blick an Große Jäger auf und ab schweifen. »Das beginnt schon bei den Äußerlichkeiten und hört bei den Geistesgaben noch lange nicht auf.«

»Dann nehmen Sie Ihren coolen Verstand und üben Sie ein wenig, sich unter Kontrolle zu halten. Im Internet gibt es Klagen über Sie, dass Sie sich im Umgang mit vielen Eltern nicht sehr zugänglich zeigen.«

»Viele Leute haben nicht begriffen, dass das Netz ein Segen für die Menschheit ist, wenn man es als Kommunikationsmedium nutzt. Schmutzige Seelen missbrauchen es für Fake News.«

»Ist alles gelogen, was dort steht?«

»Sie sehen ja, welche Wirkung es auf Sie hat.«

»Kann es sein, dass Sie partiell unter Selbstüberschätzung leiden?«

Gerritsen brauchte zwei Herzschläge, um diesen Angriff zu verdauen.

»Sie haben keine Ahnung, was es heißt, zu nuancieren. Selbstüberschätzung ist negativ besetzt. Jemand glaubt, über Fähigkeiten zu verfügen, die ihm nicht eigen sind.«

»Bei Ihnen sind diese Fähigkeiten gegeben?«

Gerritsen nickte selbstgefällig. »Wenn ich auf mein *social standing* sehe, trifft das zu. Da paart sich vieles. Veranlagung, Fleiß, Intellekt. Das führt letztlich zu dem, was Sie und andere sehen. Es ruft den Neid mancher Leute hervor.«

»Und wenn jemand das nicht erkennt, müssen Sie nachhelfen?«

Der Mann musterte Große Jäger aus halb geschlossenen Augen. Seine Mundwinkel zuckten unmerklich. »Wie meinen Sie das?«

»Sehen Sie«, sagte Große Jäger herablassend. »Jetzt sind Sie in der Position, dass Sie nachfragen müssen, weil Sie etwas nicht verstanden haben. Und das bei einem Gespräch mit einem einfachen Polizisten.«

»Ich denke, unser Dialog gerät aus den Fugen«, sagte Gerritsen.

»Mir beginnt es, Spaß zu machen. Ich erkenne an, dass es Dinge gibt, um die Sie besser wissen als ich. Zum Beispiel, ob

Sie bei Ihren Radexkursionen auch die Kirche in Rödemis ansteuern.«

»Ich weiß nicht, was diese Frage soll.«

»Helfen Sie mir doch, diesen offenen Punkt zu klären.«

»Ich weigere mich, mit Ihnen auf diesem Niveau zu kommunizieren.«

Große Jäger strich sich über die Mundwinkel. »Fotografieren Sie eigentlich?«

»Ihre Fragen werden immer merkwürdiger. Worauf wollen Sie hinaus?«

»Landschaftsaufnahmen? Die Natur? Oder lieber Menschen? Ganz normale Menschen?«

»Sie haben Ihre Manieren und Ihren Verstand wohl an der Garderobe abgegeben«, behauptete Gerritsen. »So weit kommt es, wenn man Menschen wie Sie ohne vernünftige Bildung auf die Menschheit loslässt und dann auch noch mit einem Amt versieht. Es ist traurig, dass sich jemand ohne Abitur solche Befugnisse anmaßt.«

Er drehte sich auf dem Absatz um und ging schnurstracks zur Tür. Dort wandte er sich noch einmal um und drohte mit dem Finger: »Halten Sie und Ihresgleichen sich von mir fern. Sonst gibt es Ärger.«

»Und Sie sollten sich von den Ehefrauen von Elektroinstallateuren oder von Sparkassenangestellten fernhalten«, rief ihm Große Jäger hinterher.

Gerritsen warf die Tür hinter sich mit lautem Knall ins Schloss.

»Idiot«, sagte Große Jäger und drehte sich im Stuhl zum leeren Schreibtisch hinter sich um. »Du warst ein außergewöhnlicher Polizist, Christoph«, sagte er. »Und das ohne Abitur. An dein Format kommen solche gelackten Arschlöcher nicht heran.«

Nachdenklich blieb er in dieser Position sitzen, bis ihn ein Hüsteln Cornilsens in die Wirklichkeit zurückrief.

»Es war eindrucksvoll, wie du Gerritsen aus der Reserve gelockt hast.«

Beide sahen Lena an. Die wirkte überrascht.

»Ihr ... ihr wollt jetzt von mir hören, ob der Mann unser Dämon mit der narzisstischen Persönlichkeitsstörung ist?«

Die beiden nickten einträchtig.

»Manches spricht dafür. Er ist in überzogenem Maße von sich eingenommen. Die Schüler, zu denen er einen guten Draht hat, sieht er nicht als gleichwertig an. Das erklärt, dass es dort keine Probleme gibt. Aufgrund seiner fachlichen Kompetenz, die wir nicht beurteilen können, kann er sich dort überlegen fühlen. Sein Unterricht mag auch gut und anerkannt sein, weil er mit seinem Wissen strahlen kann. Bei den Eltern sieht es anders aus. Die bringen eigenes Wissen, aber auch Lebenserfahrung mit. So kommt es zum Dissens. Gerritsen zeigt manche Ansätze, die dem Krankheitsbild entsprechen. Mich hat besonders überrascht, wie er auf deine Anmache reagiert hat. Er hat plötzlich die vorgeblich kühle Überlegenheit verlassen und ist ins Persönliche abgeglitten. Die Sache mit dem Abitur ... das war eine Beleidigung.«

»Eine Provokation«, ergänzte Cornilsen.

Lena wiegte den Kopf. »Es soll keine Wortklauberei sein, aber provoziert hat Wilderich. Gerritsen hat mit einer Beleidigung reagiert.«

»Hoffentlich schlägt das nicht in ungezügelte Aggression um«, befürchtete Große Jäger. »Wir müssen ihn im Auge behalten. Ein Argument dafür hätten wir: Wir wollen ihn beschützen.« Dann lächelte er. »Hosenmatz, wir hatten noch keine Gelegenheit, darüber zu reden. Bist du ihm mit dem Rad gefolgt?«

»Ich sagte ja, dass ich mir ein Rennrad ausleihen will. Aber das Tempo, das er vorgelegt hat, da gab es kein Mitkommen. Wie sollen wir ihn unter Kontrolle halten? Unterstützung durch Zivilfahnder oder das MEK werden wir kaum bekommen.«

»Vielleicht hat Gerritsen recht«, antwortete Große Jäger leise. »Es gibt Fragen, auf die kenne ich keine Antwort. Ich hoffe aber, der Hinweis auf Solveig Dethlefsen und Eicke Erichsen ist ihm eine Warnung. Er weiß jetzt, dass wir ihm auf den Fersen sind.« Dann zeigte er auf Lena. »Kannst du Solveig Dethlefsen anrufen und erkunden, ob es bei ihr Neuigkeiten gibt? Ich übernehme Erichsen.«

Der Sparkassenmitarbeiter war gerade in einem Kundengespräch, rief aber ein paar Minuten später zurück. Er versicherte, dass es bei ihm keine Auffälligkeiten gebe und er langsam wieder zur Normalität zurückkehre.

»Hinsichtlich des Dämons konnte Frau Dethlefsen nichts feststellen. Diesen Punkt scheint sie zum Glück verdrängt zu haben«, berichtete Lena, nachdem sie mit der Frau Kontakt aufgenommen hatte.

»Tja …« Cornilsen dehnte das Wort bis zur Unendlichkeit. »Gerritsen war ziemlich sauer. Sind wir ihm auf die Schliche gekommen? Haben wir ins Wespennest gestochen? Die Pferde scheu gemacht? Die Hühner aufgeschreckt?«

Große Jäger grinste. »Ist das alles, was du an Sprüchen auf Lager hast? Wir haben jedenfalls etwas in Bewegung gesetzt. Eine Reihe von Kriterien, die Lena aufgezeigt hat, passen. Beweiskraft haben die aber nicht. Im Idealfall würden wir den Mann beschatten. Aber dazu fehlen uns die Ressourcen.«

»Ist es nicht an der Zeit, Flensburg einzuschalten?«, wiederholte Cornilsen einen früheren Vorschlag.

»Uns fehlen auch hierfür die stichhaltigen Beweise. Wie man unsere Arbeit einschätzt, erkennst du doch daran, dass wir Unterstützung von Lena erhalten, während die Flensburger Professor Meinrad von Seydlitz aus München eingeflogen haben. Lena geht von einer narzisstischen Persönlichkeitsstörung des Täters aus, während der Jodeldeutsche …«

»Der – wer?«, unterbrach ihn Cornilsen.

»Der bayerische Wissenschaftler, der Lenas These in Abrede stellt und von einem schizophrenen Täter spricht. Wir stoßen hier an unsere Grenzen. Ich traue mir nicht zu, die beiden Meinungen wissenschaftlich fundiert gegeneinander abzuwägen. Bedenke bitte, dass wir in Husum nicht einmal eine Mordkommission sind, sondern nur eine Kriminalpolizeistelle, die Fahrraddiebe verfolgt. So denken die Leute da draußen. Ich möchte Gerritsen deutlich machen, dass wir hinter die Kulissen blicken. Wenn er der Gesuchte ist, versteht er unser Spiel über Bande. Er kann sich auch ausrechnen, dass wir ihn schon festgesetzt hätten, wenn wir es beweisen könnten. Die Arroganz, mit der er die Polizei bisher vorgeführt hat, ist angekratzt. Er muss sich vorsehen. Ich würde ihn gern unter Druck setzen.«

»Und wie willst du das machen?«

»Wenn wir ihn beschatten, und zwar so, dass er es merkt, könnte es ihn beeindrucken. Auch wenn er Wege und Möglichkeiten findet, der Beschattung zu entkommen, dürfte es ihn verunsichern. Das ist wie beim Schachspielen. Noch fällt der König nicht, aber man muss bei jedem Zug auf der Hut sein. Und wenn das Ergebnis wäre, dass es keine weiteren Bedrohungen mehr gegen Bürger gibt, hätten wir einen Teilerfolg erzielt.«

»Das wäre sicher gut, aber damit blieben die bisherigen Taten ungesühnt.«

»Lasst uns Schritt für Schritt vorangehen. Ich werde den Chef aufsuchen und mit ihm sprechen. Du, Hosenmatz, fährst noch einmal zum Baumarkt, in dem der Hammer gekauft wurde, mit dem Claus Claussen erschlagen wurde, und zeigst dort das Bild von Gerritsen vor. Und dich, Lena, bitte ich, noch einmal zu überlegen, welche Kriterien auf Gerritsen als Täter passen.«

Beide nickten stumm. Große Jäger ging zu Mommsen und trug ihm die Überlegungen zur möglichen Täterschaft Gerritsens vor. Fünfzehn, nein sechzehn Jahre war es her, seit sie damals Christophs ersten Fall in Husum gemeinsam aufgeklärt hatten. Eine junge Frau und ihre Tochter waren die Opfer gewesen. Sie hatten lange nach der Vermissten gesucht und die Tote schließlich in einer Feldscheune entdeckt. An den Leichnam hatten sich

Tiere herangemacht. Damals hatte Große Jäger den blutjungen Kommissar Mommsen, »das Kind«, hinausgeschickt, um ihm den Anblick zu ersparen. Niemand hatte damals geglaubt, dass »das Kind« sich so entwickeln würde und als Kriminalrat die Leitung der Dienststelle, in der er seine Polizeilaufbahn begonnen hatte, übernehmen würde. Etwas Besseres als Harm Mommsen konnte man sich nicht wünschen. Als Polizisten. Als Vorgesetzten. Als Menschen. Und als Freund. Na ja. Wenn man von Christoph absah …

»Es ist ein Drahtseilakt«, sagte Mommsen, nachdem er aufmerksam Große Jägers Gedanken gelauscht hatte. »Ich bin mir nicht sicher, ob wir nicht vertrauensvoll mit Flensburg reden sollten. Schließlich haben die Kollegen die Federführung. Man schläft dort keineswegs, sondern investiert das Menschenmögliche in die Klärung des Falls. Es gab unzählige Personenüberprüfungen. Man hat den Kreis möglicher Täter erweitert. Natürlich blieben auch die Selbstbezichtigungen nicht aus. Bisher haben sich vier Leute gemeldet, die vorgaben, die Morde vollbracht zu haben. Alles war substanzlos.«

»Und wie sieht es mit dem Islamischen Staat aus? Die behaupten doch auch immer, Urheber von solchen Aktionen zu sein«, unterbrach ihn Große Jäger.

Mommsen lächelte. »Der wahre Täter hält sich im Verborgenen.«

»Er beobachtet uns. Ich bin überzeugt, er weiß unsere nächsten Schritte und Maßnahmen einzuschätzen. Natürlich macht es keinen Sinn, zu vermuten, dass es ein Insider ist.«

»Da stimme ich dir zu. Niemand hat bisher eine Erklärung dafür gefunden, weshalb der Täter außer den Bildern an den Kirchentüren keine Erklärung abgibt. Kein Bekennerschreiben. Keine Forderungen. Einfach nichts.«

»Lena vermutet, dass der Grund in einer psychischen Erkrankung des Dämons …«

»Wilderich! Du weißt, dass ich solche Verbalien nicht schätze.«

»… liegt«, fuhr Große Jäger unbeirrt fort. »Der krachlederne Professor geht ja von einer Geisteskrankheit aus. Lena denkt an eine Psychose.«

»Wo sind da die Unterschiede?«, warf Mommsen ein.

Große Jäger zuckte mit den Schultern. »Diese Frage darfst du einem nordfriesischen Landpolizisten nicht stellen. Ich weiß aber, dass wir auch einen Auftrag zur Prävention haben. Kein Kollege kann in diesen Tagen ruhig schlafen. Jeder denkt an ein mögliches nächstes Opfer. Wir haben bisher vier Tote zu beklagen. Eine solche Serie gab es in unserem Landstrich noch nie. Zurück zur Prävention: Wenn es uns gelingt, weitere Menschenleben zu retten, wären wir einen Schritt weiter. Deshalb meine Idee mit der Beobachtung Gerritsens.«

»Ich verstehe deinen Gedanken. Legitim ist der Weg nicht. Wir bewegen uns in einer Grauzone. Was ist, wenn Gerritsen unschuldig ist? Wir würden ihn stigmatisieren.«

»Unter uns …« Große Jäger senkte vertraulich die Stimme. »Verdient hätte er es. Aber das ist kein Argument. Wir müssen auch die Persönlichkeitsrechte eines jeden Menschen schützen. Dazu stehe ich ohne Widerspruch.«

Mommsen hole tief Luft und seufzte. »Wie können wir das in der Praxis organisieren?«

»Hosenmatz und ich – wir wären die ersten beiden. Lena fällt aus. Sie ist weder Polizistin noch für solche Aufgaben ausgebildet. Man müsste sehen, ob wir Freiwillige finden. Ich will nicht falsch verstanden werden, aber Frauen sollten wir dabei ausklammern. Das wäre zu gefährlich, da wir aus Ressourcenmangel keine Doppelstreifen einsetzen können.«

»Das ist eine außergewöhnliche Maßnahme«, seufzte Mommsen.

»Außergewöhnlich – ja. Ich würde sagen, eine nordfriesische.«

»Ich werde mich darum kümmern«, versprach Mommsen und entließ Große Jäger, der in sein Büro zurückkehrte.

»Mir geht die Zeugenaussage aus Rödemis nicht aus dem Sinn«, sagte Cornilsen, als Große Jäger das Büro betrat. »Der Mann sagte, der Radfahrer sei durch den schmalen Gang Richtung Moltkestraße entwischt. Man muss sich auskennen, um diesen Weg zu nehmen. Für mich ist das ein Beweis dafür, dass der Dämon sich in Husum blind bewegen kann. Aber nicht nur in der Stadt. Er kennt auch das Umland, zum Beispiel den Parkplatz an der Bundesstraße, zu dem er Claus Claussen gelockt hat, um ihn dort zu erschlagen.«

»Stimmt«, sagte Große Jäger. »Zum Eingang der Rödemiser Kirche führt eine Treppe hinauf. Um den Zugang barrierefrei zu gestalten, gibt es eine Rampe. Die ist aber so angelegt, dass man sie mit einem Rennrad nicht schnell bewältigen kann. Wenn der Radfahrer das Bild angebracht hat, muss er sein Rad am Fuß der Treppe abgestellt haben. Nach dem Anbringen des Fotos hat er sich aufs Rad geschwungen und ist davongefahren. Und das bei Helligkeit. Am Nachmittag. Hosenmatz …«

»Schon notiert. Ich prüfe, ob Gerritsen zu der Zeit Unterricht hatte.«

»Ich habe noch einmal nachgedacht«, meldete sich Lena zu Wort. »Weshalb wurden die Opfer, die betroffen waren, ausgewählt? Mein Zuname fängt mit ›D‹ an. Aber Solveig Dethlefsen wurde ausgewählt. Dafür gäbe es eine einfache Erklärung. Man kennt mich nicht in Husum. Ich komme aus Kiel. Es muss eine andere Verbindung zwischen den Opfern geben. Das ist keine zufällige Auswahl, denn der Dämon fotografiert sie vorher. Er weiß, wo sie wohnen. Er kennt ihre Eigenheiten und Gewohnheiten und genießt ihr Vertrauern. Der Schüler Jan Behrendsen hätte vermutlich nicht mit einem Wildfremden getrunken. Schon gar nicht in dessen Wohnung, nachdem wir davon ausgehen, dass das Besäufnis nicht im öffentlichen Raum stattfand.«

»Stopp«, unterbrach Cornilsen. »Sollten wir noch einmal ausschwärmen und die Bewohner rund um die Neustadt befragen, ob ihnen aufgefallen ist, dass jemand eine ungewöhnliche Zahl leerer Flaschen entsorgt hat?«

»Das hilft uns nicht weiter«, wehrte Große Jäger ab. »Das Leergut landet nicht im Hausmüll, sondern im Altglascontainer.«

»Stimmt«, gab Cornilsen zu.

»Nehmen wir Karin Amundsen. Die alte Frau hatte feste Gewohnheiten. Für einen Unbekannten würde sie ihr angefangenes Frühstück nicht unterbrechen. Claus Claussen ist nicht zufällig zum Parkplatz Platenhörn gefahren. Dort muss er sich mit jemandem getroffen haben, den er kannte. Und Friedrich Feddersen, der ein ansonsten abgeschirmtes Leben führte, hat sich die Flohsamenschalen auch nicht von einem Fremden anrühren lassen. Er hätte den gar nicht ins Haus gelassen«, erklärte Lena.

»Das hatten wir doch schon«, sagte Große Jäger gereizt. »Du wiederholst dich. Wir haben keine Verbindung feststellen können.«

»Bleiben noch die drei Überlebenden. Solveig Dethlefsen hatte Glück, dass sie fremdgegangen ist. Eicke Erichsen ist vor dem Täter geflohen. Und Sönke Gerritsen …«, ließ Cornilsen den Satz offen.

»Es *muss* eine Verbindung geben«, sagte Lena. »Es *muss*!«

»Mein Gott, ich dachte immer, Westfalen seien stur. Nordfriesen ohnehin. Aber«, winkte Große Jäger ab, »seit Christoph weiß ich, dass auch Kieler diese Eigenschaft teilen.«

»Wir müssen auch ungewöhnliche Kontakte abklären«, stellte Cornilsen fest.

Dann purzelten die Ideen so schnell hintereinander ein, dass Lena immer wieder mahnen musste: »Stopp. So schnell kann ich es nicht auf dem Flipchart mitschreiben.«

Heizungsableser. Elektriker. Paketbote. Apotheker. Zeitungsjunge. Bäckerei. Die Autowerkstatt strichen sie wieder. Zahnarzt. Und vieles mehr.

Sie wurden durch Mommsen unterbrochen. »Ich habe drei Freiwillige gefunden«, erklärte der Kriminalrat und nannte den Namen des ersten Beamten, der sich bereits zur Observation auf den Weg zu Gerritsens Wohnung »Hinter der Neustadt« gemacht hatte.

Cornilsen verschwand zwischendurch für eine halbe Stunde. Als er zurückkehrte, war Mommsens Liste noch größer geworden.

»Lasst mich kurz berichten«, sagte Cornilsen. »Im Baumarkt ist üblicherweise Selbstbedienung. Und das wechselnde Personal an der Kasse kann sich nicht erinnern, wer wann welchen Artikel gekauft hat. Gerritsen hat niemand erkannt. Es war einen Versuch wert, aber leider vergeblich«, berichtete Cornilsen. »Noch etwas. Das KTI hat sich gemeldet. Die Ausdrucke vom Gymnasium waren negativ. Mit an Sicherheit grenzender Wahrscheinlichkeit wurden die Bilder an den Kirchentüren dort nicht gedruckt.«

»Dann müssen wir weitersuchen. Gerritsen wird zu Hause auch einen Drucker haben. Ich weiß nur nicht, wie wir an den herankommen.«

Sie setzten das Brainstorming fort, als Cornilsen plötzlich aufsprang.

»Verdammt. Es ist schon halb neun. Ich muss zu Gerritsen und Ocke ablösen. Ich bin jetzt mit der Wache dran.«

Hastig sprang er auf und machte sich auf den Weg. Lena folgte ihm.

»Ich komme mit«, sagte sie mit Bestimmtheit, die keinen Widerspruch duldete.

Große Jäger versuchte zunächst, noch weitere Begriffe anzufügen, beschloss dann aber, sich für ein paar Stunden in seine Husumer Wohnung zurückzuziehen. Er war für die Zeit nach Mitternacht mit der Beobachtung Gerritsens eingeplant.

Dem Erfinder der heißen Dusche gebührt der Nobelpreis, dem des Weckers ewige Verdammnis. So dachte Große Jäger, als ihn der schnarrende Ton des Handys aus dem Traumland entführte. Eigentlich hätte er froh sein können. Er war sich nicht sicher, wie lange er noch die Kraft gehabt hätte, in dem riesigen Biertank zu schwimmen. Und ihn austrinken – das hätte selbst er nicht geschafft.

Die Zeit reichte für die Zubereitung eines Instantkaffees. »Verflixt«, fluchte er. »Das Zeug ist so heiß wie die Brühe von Tante Hilke.«

Die Straßen waren leer. Das galt für Mensch und Auto. Husum kannte kein Nachtleben. Nur wer zu den Ausdauernden gehörte, kannte die wenigen Stellen, an denen sich Gleichgesinnte zusammenfanden. Große Jäger traf auf einen Kollegen, der sich hinter das Lenkrad seines Micra geklemmt hatte und herzhaft gähnte, als er die Seitenscheibe herabließ.

»Alles ist ruhig. Man könnte meinen, man sei in Husum«, sagte er scherzhaft. »Tot, töter, Husum. Hier ist es noch ruhiger als auf dem Zentralfriedhof von Chicago. Ich glaube, der letzte Mensch ist vorgestern vorbeigekommen.« Er zeigte auf den Wohnblock, in dem sich Gerritsens Unterkunft befand. »Seit einer Stunde brennt nur noch das eine Licht. Alle anderen schlafen. Oder …« Er schnalzte mit der Zunge. »Gerritsen hat sich nicht blicken lassen. Seine Wohnung ist die da oben.« Er beschrieb die Lage. »Da ist das Licht schon vor eineinhalb Stunden ausgegangen. Seitdem ich hier hocke, hat niemand das Haus betreten oder verlassen. Wir haben uns erkundigt. Es gibt nur den einen Ausgang. Da wirklich keiner herausgekommen ist, kann sich das Zielobjekt auch nicht verkleidet davongeschlichen haben. Und dass er sich vom Balkon aus abseilt, schließen wir einmal aus.«

Das war einleuchtend. Und Gerritsen würde sicher keinen Nachbarn einweihen und bitten, über einen verschlungenen Pfad durch ein Seitenfenster der Außenwohnung schlüpfen zu dürfen.

Große Jäger wünschte dem Kollegen eine gute Nacht. Der antwortete mit einem erneuten Gähnen, startete den Motor und fuhr Richtung Treibweg davon.

Der Hauptkommissar rangierte seinen Smart in die frei gewordene Lücke und richtete es sich bequem ein. Es blieb bei einem vergeblichen Versuch. Das Fahrzeug reichte, um kurze Distanzen zurückzulegen. Schon als rollender Einkaufskorb war es für Große Jäger zu klein. Er nahm an, er würde die ganze Nacht damit beschäftigt sein, eine vernünftige Sitzposition zu finden. Mal drückte es im Kreuz, dann am Ellenbogen. Oder am Knie. Als er auf die Uhr sah, erschrak er. Es waren keine fünf Minuten vergangen. Er bereute es, keine Thermoskanne mit Kaffee mitgenommen zu haben.

Die erste Zigarette half nur wenig. Die zweite auch nicht. Er hatte das Fenster heruntergefahren. Trotzdem roch es im Wageninneren nach Qualm. Eine alte Streichholzschachtel diente ihm als Aschenbecher. Sein Augenmerk galt dem still daliegenden Häuserblock. Nichts rührte sich. Die Häuser auf der anderen Straßenseite lagen ebenfalls im Dunkeln. Kein Fußgänger. Kein Auto. Absolut nichts. Er wäre dankbar gewesen, wenn eine Katze vorbeigeschlichen wäre und ihn abgelenkt hätte.

Es folgte die nächste Zigarette. Als die verglüht war, begann er, die Fenster des Wohnblocks zu zählen, versuchte zu erkennen, was sich hinter den Erkerfenstern der Giebelwand verbarg. Dann gähnte er und schaltete das Radio ein. Die Musik – Modern Jazz – war nicht seine. Es mochte sein, dass die Interpretation der Tonfolgen anspruchsvoll war. In seinen Ohren klang es wie ein gequälter Aufschrei der Instrumente. Eine neue Zigarette. Dann durchsuchte er das Handschuhfach, ob sich irgendwo ein Lutschbonbon oder Kaugummi verbarg. Wie sollte es? Niemand außer ihm hätte es dort platziert.

Im Radio folgten die Nachrichten. Der Sprecher hatte eine solche Dynamik in der Stimme, dass Große Jäger befürchtete, er sei engagiert, um die letzten zwanzig Hörer mittels Hypnose einzuschläfern. Nein! Er war nicht müde. Das Gähnen war nur Sauerstoffmangel. Wie hielten es eigentlich die Polizisten durch, die ständig mit Observierungen betraut waren? Er bedauerte die Beamten. Ihn, den immer von Ungeduld Geplagten, würde es zerreißen. Ohne nachzudenken, zündete er sich eine weitere

Zigarette an. Als er auf die Glut sah, überlegte er, dass nicht rauchende Polizisten eine solche Aufgabe gar nicht ausführen könnten. Cornilsen war Nichtraucher. Wie hatte der sich die Zeit vertrieben? Hatte Lena ihm Gesellschaft geleistet? Wen hätte Große Jäger sich an seine Seite gewünscht? Klar. Tante Hilke. Mit der konnte man stundenlang über eine Vielzahl von Themen reden. Cornilsen, wenn er allein auf Beobachtungsposten war, hatte sich vermutlich mit seinem Handy vergnügt. Und er?

So vergingen die Tage. Gefühlt. Als er wieder auf die Uhr sah, stellte er fest, dass er erst seit zwei Stunden hier hockte. Inzwischen war auch der letzte Bewohner des Hauses ins Bett gegangen. Alles war dunkel. Große Jäger musste alle Energie aufwenden, um nicht einzuschlafen. Es war kurz vor drei Uhr, als er beschloss, die Aktion abzubrechen. Es würde nicht mehr lange dauern, bis sich der neue Tag ankündigte. Gerritsen musste zum Unterrichtsbeginn in der Schule antreten. Er würde kaum seinen Wecker auf eine Zeit mitten in der Nacht gestellt haben, um sich auf das Rad zu schwingen und ein neues Foto anzubringen.

Und wenn, an welcher Kirchentür? Der Dämon hatte sich zunächst auf die Eiderstedter Kirchen konzentriert. Von dort hatten sie ihn verscheucht. Dann war er auf andere Gotteshäuser ausgewichen. Und mit der Rödemiser Kirche hatte er sogar seine zuvor verfolgte Linie, historische Kirchen für seine Zwecke aufzusuchen, verlassen. War es ein gutes Zeichen, dass er sich offenbar eingeengt fühlte? Zeigte es Wirkung, dass die Polizei Präsenz zeigte, der Dämon erkennen musste, dass man ihm einen Schritt näher gekommen war? Einen winzigen nur, aber immerhin.

Große Jäger startete den Motor und beschloss, nach Hause zu fahren. Noch ein paar Stunden schlafen. Schlafen … schlaf… sch…

ELF

Große Jäger war nicht der Einzige, der übernächtigt zum Dienst erschien. Viele hatten rot geränderte Augen. Keiner ließ eine spitze Bemerkung fallen, wenn sein Gegenüber gähnte. Ob der Dämon befriedigt wäre, wenn er wüsste, wie sehr er den Polizeiapparat beschäftigte? Was war der Polizeiapparat? Dahinter verbargen sich Menschen, deren Psyche auch nur begrenzt belastbar war.

Niemand gab einen bissigen Kommentar dazu ab, dass man sich die nächtliche Aktion hätte sparen können. Es gab keine Besserwisser. Ganz im Gegenteil. Es stellte sich fast ein Gefühl leichter Euphorie ein, als sich herausstellte, dass die Nacht ruhig geblieben war. Es war kein neues Foto an einer Kirchentür aufgetaucht. Das bedeutete ein kurzes Aufatmen, hieß aber nicht, dass der Dämon nicht auf die nächste passende Gelegenheit wartete. Er bestimmte den Rhythmus. Die Polizei war in der leidigen Situation, dass sie nur reagieren, nicht aber agieren konnte. Es gab auch keine Fortschritte bei den Ermittlungen der Flensburger.

Die Überraschung war groß, als eine Stunde später Sönke Gerritsen wutschnaubend auf der Dienststelle auftauchte. Der Lehrer nahm sich weder die Zeit für eine Begrüßung noch für eine Einleitung. Er baute sich vor Große Jäger auf.

»Was ist das für eine Sauerei?«, schrie er. »Selbst zu meinen studentischen Zeiten, als wir den Staatsapparat herausforderten, hat es so etwas nicht gegeben. Mit welchem Recht verfolgen Sie die Bürger dieses Landes? Sie schnüffeln an der Schule herum und befragen meine Nachbarn. Welchen Vergehens verdächtigen Sie mich?«

»Ruhig Blut. Auch einem jungen Menschen kann eine solche Aufregung schaden«, sagte Große Jäger. »Wie kommen Sie überhaupt dazu, uns so etwas zu unterstellen?«

Offenbar hatte Gerritsen etwas von der Observation mitbekommen. Das sollte er auch, das war der Plan gewesen. War Gerritsen so unbeherrscht, weil die Polizei ihm durch diese Maßnahme in die Quere gekommen war? Glaubte er, man sei ihm auf die Schliche gekommen? Lena hatte immer wieder betont, dass es zum Krankheitsbild eines übersteigerten Ichs gehörte, sich anderen überlegen zu fühlen. Es musste sie ungemein treffen, wenn dieses persönliche Weltbild plötzlich angekratzt wurde. Von Zerstörung mochte Große Jäger noch nicht sprechen. Dazu waren die Ermittlungen noch nicht hieb- und stichfest genug.

Wie hieß noch gleich sein eigener Mathe- und Physiklehrer? Stawi hatten sie ihn genannt. Ein kluges Kerlchen, auch wenn sie es als Schüler nicht zu schätzen wussten. Stawi hatte ihnen das Hebelgesetz erklärt, und zwar auf so einprägsame Weise, dass Große Jäger sich heute noch daran erinnern konnte. Und jetzt hatten sie einen Ansatzpunkt, um die Brechstange anzusetzen und den Dämon auszuhebeln. Wenn Stawi das wüsste … Ob Gerritsen, der auch Mathe und Physik unterrichtete, so ein guter Lehrer wie Stawi war? Seine angestrebte Überlegenheit untergrub er gerade mit seinem unkontrollierten Auftritt.

»Sie sind mir eine Erklärung für Ihre Schnüffelei schuldig.«

»Wenn ich das jetzt vorbringe, streichen Sie es mir als Wiederholung rot an. Ich habe Ihnen schon erklärt, dass es Verdachtsmomente gibt, Sie könnten ins Visier eines Straftäters geraten sein.«

»Das ist doch lächerlich. Was will man von mir? Mich berauben? Erpressen? Sexuell behelligen? Da gibt es keine Ansatzpunkte. Ich bin kein lohnendes Objekt.«

»Ihnen ist der Täter ein Begriff, der in Husum sein Unwesen treibt?«

»Ich habe davon gehört.«

Große Jäger nahm die Zwischentöne wahr. Die Serienmorde waren in aller Munde. Nicht nur in den Medien und sozialen Netzwerken waren sie Thema, sondern auch auf der Straße, dem Markt, in Cafés und Restaurants gab es derzeit nur diesen alles beherrschenden Stoff. Immer mehr Einzelheiten hatten sich herumgesprochen, auch, dass die Bilder der Opfer vorher an einer Kirchentür angeschlagen worden waren. Wer dort nicht mit einem Porträt vertreten war, der fühlte sich sicher, auch wenn ihm vielleicht ein wohliger Schauder über den Rücken lief.

Große Jäger konnte nicht verstehen, dass es Menschen gab, die sich mitten in eine Reality-Horror-Show hineinversetzt fühlten, wissend, dass sie nur Zuschauer waren, und das Spektakel vielleicht genossen. Und Gerritsen behauptete, »davon gehört« zu haben, als würde er beiläufig ein Thema streifen. War das ein ungeschicktes Ablenkungsmanöver? Der Dämon war überlegen, wenn er seine Taten plante und im Stillen vorbereitete. Unter den Augen der Öffentlichkeit oder – noch schlimmer – der Polizei packte ihn die Verunsicherung.

Ging davon eine Gefahr aus? Wurde der Dämon so gereizt, dass er die Kontrolle über sein Tun zumindest teilweise verlor und einem offeneren Vorgehen nachsann? Dass Gerritsen die Husumer Ereignisse als Nebensächlichkeit abtat, passte zu seinem Verhalten an der Schule. Den offenbar unterlegenen Schülern trat er freundschaftlich entgegen, mit den Eltern, die ihm auf Augenhöhe begegneten, gab es öfter Probleme. Mein Gott, dachte Große Jäger. Denke ich jetzt schon wie Lena, die Psychotante?

»Sie sollten besser informiert sein. Stört es Ihr Ego?« Große Jäger hatte es bewusst unklar formuliert.

»Das verstehe ich nicht. Welches Ego?«

»Denken Sie darüber nach.«

»Das ist mir zu abstrakt.«

Große Jäger musste grinsen. Das war Gerritsen noch nicht oft passiert, dass er so etwas eingestehen musste.

»Sehen Sie. Nicht jeder versteht das Vorgehen der Polizei. Manches geschieht hinter den Kulissen. Und schwupp – wie Kai aus der Kiste – schlagen die Leute in Blau zu. Mancher ertappte

Verbrecher bekommt den Mund vor Staunen sogar während der langen Jahre im Gefängnis nicht wieder geschlossen.«

»Sparen Sie sich Ihre Phrasen.« Gerritsen war immer noch erregt, auch wenn sich sein anfänglicher Zorn etwas gelegt hatte. »Wenn ich Ihre Sprüche als echte Gefahr ansehen würde, müsste ich mir Sorgen machen wegen des Übergriffs, dem ich heute ausgesetzt war.«

»Dem – was?«

»Ich bin mit dem Rad zur Schule. Von meiner Wohnung durch den Totengang …«

»Totengang?«, unterbrach Große Jäger. Dort hatte man Jan Behrendsen gefunden. »Abgelegt« – wenn man bösartig formulierte. Das war nur wenige Meter von Gerritsens Wohnung entfernt.

»Ja. Weshalb fragen Sie?«

»Erzählen Sie weiter.«

»Auf Höhe des Spielplatzes, also kurz hinterm Eingang zum Friedhof, tauchte ein Typ auf und versuchte, mich vom Rad zu stoßen.«

»Wie sah der Angreifer aus?«

»Ziemlich heruntergekommen.«

»Geht es genauer?«

»Ich habe einen Schlenker gemacht und bin weitergefahren.«

»Sie haben sich in der Schule freigenommen, um Anzeige zu erstatten?«

»Nein! Ich wollte Ihnen verständlich machen, dass Sie mich nicht mehr behelligen sollen. Lassen Sie mich einfach in Ruhe mit Ihren obskuren Ideen, ich könnte gefährdet sein. Was bringt eine Anzeige? Die Polizei ist machtlos. Das zeigt sich bei der vergeblichen Suche nach dem Husumer Serienmörder.«

Große Jäger stutzte. Vorhin hatte Gerritsen getan, als sei er nur peripher über die Mordserie informiert und es interessiere ihn nicht. Jetzt warf er Große Jäger das Versagen der Behörden vor. Passte das zu Lenas Aussage, der Dämon wolle unter Beweis stellen, dass er der Polizei überlegen sei?

»Wir engagieren uns nicht nur in der Prävention, sondern auch bei anderen Vergehen.«

»Die Polizei ist machtlos. Man kennt es. Die Sache bleibt irgendwo liegen. Dann kommt die Einstellung des Verfahrens wegen Erfolglosigkeit. Ich fordere Sie auf: Halten Sie sich von mir fern. Sonst bereite ich Ihnen jede Menge Unannehmlichkeiten.«

»Wo waren Sie eigentlich …«, wechselte Große Jäger das Thema und zählte die Daten auf, an denen die Bilder an den Kirchentüren angebracht wurden, und die Tatzeitpunkte, als Karin Amundsen verschwand, Jan Behrendsen betrunken gemacht wurde, Claus Claussen auf den Parkplatz gelockt und erschlagen wurde und Friedrich Feddersen an den Flohsamenschalen erstickte.

Gerritsen riss die Augen weit auf und öffnete den Mund. Er schnappte nach Luft. »Das ist nicht ernst gemeint«, sagte er atemlos. »Sie wollen von mir Alibis?«

»Ja«, sagte Große Jäger trocken.

»Von mir? Wissen Sie nicht, wen Sie vor sich haben?«

»Sagen Sie es mir. Verraten Sie mir Ihre Geheimnisse.«

»Das ist … das ist …«

Gerritsen drehte sich auf dem Absatz um und verließ mit leicht schwankendem Gang den Raum.

Für einen Moment herrschte atemlose Stille im Raum. Es schien, als würden Cornilsen und Lena die Luft anhalten. »Donnerwetter. Das ist starker Tobak gewesen.« Cornilsen sprach als Erster. »Du hast ihn regelrecht auseinandergenommen.«

Große Jäger winkte ab. »Lena, wie beurteilst du das Gespräch?«

Die Psychologin ließ ein lang gezogenes »Jaaa« hören. Sie brauchte Zeit, um ihre Gedanken zu sortieren. »In Gerritsens Verhalten spiegelt sich vieles wider, was auf eine narzisstische Persönlichkeitsstörung schließen lassen könnte.«

»Das ist mir zu wenig. Du hast uns die ganze Zeit auf dieser Schiene gehalten, bist darauf herumgeritten. Nun möchte ich etwas Konkretes hören.«

»Jaaa. Menschen und ihre Psyche sind sehr komplexe Gebilde. Es ist nicht so einfach wie beim Chirurgen auf dem OP-Tisch. Der schneidet den Patienten auf und sieht, woran es mangelt. Gerritsen erfüllt viele Punkte, die dem Krankheitsbild entsprechen. Es wäre aber gut, wenn wir noch weitere Kriterien finden würden, die das untermauern.« Sie schenkte Große Jäger ein Lächeln. »So richtig nach alter Handwerksart, wie es nur erfahrene und altgediente Hauptkommissare zustande bringen.«

»Das liebe ich an euch Spökenkiekern«, stöhnte Große Jäger. »Mir ist aber noch eine Idee gekommen. Lena, dein penetrantes Wiederkäuen gestern, ›es muss doch eine Verbindung geben‹, hat mich auf eine Idee gebracht.« Lenas und Cornilsens Blicke hefteten sich an seine Lippen. »In Friedrich Feddersens Wohnung haben wir es gesehen. Ihr erinnert euch?«

Cornilsen zog die Stirn kraus. »Es muss etwas sein, das mit dem Fall zusammenhängt.« Dann knirschte er hörbar mit den Zähnen.

»Meinst du die Medikamente? Die Flohsamenschalen, mit denen er ermordet wurde?«

Große Jäger zögerte noch ein paar Herzschläge, bis er seinen Gedanken aussprach.

»Mein Gott«, rief Cornilsen. »Das ist zu einfach, um es zu glauben.«

»Man kommt nicht darauf, weil jeder Einzelne eine unterschiedlich ausgeprägte Distanz dazu hat. Der eine ist dichter dran, der andere hat nur sehr entfernte Berührungspunkte. Aber sie sind da.«

»Klar. Natürlich. Wir Trottel. Weshalb sind wir nicht früher darauf gekommen?«

»Lasst es uns verifizieren«, sagte Große Jäger. »Lena fragt bei Solveig Dethlefsen nach. Wir übernehmen die anderen.«

»Und was ist mit den Toten?«

»Von Friedrich Feddersen wissen wir es. Das haben wir in seiner Wohnung gesehen. Jan Behrendsen – da fragen wir die

Eltern. Und die anderen … Da müssen wir andere Quellen finden. Ich habe auch schon eine Idee.«

Cornilsen stand der Jagdeifer ins Gesicht geschrieben. Er hatte schon den Telefonhörer in der Hand, während Große Jäger sein zerfleddertes Notizbuch griff, eine Telefonnummer heraussuchte und sich mit dem Teilnehmer verbinden ließ.

»Das geht nicht«, war die erste Reaktion. »Solche Informationen unterliegen den strengen Datenschutzrichtlinien. Gerade wir stehen da unter besonderer Beobachtung.«

Große Jäger hatte Verständnis für die Haltung seines Gesprächspartners. Er zog ihn ins Vertrauen. »Die Schweigepflicht ist Ihnen von Berufs wegen ans Herz gelegt«, sagte er. »Natürlich könnten wir einen richterlichen Beschluss erwirken. Aber das würde Zeit kosten. Zeit, die wir nicht haben.«

Noch zögerte der Gesprächspartner und lieferte ein längeres Rückzugsgefecht. Große Jäger spürte, dass der Widerstand bröckelte. Schließlich atmete er tief durch. Er hatte die Zusage bekommen. Man würde ihm die Auskunft erteilen.

Seine Euphorie wurde zusätzlich durch Lena und Cornilsen genährt. Ja, Solveig Dethlefsen hatte die Frage positiv beantwortet. Auch Cornilsen hatte von den Eltern des Schülers eine positive Antwort erhalten.

Die Freude über diese Bestätigung war aber getrübt, weil die Eltern sich nach dem Stand der Ermittlungen erkundigten. Die Hinterbliebenen bei Flugzeugabstürzen, Schiffskatastrophen oder von Soldaten konnten erst Ruhe finden, wenn die sterblichen Überreste ihrer Angehörigen geborgen und beigesetzt werden konnten. Und bei den Opfern von Gewaltverbrechen stand immer die Frage nach dem Warum und Wer im Raum. Cornilsen hatte nach Worten gerungen. Er wollte nicht das stereotype »Wir arbeiten daran« verwenden. Es waren die unangenehmsten Momente der Polizeiarbeit. Aber der junge Kommissar musste das lernen. Und er war auf einem guten Weg, fand Große Jäger.

Die Minuten dehnten sich zu gefühlten Stunden. Gebannt

starrten die drei immer wieder auf die Uhr. Die Zeit schien stillzustehen. So zäh war sie noch nie vergangen. Es war ein wichtiges Puzzleteil, das ihnen noch fehlte, das eine Stück, nach dem man verzweifelt suchte.

»Kommen wir noch einmal auf Rödemis zu sprechen«, unterbrach Große Jäger die Stille.

»Wie in allen anderen Fällen gibt es weder Spuren noch Hinweise. Wie weit will der Dämon es noch treiben? Spielt er mit der Polizei? Macht es ihm Spaß, die Menschen in Panik zu versetzen? In einer Art Lotterie zieht der Dämon aus einem vorselektierten Lostopf den Namen des nächsten Opfers«, rekapitulierte Große Jäger. »Hoffentlich bestätigt sich unser Verdacht. Wir sind ihm ganz dicht auf den Fersen.«

»Das hast du schon oft gesagt. Du wiederholst dich.« Lena klang leicht genervt.

»Der Täter arbeitet auch immer nach dem gleichen Muster. Ist er doch nicht so intelligent, so kreativ, wie wir ihn eingeschätzt haben?«

»Doch«, sagte Lena. »Ich bin mir sicher, dass es sich um eine gestörte Persönlichkeit handeln muss. Eine *gestörte Persönlichkeit*«, wiederholte sie. »Deshalb ist er aber noch lange kein Genie.«

»Wir müssen den Drucker finden, auf dem die Bilder erstellt wurden. Das KTI hat exakte Vorstellungen, wie man den Beweis erbringen kann, dass alle Drucke auf demselben Gerät erzeugt wurden.«

»Was ist, wenn sich Gerritsen trotz aller Hinweise als falsche Spur erweisen sollte? Kann man es verantworten, ihn weiter zu verdächtigen?«, gab Lena zu bedenken.

»Er ist ein Arsch«, erwiderte Große Jäger. »Aber das allein ist noch keine strafbare Handlung.«

Sie fuhren wie elektrisiert zusammen, als das Telefon schrillte. Große Jäger nahm ab und lauschte. Es war ein kurzes Gespräch. Er hatte den Hörer noch nicht zurückgelegt, als er den Arm in Siegerpose nach oben riss und ganz laut »Jaaa« rief.

Der Anrufer hatte Große Jägers Vermutung bestätigt. Sie hatten die Verbindung der Opfer untereinander.

»So etwas Verrücktes«, sagte Große Jäger. »Darauf muss man erst einmal kommen. Ich habe aber noch eine Idee.«

»Jetzt purzeln die Gedanken aber«, sagte Cornilsen.

»Lasst uns noch einmal nach Hochbegabten forschen.«

»Da gibt es die Vereinigung«, mischte sich Lena ein. »Mensa heißt die.«

Cornilsen machte sich ans Werk und meldete kurz darauf: »Die haben eine Regionalgruppe in Schleswig-Holstein. Ihr Ziel ist es, hochbegabte Menschen miteinander in Kontakt zu bringen und die menschliche Intelligenz zu fördern. Darüber hinaus gibt es keine herausragenden Gemeinsamkeiten zwischen den Mitgliedern. Ganz im Gegenteil. Es besteht eine Tendenz zum Individualismus und zum Spaß an Spielereien und Tüfteleien.«

Er griff zum Telefon, wählte die angegebene Telefonnummer an und bat um Auskunft, ob die betreffende Person Mitglied bei Mensa sei. Der Gesprächspartner zeigte sich reserviert und wollte keine Auskunft erteilen, schon gar nicht am Telefon. Cornilsen bemühte seine ganze Überredungskunst. Erst als er vorschlug, der Angerufene solle die Husumer Polizei anrufen und sich die Telefonnummer aus dem Telefonbuch besorgen, willigte der andere ein.

»Er hat doch Alibis, die ihr überprüft habt«, sagte Lena nachdenklich. »Wie hat er euch täuschen können?«

»Er ist eben intelligent«, erwiderte Cornilsen. »Wie definiert man das eigentlich?« Er sah Lena an.

»Als hochbegabt gilt jemand, der einen IQ von mehr als einhundertdreißig hat«, erklärte Lena.

»Ist das ein willkürlicher Wert?«

»Die Einhundertdreißig muss überschritten werden, wenn man Mitglied bei Mensa werden will. Der normale IQ liegt zwischen fünfundachtzig und einhundertfünfzehn.«

»Gibt es Boni für Niebüller?«, warf Große Jäger ein.

»Quatschkopf«, tat Lena die Frage ab. »Einhundertdreißig

überschreiten statistisch nur zwei Prozent der Bevölkerung. Das ist der Maßstab, den Mensa International festgelegt hat.«

»Ich bin hochintelligent«, behauptete Große Jäger.

»Das prüft Mensa im Rahmen eines Intelligenztestes. Man kann den hohen Level allerdings auch durch ein Gutachten eines niedergelassenen Psychologen nachweisen.«

»Psychologen? So Leute wie du?«, fragte Große Jäger.

»Ja«, erwiderte Lena und lächelte. »Welcher sonstige Berufsstand ist prädestiniert, mit Intelligenz umzugehen? Politiker?«

Große Jäger winkte lachend ab. Dann wurde er ernst.

»Eines ist für mich noch rätselhaft. Lena hat uns erklärt, dass der Dämon seine Überlegenheit unter Beweis stellen will. ›Hallo. Ich bin der Größte. An mich kommt niemand heran.‹ Würde er zum nächsten potenziellen Opfer übergehen, wäre das ein Versagen. Er würde etwas von seinem Nimbus der Unfehlbarkeit verlieren.«

»So kann man es sagen«, bestätigte Lena.

Große Jäger schnippte mit dem Finger. »Und da ist der nächste Fehler. Der Dämon hat mit uns Schach gespielt, uns durch seine Züge gezwungen, hinterherzueilen. Er war uns immer einen Zug voraus, bis er zu gewagt gesetzt hat, in der Meinung, wir würden das Spiel nicht verstehen. Bis er glaubte, besonders klug zu sein, und eine Finte spielte. Pech für ihn, dass wir die durchschaut haben.«

»Na ja«, schränkte Cornilsen ein. »Es hat ein paar Züge gedauert, bis wir ihm auf die Schliche gekommen sind.«

»Schon. Er hätte sich nicht selbst auf die Liste der potenziellen Opfer setzen dürfen. Aber auch das hat er schlau eingefädelt. Damit es nicht auffiel, gab es nicht nur eine Person, die verschont blieb. Wir haben derer drei.«

»Nein, zwei«, widersprach Cornilsen. »Solveig Dethlefsen hat er nicht gezielt überleben lassen. Die hat eventuell nur durch Zufall überlebt.«

Große Jäger schüttelte den Kopf. »Das war kein Glück, sondern Berechnung des Dämons.«

»Armer Gerritsen. Dem gefiel es gar nicht, dass die Polizei auf ihn aufmerksam geworden ist und sich um ihn gekümmert hat«, sagte Lena. »Um bei deiner Metapher zu bleiben – spielt er eigentlich Schach, so wie Erichsen?«

»Das wissen wir nicht. Aber wundern würde es mich nicht«, meinte Große Jäger.

»Ob die Menschen, die mit ihm zu tun haben, von seiner Mitgliedschaft bei Mensa wissen?«, fragte Cornilsen. »Wir haben ja auch gehört, dass er fast ein Eigenbrötler ist, aber durchaus imstande ist, soziale Kontakte zu knüpfen, zumindest in seinem beruflichen Umfeld.«

»Ich bin ja kein Polizist«, meldete sich Lena zu Wort. »Wie war die zeitliche Abfolge? Er hat am Freitag das Bild von Karin Amundsen an die Kirchentür von St. Christian in Garding angenagelt. Das muss am Nachmittag oder frühen Abend gewesen sein. Dann ist er nach Husum gefahren und hat Jan Behrendsen mit einer Überdosis Alkohol getötet.«

»Überdosis Alkohol – eine interessante Formulierung«, spottete Große Jäger.

»Ihr wisst, was ich meine«, verteidigte sich Lena. »Jan Behrendsen wurde am Sonnabendmorgen tot aufgefunden. Karin Amundsen hat er am Sonntag aufgesucht und wahrscheinlich auch getötet. Da passt die Sache mit dem Alphabet nicht.«

»Stimmt«, sagte Große Jäger. »Auch wenn der Dämon meinte, überlegen und strategisch seine Taten ausgeübt zu haben, ist ihm die Logistik durcheinandergeraten. Er hatte vor, die Menschen dem Alphabet nach zu töten. Die Praxis lief etwas anders.«

»Ich habe mich immer wieder gefragt, weshalb der Täter ausgerechnet Erichsen nicht weiter als Opfer verfolgt hat? Erichsen war geflohen. Da sind wir prompt hereingefallen. Er hat es mit seiner eigenen Opferrolle geschickt inszeniert. Er hatte auch noch Glück, dass Solveig Dethlefsen durch ihren Seitensprung dem geplanten Mord entkommen ist. Erichsen hat das erkannt und diesen Zufall mit seiner Flucht verknüpft.

Wir haben uns dadurch irritieren lassen und waren froh, gleich zwei Menschenleben gerettet zu haben. Wir haben dem keine Bedeutung beigemessen, dass uns bestätigt wurde, er sei ein außergewöhnlich guter Schachspieler.«

Große Jäger unterbrach die Überlegungen. Er müsse jetzt erst einmal eine Zigarette rauchen. Die Zeit könne ja genutzt werden, schlug er vor, um Kaffee zu besorgen.

Aus der einen Zigarette wurden drei. Bei seiner Rückkehr ins Büro zeigte er sich erfreut, dass der Kaffee eine trinkbare Temperatur aufwies.

»Wundert mich nicht, wenn du zwischendurch deinen Jahresurlaub nimmst. Deine Abwesenheit ließ diesen Gedanken aufkommen«, sagte Cornilsen. »All das, was du jetzt aufzählst, hätte uns aber nicht weitergeführt, wenn dir nicht der zündende Gedanke mit der Gemeinsamkeit, die alle miteinander verband, gekommen wäre. Wem fällt schon ein, dass alle ein Konto beim selben Geldinstitut haben?«

»Wir hatten Glück«, wehrte Große Jäger ab, »dass sich Griepenkerl von der Geschäftsführung der Uthlande-Sparkasse darauf eingelassen hat, uns zu bestätigen, dass alle genannten Namen Kunden seines Instituts sind oder waren. Bei Friedrich Feddersen haben wir sogar die sauber abgelegten Kontoauszüge gefunden.«

»Ich erinnere mich«, murmelte Cornilsen.

»Es gibt einen weiteren Punkt. Wir haben uns gewundert, auf welchem Weg Claus Claussen mit seinem Mörder kommuniziert hat. Der hat ihn zum Parkplatz Platenhörn gelockt, auf dem der junge Mann erschlagen wurde. Wir haben alles kontrolliert: das Handy, die SMS, WhatsApp, die Netzwerke. Nichts. Unter den Anrufen, die Claussen getätigt hat, war auch einer seiner Sparkassenfiliale. Wer ahnte, dass Claussen gerade mit diesem Telefonat in den Tod gelockt wurde?«

»Der Dämon hat noch einen Trick angewandt«, sagte Cornilsen. »Vermutlich hat er sein eigenes Bild, das er an der Schwabstedter Kirche angebracht hatte, ins Netz gestellt. Du hast es gefunden«, sagte er in Richtung Große Jäger.

»Nicht ich, sondern Moritz. Heidis Sohn«, korrigierte er.

»Lena und ich sind auch darauf gestoßen. Das war der Anlass, eine konzertierte Aktion zu starten. Der Chef hatte Leute zusammengetrommelt, und die ganze Mannschaft hat fieberhaft nach dem vermutlich nächsten Opfer gesucht, einem Mann mit dem Anfangsbuchstaben ›E‹ und der Endung ›-sen‹. Daran waren viele beteiligt. Streifenwagen sind zu den Adressen gefahren, andere Leute haben wir telefonisch zu erreichen versucht. Eine der Fragen war: Was haben Sie für Kleidung? Wir wollten wissen, ob sie mit der auf dem Foto abgebildeten übereinstimmt. Im Rahmen dieser Maßnahme wurde auch Erichsen angesprochen. Der muss sehr überrascht gewesen sein, hat aber schnell reagiert und geleugnet, entsprechende Kleidung zu besitzen. Damit wurde er zunächst von der Liste der Gefährdeten gestrichen. Wir standen damals unter hohem Zeitdruck, da es galt, möglichst den ganzen Personenkreis zu erreichen.«

»Richtig. Erichsen hatte sich damit Zeit erkauft und später behauptet, das Bild danach im Netz gefunden zu haben und aus Angst nach Quickborn geflohen zu sein. Zu der Zeit klang das plausibel. Er wirkte sehr überrascht, aus heutiger Sicht kann man es als erschrocken interpretieren, als wir unerwartet vor der Tür seiner Freundin Martina Brüggenhenrich in Quickborn auftauchten. Damit hatte er nicht gerechnet. Diese Rückzugsadresse hatte er vor allen geheim gehalten, auch gegenüber seinen Arbeitskollegen in der Sparkasse. Gut.« Große Jäger stand auf. »Holen wir uns den Dämon.« Er zeigte auf Lena. »Du bleibst hier. Das ist eine Polizeiaktion.«

Sie fuhren als Dienstwagen einen neutralen Ford Focus. Cornilsen, dem Große Jager das Fahren überlassen hatte, sah sich in der Norderstraße suchend nach einer Parkmöglichkeit um.

»Das ist ein Polizeieinsatz. Da kannst du Sonderrechte in Anspruch nehmen.«

»Ich weiß. Das steht in der StVO im Abschnitt ›Große Jäger‹.«

Der Hauptkommissar knuffte ihm freundschaftlich in die Seite. »Du bist lernfähig. Das stimmt mich allerdings auch nachdenklich. Ich habe schon einmal einem *Kind* bei der Polizei das Geradeauslaufen beigebracht. Heute ist er unser Vorgesetzter.«

Cornilsen lachte. »Da habe ich ja glänzende Karrierechancen.«

»Irrtum. Bist du so weit bist, genieße ich meine Pension.«

»Unvorstellbar – die Husumer Polizei ohne Jäger, schon gar ohne einen *großen* Jäger.«

»Ja. Ist ja gut, du Depp«, sagte Große Jäger und sah sich um, als der Hintermann ungeduldig hupte. Dann zeigte er nach vorn. »Da. Die Lücke.«

»Echt?«, fragte Cornilsen, bugsierte das Fahrzeug schräg, halb auf dem Bürgersteig, zwischen zwei Pkw.

Als sie ausstiegen, beschwerte sich ein Passant: »Das wird immer schlimmer. Die Leute fahren am liebsten direkt in die Geschäfte hinein. Wenn der Dicke ein wenig mehr laufen würde ...« Dann war er außer Hörweite.

Sie betraten die Sparkassenfiliale. Erichsen stand hinterm Tresen und sortierte, für die Kunden unsichtbar, Belege. Verena, von der sie immer noch nicht den Zunamen wussten, bediente eine Kundin.

Erichsen sah auf. »Wollen Sie sich wieder einmal davon überzeugen, dass es mir gut geht? Sie sehen: Ich arbeite, und das unbehelligt.«

Große Jäger trat dicht an ihn heran, sodass andere nicht mithören konnten.

»Damit ist es jetzt vorbei.«

Erichsen sah ihn mit großen Augen an. Erstaunt. Ungläubig. Dann nickte er kaum merklich und flüsterte fast unhörbar: »Okay.«

»Können wir ohne Aufsehen zur Poggenburgstraße fahren? Oder müssen wir eine Streife bemühen?«

»Nein. Bitte nicht.«

Erichsen blieb höflich und wirkte weder angespannt noch erregt. Große Jäger hatte den Eindruck, dass es dem Mann peinlich war, dass man ihn am Arbeitsplatz abholte. Er musste sich doch im Klaren sein, dass dieser Fall auch nach der Verhaftung viel Aufmerksamkeit erregen würde. Seine Identität würde nicht lange verborgen bleiben. LSD und ähnliche Medienleute würden titeln: »Das blutige Ungeheuer von der Sparkasse«. Oder ähnlich. Sie würden Erichsen als Monster darstellen.

Ob ihm eine verminderte Schuldfähigkeit zugerechnet werden würde? Darüber hatte das Gericht zu befinden. Und das würde Gutachter befragen, Leute wie Lena. Mitleid empfand Große Jäger nicht mit dem Mann. Der biedere Sparkassenangestellte hatte wohlüberlegt und kaltblütig gemordet und eine Stadt in Angst versetzt. Er hatte auch kein Erbarmen mit den Opfern gezeigt. Nach der ganzen Anspannung der letzten Tage, Ohnmacht, vor dem Morddrang des Dämons kapitulieren zu müssen, hatte sich jetzt eine professionelle Distanz in ihm breitgemacht. Es war die Aufgabe der Polizei, den Täter zu suchen, zu überführen, Beweise zu sammeln und es so aufzubereiten, dass es vor Gericht verwertet werden konnte.

»Kommen Sie um den Tresen herum«, forderte Große Jäger Erichsen auf. »Wir müssen Ihnen Handschellen anlegen. Das ist Vorschrift.«

»Muss das sein?« Es klang fast ein wenig flehentlich.

»Ja.«

Erichsen folgte der Aufforderung. Große Jäger stellte sich mit dem Rücken zu Verena und der Kundin und schloss die altertümlich wirkenden Handschellen um Erichsens Handgelenke. Cornilsen nahm einen Flyer »Schöner Leben im Alter« aus einem Regal, entfaltete ihn und legte das Papier über die zusammengeketteten Handgelenke. Jetzt wirkte es so, als würde Erichsen das Blatt locker in den Händen halten. Große Jäger packte ihn leicht am Ellenbogen und führte ihn hinaus.

Erichsens Kollegin sah kurz auf. »Eicke, was ist? Inken ist

kurz außer Haus. Ich bin hier ganz allein. Kommst du gleich wieder?«

»Kaum«, wisperte Große Jäger.

Die Aktion war erstaunlich diskret abgelaufen. Das waren sie dem Ruf der Sparkasse schuldig, überlegte Große Jäger.

»Eicke, wann kommst du wieder?«, wollte Inken Huss wissen, mit der sie im Eingang zusammenstießen.

»Gar nicht«, erwiderte Erichsen mit sanfter Stimme.

»Ja, aber ...«, war alles, was sie hörten, als sie die Filiale verließen und Erichsen in den Fond des Autos verfrachteten, verfolgt von den neugierigen Blicken einiger Passanten.

Auf einem Polizeirevier war es nichts Ungewöhnliches, wenn Verdächtige über die Gänge geführt wurden. Große Jäger vermochte nicht zu sagen, aus welcher Quelle die Information rührte, dass man den Dämon gefasst hatte. Es war fast ein Spießrutenlaufen. Erichsen hatte es auch mitbekommen. Er drückte sich an Große Jäger heran und hatte den Kopf so weit gesenkt, dass das Kinn auf dem Hals auflag.

Ob die Väter des Grundgesetzes beim Postulat »Die Würde des Menschen ist unantastbar« auch an eine solche Situation gedacht hatten?, überlegte Große Jäger. Laut sagte er: »Hier herein«, als sie ihr Büro erreicht hatten. Er schob Erichsen ins Zimmer und bugsierte ihn zum Besucherstuhl. »Setzen.«

Erichsen gehorchte, nahm Platz und hielt Große Jäger die gefesselten Hände hin. Der Hauptkommissar schüttelte den Kopf. Er wusste, dass die Symbolkraft der Handschellen Erichsen beeindrucken würde. Dann begann er mit den Formalien, fragte nach dem Namen, dem Geburtsdatum, dem Wohnsitz und der Staatsangehörigkeit. Er machte ihn auf seine Rechte aufmerksam. Das Ganze wurde durch ein mobiles Aufnahmegerät protokolliert. Cornilsen hatte Große Jäger gegenüber Platz genommen, Lena hatte sich Cornilsens Besucherstuhl geholt und sich in die Ecke des Raumes zurückgezogen.

»Warum?«, fragte Große Jäger.

Erichsen sah ihn kurz an, senkte dann aber wieder den Kopf. Sein Adamsapfel hüpfte auf und ab. Große Jäger ließ ihm Zeit. Eine erdrückende Stille herrschte im Raum. Sie schien schwer auf den Schultern des Mannes zu lasten. Seine Augenlider flackerten. Um die Mundwinkel zuckte es. Erichsen spielte mit seinen Fingern, soweit die Handschellen es zuließen. Zwischendurch sah er immer wieder Große Jäger an. Ganz kurz. Schließlich rutschte er millimeterweise auf dem Stuhl hin und her, als würde die Sitzfläche heiß werden. Dass er dem Druck nicht mehr standhielt, erkannte Große Jäger daran, dass die Zunge hervorkam und die Lippen anfeuchtete.

»Wie haben Sie …?« Ihm versagte die Stimme. Er räusperte sich und versuchte es erneut. Erst im dritten Anlauf gelang es ihm. »Wie haben Sie mich gefunden?«

Große Jäger wartete eine halbe Minute mit der Antwort. »Sie haben Fehler gemacht«, sagte er dann und ließ es beiläufig klingen.

Erichsen sah auf. Dieses Mal senkte er nicht sofort den Kopf. »Ich? Fehler?«

Große Jäger nickte. Dann bohrte er mit dem Zeigefinger im Gehörgang, als würde er sich langweilen.

»Welche Fehler?«

»Die jedem Verbrecher unterlaufen.«

»Das kann nicht sein.«

»Doch. Das war stümperhaft.«

»Nein«, begehrte Erichsen auf.

Große Jäger runzelte die Stirn. Er besah sich das Ergebnis seines Ohrbohrens, als wären alle anderen Dinge auf der Welt Nebensächlichkeiten. Dann streckte er den Zeigefinger aus und zeigte auf Erichsens Handgelenke. »Das nennen Sie intelligent?«

»Ich habe überlegt und systematisch gehandelt.«

»So? Sie haben sich die Opfer aus dem Kreis der Sparkassenkunden herausgepickt.«

»Das konnten Sie doch nicht ahnen.«

»Sie unterschätzen die Polizei. Wir gehen nicht von Ahnung

aus, sondern von Fakten. Wir haben sehr schnell festgestellt, welches Spielchen Sie treiben. Die Opfer werden aufsteigend nach dem Alphabet ausgewählt. Und alle Zunamen enden auf ›-sen‹.«

Erichsen warf Große Jäger einen erstaunten Blick zu.

»Was meinen Sie, weshalb wir so schnell auf die Namen gekommen sind und die Opfer warnen konnten? Sie waren sehr überrascht, als wir vor der Wohnungstür Ihrer Freundin Martina Brüggenhenrich in Quickborn auftauchten.«

Erichsen nickte. »Das hat mich wirklich gewundert. Wenn ich mich selbst zu einem der möglichen Opfer mache, habe ich gedacht, werden Sie mich nicht verdächtigen. Das war eine strategische Aktion.«

Große Jäger lachte bitter auf. »Was meinen Sie, wie viele selbst ernannte große Strategen ihre Schlachten verloren haben. Da waren wirklich kluge Köpfe drunter und nicht solche Nieten wie Sie.«

Bei dem Wort »Niete« zuckte Erichsen zusammen, als hätte ihn ein Peitschenhieb getroffen. Lena hatte gesagt, Menschen mit einer narzisstischen Persönlichkeitsstörung würden es nicht vertragen, wenn ihre Selbstüberschätzung angezweifelt und sie in den Augen anderer herabgewürdigt würden. Lena hatte recht, dachte Große Jäger.

»Nachdem Sie in Quickborn waren, habe ich die Zügel angezogen und bin noch ausgeklügelter vorgegangen«, behauptete Erichsen.

»Das ist nur ein Wunschgedanke von Ihnen. Wir wissen, dass Sie Claus Claussen am Tag seiner Ermordung von der Sparkasse angerufen und ihn nach Feierabend zum Parkplatz an der B 5 gelockt haben.«

Erichsen lehnte sich das erste Mal zurück. Es wirkte, als würde die ganz große Anspannung ein wenig zurückweichen.

»Claussen führte bei uns ein Konto. Er hat seine Bankgeschäfte aber online abgewickelt. Er kam auf die Idee, seiner Frau zum Hochzeitstag etwas Besonderes zu schenken. Es sollte eine Krügerrand-Goldmünze sein. Ich hatte ihm gesagt, wir müssten die besorgen. An diesem besagten Tag habe ich ihn angerufen und ihm angeboten, dass ich sie ihm nach Feierabend auf dem Parkplatz übergebe. Er hat sich dafür bedankt, weil er wegen seiner Abendsprechstunde während unserer Öffnungszeiten fast nie aus der Physiopraxis weggekommen ist.«

Prima, dachte Große Jäger. Wir haben lange überlegt, mit welchem Argument Claus Claussen zum Parkplatz gelockt worden war.

»Wir wissen auch, wo Sie den Hammer, den Sie als Tatwerkzeug benutzt haben, kauften. Sie haben ihn bar bezahlt und gehofft, damit keine Spuren zu hinterlassen.«

»Sie haben …?«, setzte Erichsen an.

»Nicht nur das. Es liegt der Beweis vor, dass Sie Ihre Morde langfristig und vorsätzlich geplant haben. Gleichzeitig mit dem Hammer haben Sie im Baumarkt auch die Leinen erstanden, mit denen Sie Karin Amundsen fesselten.« Große Jäger fing sich einen fragenden Blick Cornilsens ein. Das traf nicht zu. Da es Barverkäufe waren, konnte das niemand bestätigen. Deshalb hakte der Hauptkommissar nach: »Haben Sie das Seil, mit dem Sie Frau Amundsen fesselten, im Baumarkt gekauft?«

»Ja«, hauchte Erichsen.

»Noch mehr: Wir konnten DNA-Spuren sicherstellen, die der Täter hinterlassen hat, als er der Frau die Wespe in den Hals steckte und ihr den Mund zuhielt. Die Forensiker werden nachweisen, dass diese Spuren von Ihnen stammen.«

Erichsen sackte kurz in sich zusammen, als hätte jemand ein Ventil geöffnet und Luft abgelassen.

»Uns war klar, dass Karin Amundsen ihr Frühstück nur für jemand unterbrechen würde, der ihr bekannt war. Das trifft auf Sie zu. Wie haben Sie die zurückgezogen lebende Frau überredet, überhastet den Frühstückstisch zu verlassen?«

Erichsen sah Große Jäger an, öffnete den Mund und schloss ihn dann wieder.

»Das konnte nur jemand gelingen, der es geschickt anstellte«, sagte Große Jäger mit einschmeichelnder Stimme.

Erichsen fiel darauf herein. »Ja, das stimmt. Die Frau hat Prämiensparen gemacht. Dabei kann man auch mit etwas Glück einen Lotteriegewinn erzielen. Ich bin zu ihr hin und habe ihr gratuliert. Sie habe gewonnen. Sie war so überrascht, dass sie bereit war, sofort mitzukommen, da wir den Gewinn nur in der Filiale, nicht aber bei ihr zu Hause aushändigen könnten.«

»Und dann?«

»Ich hatte das Seil auf dem Rücksitz meines Wagens liegen. Im Auto habe ich ihre Hände genommen und sie geschüttelt. ›Ich habe noch nie etwas gewonnen‹, hat sie gesagt. In diesem Glücksmoment, so hatte ich es beabsichtigt, war sie wie in Trance und hat zu spät mitbekommen, dass ich ihre Hände mit dem Seil fesselte. Die Wespe hatte ich in einem Gefäß mitgebracht. Um sicherzugehen, hatte ich noch zwei weitere Wespen gefangen. Die habe ich anschließend freigelassen, als es mit der ersten geklappt hat. Weshalb sollte ich unschuldige Leben vernichten?«

Ob Erichsen sich bewusst war, was er da sagte?, fragte sich Große Jäger. Er musste alle Kraft aufwenden, um nicht über den Mann herzufallen, der vier Menschen ermordet hatte und sich dann um das Wohlergehen von Insekten sorgte.

»Den Leichnam haben Sie …«

»… neben den Wanderweg an der Mühlenau geschafft«, ergänzte Erichsen bereitwillig. »Die war ganz schön schwer, die Frau. Ich bin schließlich kein Leistungssportler.«

»Bei Friedrich Feddersen war es anders?«

Erichsen hob seine Hände in die Höhe und deutete an, dass er die Handschellen loswerden wollte. Große Jäger befreite ihn davon und ließ ihm Zeit, die Gelenke zu massieren. Dann wiederholte er seine Frage.

»Herr Feddersen war nicht gut zu Fuß. Wie viele ältere Kunden hatte er keinen Bezug zum Homebanking. Er hatte auch keinen Computer. Den wenigen Geldeingängen auf seinem Konto standen die laufenden Ausgaben gegenüber. Ich habe ihm bei den Einzugsermächtigungen und Daueraufträgen geholfen. Manchmal musste er etwas überweisen. Dazu hat er Überweisungsträger handschriftlich ausgestellt, die ich bei meinen Routinebesuchen in seinem Haus mitgenommen habe. Bei diesen Gelegenheiten habe ich ihn auch mit Bargeld versorgt.«

»Zweihundert Euro«, flocht Große Jäger ein. Diesen Betrag hatten sie in Feddersens Wohnung vorgefunden.

Erichsen bestätigte es durch Kopfnicken.

»Das war der Standardbetrag. Für ihn war der Weg bis zu unserer Filiale zu weit. Ich habe ihm zu erklären versucht, dass er sich auch an den Geldautomaten der Nord-Ostsee Sparkasse, zum Beispiel am Osterende, mit Bargeld versorgen könne. Oder an der Kasse im Supermarkt. Das hat er nicht verstanden. So hatte es sich eingebürgert, dass ich ihn besuchte, Geld vorbeibrachte und gegebenenfalls Überweisungen mitnahm.«

»Hatten Sie ein besonderes Verhältnis zu Herrn Feddersen?«

»Nein. Das machen wir bei einer Reihe von Kunden, die eine eingeschränkte Mobilität haben. Das zeichnet die Uthlande-Sparkasse aus, während andere Institute Filialen schließen und sich immer mehr zurückziehen, dafür aber hohe Kontoführungsgebühren verlangen.«

»Sie haben also Friedrich Feddersen aufgesucht.«

»Ja.«

»Wie haben Sie ihn dazu gebracht, die angedickte Mischung Flohsamenschalen einzunehmen?«

»Ach, wissen Sie«, erwiderte Erichsen, der unbewusst in eine Art Plauderton verfallen war. »Geldgeschäfte sind Vertrauenssache. Die Leute sind eher bereit, über ihre Krankheiten als über ihre finanzielle Situation zu reden. Ich habe bei der Sparkasse gelernt und mir in all den Jahren nie etwas zuschulden kommen lassen. Vertrauen ist ganz wichtig.«

Große Jäger konnte nur mit Mühe den Einwand zurückhalten, dass Erichsen dieses ihm entgegengebrachte Vertrauen für seine abscheulichen Verbrechen ausgenutzt hatte.

»Ich wusste von Herrn Feddersen nicht nur um seine Gehbehinderung, sondern auch um dieses oder jenes kleine Weh-

wehchen, das ältere Menschen ereilt. So war ich auch über seine Verdauungsprobleme informiert. Irgendjemand hatte ihm vor einiger Zeit den Tipp mit den Ballaststoffen gegeben. Damit ist er wohl gut zurechtgekommen. Als ich ihn aufsuchte, habe ich ihm suggeriert, dass er seinen täglichen Drink einnehmen müsse, und angeboten, ihm dabei behilflich zu sein. Es ging ihm an diesem Tag nicht gut. Sein Bein bereitete ihm Probleme.«

»Der Brei war aber von einer anderen Konsistenz als sonst. Daran ist der alte Mann erstickt«, unterbrach ihn Große Jäger.

»In der Tat hatte Herr Feddersen bei dieser Mischung Schluckbeschwerden. Ich habe ihm eingeredet, das käme von einem kleinen Infekt, den er sich wohl eingehandelt hätte. Als er zu husten und zu würgen begann, habe ich ihm das Glas an die Lippen gesetzt und ihn damit genötigt, auch den Rest zu sich zu nehmen. Dann habe ich das Glas gereinigt, um keine Spuren zu hinterlassen.«

Das hat uns stutzig gemacht, dachte Große Jäger. Es war Klaus Jürgensen aufgefallen.

»Jan Behrendsen war erst fünfzehn«, sprach Große Jäger die nächste Tat an.

»Da hatte ich mächtige Skrupel«, antwortete Erichsen kleinlaut. »Ich kannte ihn von klein auf. Im Grundschulalter kam er mit seiner Mutter vorbei und brachte sein Sparschwein mit. Ich erinnere mich an eine Begebenheit, die ich später oft erzählt habe. Wir haben das Sparschwein auf dem Tresen ausgeschüttet und den Inhalt gezählt. Es wurde auf Jans Sparkonto eingezahlt. Dann ist er mit seiner Mutter gegangen. Aber nur bis zur Tür. Plötzlich riss er sich los und lief zu mir zurück. Jan wollte unbedingt sein Geld zurückhaben. *Sein* Geld. Wir konnten ihm nicht klarmachen, dass es sein Geld blieb. Für ihn war nur überschaubar, was er in Händen hielt.«

»Sie haben sein Vertrauen gewonnen?«

»In einer Stadt wie Husum begegnet man sich oft. Wir haben zwanglos miteinander geplaudert. Ich habe einfließen lassen, dass ich Computerfreak bin und eine ausgemachte technische

Infrastruktur zu Hause habe. Das hat ihn neugierig gemacht. Wir könnten dazu auch einen kleinen Drink unter Männern einnehmen, so habe ich ihn gelockt. Nur müsse er das für sich behalten, auch seinen Freunden gegenüber.«

»Sind Sie wirklich Computerfreak?« Große Jäger ließ unerwähnt, dass sie in Erichsens Wohnung nichts gefunden hatten.

»Nein. Natürlich nicht. Dazu sind wir gar nicht mehr gekommen. Ich kenne diese Generation vom Schach. Manche spielen gar nicht schlecht. Wenn man es ihnen sagt, fühlen sie sich stark und wollen sich beweisen. Sie agieren häufig unkontrolliert und machen dadurch Fehler. Jan habe ich erzählt, er sei doch kein Kind mehr. Ich würde ihn für voll nehmen. Das beweise doch, dass ich ihm Alkohol anbieten würde. Und wenn so ein junger Mensch erst einmal anfängt, verliert er sehr schnell die Kontrolle über sein Handeln.«

»Sie haben die Frage noch nicht beantwortet, weshalb Jan, der ja fast noch ein Kind war, sterben musste.«

Erichsen faltete die Hände zusammen. Dann spitzte er die Lippen. »Ach, wissen Sie«, setzte er an. Es klang fast eine Spur überheblich, als müsse er einem ihm intellektuell Unterlegenen etwas erklären. »Diese Frage können Sie auch zu den anderen stellen. Warum ausgerechnet dieser oder jener? Ich habe aufgehört, mir darüber Gedanken zu machen, als mir mehrere Kunden begegnet sind, die Schicksalsschläge oder Krankheiten ereilt hatten und die fragten: ›Warum ich?‹ Was hätte man da antworten sollen? ›Meinen Sie, es würde mir mehr Spaß machen, wenn es *mich* getroffen hätte?‹ Irgendjemand musste ausgewählt werden. Und ich konnte nicht nur alte Leute, Frauen oder Ähnliches nehmen. Es sollte schon ein repräsentativer Querschnitt sein, der Ihnen Kopfzerbrechen bereiten würde.«

Große Jäger presste die Hände ineinander, dass die Knöchel weiß hervortraten. Er nagte an seiner Unterlippe und schmeckte das Blut. Du Arschloch, dachte er. Du dreimal verdammtes Arschloch. Du sitzt hier und erklärst uns, nach welchen Kriterien du Menschen ausgewählt hast, die sterben mussten. Und das in einer Tonlage, als würdest du begründen, wer beim nächsten Vereinsfest diese oder jene Aufgabe übernehmen müsse. Christoph, aber nicht nur der, hatte immer gemahnt, bei der Polizeiarbeit die Emotionen außen vor zu lassen. Aber du glaubst nicht, wie gern ich dir für jedes deiner Worte in die Fresse schlagen möchte.

Er warf einen schnellen Blick zu Cornilsen, dann zu Lena. Hoffentlich konnte keiner seine Gedanken lesen. Mommsen hatte ihm oft genug erklärt, dass er solche Gedanken in seinem Verantwortungsbereich nicht dulde. Er hatte recht. Aber – verflixt – auch Hauptkommissare waren Menschen. Unbewusst legte er die beiden Hände flach auf seinen Schmerbauch. Und ich, überlegte Große Jäger grimmig, bin von der Menge her viel Mensch.

»Wie haben Sie Jan zum Totengang gebracht?«

»Mit meinem Auto. Wie sonst?«

»Und dann haben Sie den Jungen auf der Bank am Friedhof abgelegt?«

»Ja. Ich musste einen Platz finden, der weit genug von meiner Wohnung entfernt war.«

»Sie sind doch sonst auch Risiken eingegangen?«

»Eigentlich nicht. Ich hatte alles im Griff. Perfekt.«

»Wollten Sie nach anfänglicher Zurückhaltung gewagter vorgehen?«

»Um mich erwischen zu lassen? Ich sagte schon – mir kam es nicht auf den ultimativen Kick an. Ich wollte meine Überlegenheit demonstrieren.«

Genau das hatte Lena vermutet.

»Was hat Sie geritten, am helllichten Tag in Rödemis das Foto von Friedrich Feddersen an der Kirchentür anzubringen?«

»Ich fand meine Idee reizvoll, für die Ankündigungen die Eiderstedter Kirchen zu nutzen. Aber die waren verbrannt. Jede Menge Trottel meinten, mich dort auf frischer Tat stellen zu können. So bin ich nach Schwesing und Schwabstedt ausgewichen. Und die Rödemiser Kirche bot sich an, weil ich dort täglich vorbeikam. Ich wohne ein paar Meter weiter.«

Das war eine simple Erklärung. Sie hatten sich Gedanken gemacht, weshalb der Dämon nach den historischen Kirchenbauten dieses Bild an einer eher unscheinbaren Kirche angebracht hatte.

»Dort kommen viele Autos vorbei, aber kaum Fußgänger. Ich bin morgens, nachdem Martina Brüggenhenrich zur Arbeit gegangen war, in Quickborn losgefahren, habe das Bild angebracht und anschließend Friedrich Feddersen aufgesucht, um ihn … Sie wissen schon«, scheute er sich, den Mord direkt anzusprechen. »Dann bin ich wieder zurück, bevor Martina heimgekommen ist. Sie haben mich an dem Tag angerufen. Erinnern Sie sich? Da war ich gerade auf der Autobahn unterwegs. Ich habe den nächsten Parkplatz angesteuert und Sie zurückgerufen. Sie haben sich noch gewundert und nachgefragt, woher das Rauschen der Autos kommt. Ich habe gesagt, das seien die Fahrzeuge auf der nahen Kieler Straße. Kurz vor dem Ortsende halte sich kaum jemand an die Geschwindigkeitsbeschränkung.«

Große Jäger konnte sich an diese Begebenheit erinnern. »Solveig Dethlefsen?«, fragte er.

Erichsen holte tief Luft und entließ sie geräuschvoll. »Um die hätte es mir am wenigsten leidgetan. Ich ahnte, dass sie ihrem Mann nicht treu war.«

»Haben Sie es gewusst?«, unterbrach ihn Große Jäger.

»Nicht wirklich. Wir hatten keinen großen Kontakt. Sie wirkte immer ein wenig hochnäsig, wenn sie in der Sparkasse auftauchte. Für sie war ich eine Null, ein Nichts. Selbst wenn es um Triviales ging, verlangte sie immer nach der Chefin, also nach Inken Huss.«

»Das hat Sie gekränkt?«

»Ist Inken ein besserer Mensch?«

»Deshalb haben Sie Solveig Dethlefsen ausgewählt? Eine stille Rache?«

»So nicht. Aber um die wäre es nicht schade gewesen. Ihr Mann rackert Tag und Nacht. Die Frau hat gar keine Vorstellung davon, wie schwer er es hat. Als ich sie holen wollte …«

»Holen?«, fragte Große Jäger erstaunt.

»Ja. Wie soll ich es sonst nennen?«

»Als Sie Solveig Dethlefsen ermorden wollten.«

»Das sind harte Worte. Ich formuliere es lieber anders. Sie war nicht da. Ich habe eine ganze Weile gewartet. Das war riskant. In der Fischersiedlung kennt jeder jeden. Und manche sind auch bei uns Kunde. Was hätte ich erklären sollen?«

»War das für Sie ein besonderer Kick?«

»Blödsinn. Sie meinen diese Psychopathen, die eine Erektion bekommen, wenn sie jemanden umbringen? Für was halten Sie mich?«, sagte Erichsen empört. »Die Frau hatte einfach Glück, dass sie nicht präsent war.«

So hatte ein Seitensprung tatsächlich ein Leben gerettet, dachte Große Jäger. Laut sagte er: »Hat es nicht an Ihrem Ego gekratzt, dass Ihre alphabetische Liste unvollständig war?«

»Da hat das Schicksal mitgespielt. Das habe ich akzeptiert. Außerdem passte es mir gut in das Konzept, da ich der Nächste im Alphabet war und auch ungeschoren davonkommen musste.«

»Wir haben uns noch nicht über das Motiv für diesen Wahn … für diese Taten unterhalten.«

Erichsen neigte den Kopf ein wenig zur Seite. »Ach, Herr Kommissar. Jetzt enttäuschen Sie mich. Es ist nicht immer einfach, von der Natur mit besonderen Gaben ausgestattet zu sein. Was hat mir ein Intelligenzquotient von über einhundertdreißig gebracht? Man ist ziemlich einsam da oben auf dem Olymp, wenn ich es so bezeichnen darf. Ich bin Mitglied in Mensa, der Vereinigung Hochbegabter. Aber Ihnen begegnet laufend Neid. Schlimm ist auch die ständige Unterforderung. Ich war fast erleichtert, als Sie anfingen zu erzählen, wie Sie mich überführt haben. Endlich jemand, mit dem man sich auf Augenhöhe unterhalten kann. Sie wissen, bei Intelligenz kommt es nicht auf angelerntes Wissen an. Haben Sie sich einmal testen lassen? Wie hoch ist Ihr IQ?«

Du Idiot, dachte Große Jäger. Ich fühle mich als ganz normaler Mensch, dem es jetzt ein wenig besser geht, nachdem er weiß, dass die Bestie aus dem Verkehr gezogen wurde.

Erichsen machte eine wegwerfende Handbewegung. »Ist auch egal. Das begann schon in der Schule. Ich habe mich fürchterlich gelangweilt, weil die Trottel in meiner Klasse den Stoff nicht begreifen konnten. Ich musste auch nicht viel lernen. Ich habe mir das Material einmal angesehen, und dann saß es. Mit solchen Fähigkeiten werden Sie schnell als Streber und Sonderling abgetan und sind isoliert. Sie werden gemieden. Und meine Lehrer – die haben das nicht erkannt und gewürdigt. Wenn Sie eine Niete sind, erhalten Sie jede denkbare Förderung. Aber Genies?«

»Weshalb haben Sie nicht studiert?«

Erichsen atmete hörbar aus. »Meine Begabung hat sich nicht in meinen Zensuren ausgedrückt. Meine langjährige Klassenlehrerin Brigitte Ulrich war die Einzige, die mich fördern wollte. Aber alle anderen waren gegen mich. Bis heute.«

»Sie hätten andere Möglichkeiten der Entfaltung suchen müssen.«

»Das ist einfach gesagt.«

»Weshalb sind Sie bei Ihren Fähigkeiten ein kleiner Sparkassenangestellter geblieben?«

»Warum?« Erichsen spitzte die Lippen. »Ja – warum nur? Das habe ich mich auch oft gefragt. Befördert wurden immer die anderen. Nehmen Sie unsere Zweigstelle. Inken Huss ist fast zehn Jahre jünger und wurde mir vor die Nase gesetzt. Niemand hat es mir erklärt. Und Verena – die vertritt sie bei Abwesenheit. Ich bin der kleine Trottel, der ewig Doofe.«

»Sie machen es sich sehr einfach, die Welt nur aus Ihrer Sicht zu erklären.«

»Ich musste und wollte eine Möglichkeit finden, allen Leuten zu zeigen, über welches geistige Potenzial ich verfüge. Über

Logikwettbewerbe, Matheolympiaden und Ähnliches berichtet die Presse nicht, wenn es überhaupt solche Veranstaltungen gibt. Ich habe einen Weg gefunden, der Welt klarzumachen, dass ich ihr überlegen bin.«

»Das war Ihr einziges Motiv, Menschen zu töten?«

Erichsen lächelte. »Die Toten – über die spricht man in einem halben Jahr nicht mehr. Die sind vergessen.«

»Nicht von ihren Angehörigen.«

»Auch die denken nicht mehr oft an sie. Über mich wird man noch nach Jahren sprechen, über meine Vorgehensweise. Die Auswahl der Opfer, dem Namen nach. Und die gediegenen Mordmethoden. Das ist außergewöhnlich.«

»Weshalb haben Sie diese Menschen ermordet?«

Erichsen maß Große Jäger mit einem irren Blick, als würde er ihn durchbohren wollen.

»Weil – ich – es – konnte«, sagte er schließlich und ließ hinter jedem Wort eine lange Pause. »Ich bin größer als Gott. Er kann nichts, aber *ich* kann alles.«

»Für mich sind Sie nichts anderes als ein stumpfsinniger, einfallsloser, mieser Verbrecher, der keinen Funken Verstand hat, um zu erkennen, dass er liebenswerten Menschen das Leben genommen hat. Sie sind ein kranker Typ, dessen Intelligenz nicht über den eigenen begrenzten Horizont reicht.«

Schlagartig veränderte sich Erichsens Gesichtsausdruck. Entgeistert sah er Große Jäger an und rutschte ein Stück auf dem Stuhl nach vorn, Große Jäger entgegen.

»Herr Kommissar – das dürfen Sie nicht sagen. Ich habe Ihnen gerade erklärt, dass Sie der einzige Mensch sind, der mich versteht.«

Große Jäger tippte sich gegen die Stirn. »Sie sind nicht ganz dicht. *Ich* werde Leute wie Sie nie verstehen. Wo ist Claussens Leichnam?«

»In der Südermarsch.«

»Genauer.«

»Der liegt in einem Graben am Platenhörner Deich.«

Große Jäger spuckte aus, als würde er sich von einem lästigen Haar befreien, das auf seinen Lippen kitzelte.

»Und nun verschwinden Sie aus meinem Gesichtsfeld.«

Erichsen legte die Hände wie zu einem Gebet zusammen. »Aber Sie sind doch der Einzige, mit dem ich auf Augenhöhe sprechen kann«, kam es flehentlich über Erichsens Lippen.

»Raaauuusss!«

Große Jäger hatte alle in ihm wohnende Energie in diesen Schrei gesteckt. Erichsen riss die Hände über den Kopf, als wolle er sich vor auf ihn niederprasselnden Schlägen schützen. Selbst Cornilsen und Lena zuckten zusammen. Für Große Jäger war es eine innere Befreiung. Mit diesem Schrei schien die ganze Anspannung, die Angst der letzten Zeit von ihm zu weichen. Auch wenn Lena, andere Psychologen oder Ärzte in den nächsten Monaten Erichsen auf seine Schuldfähigkeit untersuchen würden, blieb sein Gegenüber für ihn ein widerwärtiger Mörder.

Eicke Erichsen war in die Arrestzellen im Keller des Hauses gebracht worden. Mommsen war informiert. Die Erleichterung über den Fahndungserfolg war im ganzen Hause spürbar.

Sie saßen zu dritt in ihrem Büro.

»Ich bewundere deinen Scharfsinn, aber auch, dass du deine Emotionen unterdrückt und alles so cool und professionell erledigt hast«, sagte Cornilsen.

Große Jäger winkte ab. Niemand würde ahnen, wie sehr ihn die Jagd nach dem Dämon mitgenommen hatte, welche Ängste um das Leben von Menschen ihn begleitet hatten.

»Ich gestehe, dass ich sehr skeptisch war, als uns psychologische Unterstützung aus Kiel angekündigt wurde. Danke, Lena, du warst uns eine wertvolle Hilfe.«

»Das ist meine Aufgabe«, tat es die junge Frau ab.

Große Jäger sah im Wechsel Lena und Cornilsen an. »Wird aus euch etwas? Werdet ihr euch wiedersehen?«

Lena lächelte. »Cornilsen ist ein richtig guter Kumpel. Aber nach so langer Zeit in Nordfriesland freue ich mich auf meinen Max in Kiel.«

Große Jäger grinste in Cornilsens Richtung.

»Damit ist das Kapitel ›Das Böse hinterm Deich‹ abgeschlossen.«

»Na denn dann.«

Dichtung und Wahrheit

Die Handlung und alle Figuren sind frei erfunden und haben, mit Ausnahme der Personen der Zeitgeschichte, keine realen Vorbilder.

Viele Bankkunden würden sich ein Geldinstitut wie die Uthlande-Sparkasse wünschen. Gerade ältere, nicht mit dem Onlinebanking vertraute Menschen stehen vor größeren Problemen, wenn sich neben vielen anderen Einrichtungen des täglichen Bedarfs auch die Sparkassen aus der Fläche zurückziehen. Leider gibt es die Uthlande-Sparkasse mit ihrem kundenorientierten Angebot nur in meiner Phantasie. Das trifft auch auf den überheblichen Lehrer zu, der an der im Übrigen renommierten »Husumer Gelehrtenschule«, die schon lange nach dem Reformator Hermann Tast benannt ist, von mir angesiedelt wurde.

Ich danke Heike Lörx und Familie, dass ich in diesem Buch ihren Namen und ein paar private Dinge verwenden durfte. Birthe und Dr. Marion Heister waren mir wie immer unersetzliche Hilfen beim Kampf gegen die Tücken des Fehlerteufels.

In diesem Roman werden – zum Glück fiktive – unschuldige Menschen und deren Angehörige Opfer von Straftaten. Die Ermittlungsbehörden werden in der Realität versuchen, den Täter zu finden und ihn dem Gericht zu übergeben, damit er entsprechend unseren Gesetzen zur Rechenschaft gezogen wird. Allzu oft werden aber die Opfer vergessen. Ihnen hilft in segensreicher Weise der Weisse Ring. Betroffene, aber auch Menschen, die die Arbeit der Organisation unterstützen möchten, finden dort kompetente Ansprechpartner.

Die Erfolgsserie des Bestsellerautors Hannes Nygaard:
Alle Titel sind auch als eBook erhältlich.

Hinterm Deich Krimis:

Tod in der Marsch
ISBN 978-3-89705-353-3

Vom Himmel hoch
ISBN 978-3-89705-379-3

Mordlicht
ISBN 978-3-89705-418-9

Tod an der Förde
ISBN 978-3-89705-468-4

Tod an der Förde
Hörbuch, gelesen von Charles Brauer
ISBN 978-3-89705-645-9

Todeshaus am Deich
ISBN 978-3-89705-485-1

Küstenfilz
ISBN 978-3-89705-509-4

Todesküste
ISBN 978-3-89705-560-5

Tod am Kanal
ISBN 978-3-89705-585-8

Der Tote vom Kliff
ISBN 978-3-89705-623-7

Der Inselkönig
ISBN 978-3-89705-672-5

Sturmtief
ISBN 978-3-89705-720-3

Schwelbrand
ISBN 978-3-89705-795-1

Tod im Koog
ISBN 978-3-89705-855-2

Schwere Wetter
ISBN 978-3-89705-920-7

Nebelfront
ISBN 978-3-95451-026-9

Fahrt zur Hölle
ISBN 978-3-95451-096-2

Das Dorf in der Marsch
ISBN 978-3-95451-175-4

Schattenbombe
ISBN 978-3-95451-289-8

Flut der Angst
ISBN 978-3-95451-378-9

Biikebrennen
ISBN 978-3-95451-486-1

Nordgier
ISBN 978-3-95451-689-6

Das einsame Haus
ISBN 978-3-95451-787-9

Stadt in Flammen
ISBN 978-3-95451-962-0

Nacht über den Deichen
ISBN 978-3-7408-0069-7

Im Schatten der Loge
ISBN 978-3-7408-0200-4

Hoch am Wind
ISBN 978-3-7408-0275-2

Das Kreuz am Deich
ISBN 978-3-7408-0393-3

Rache im Sturm
ISBN 978-3-7408-0524-1

Falscher Kurs
ISBN 978-3-7408-0668-2

Niedersachsen Krimis:

Mord an der Leine
ISBN 978-3-89705-625-1

Niedersachsen Mafia
ISBN 978-3-89705-751-7

Das Finale
ISBN 978-3-89705-860-6

Auf Herz und Nieren
ISBN 978-3-95451-176-1

Tod dem Clan
ISBN 978-3-7408-0438-1

Kurzkrimis:

Eine Prise Angst
ISBN 978-3-89705-921-4